i

为了人与书的相遇

SEPTEMBER
2016

3

NOONSTORY 正午

到海底去

特写—叶三：恋恋老狼
随笔—淡豹：到海底去
访谈—老树画画：在家拈针绣花，出门提刀杀人
随笔—覃里雯：柏林的野猪
随笔—张亦霆：为徐浩峰画像
个人意见—刘小东谈文脉

台海出版社

一个执拗的低音

《正午》创办的时候,媒体正四处唱着哀歌。在政治、资本的意志下,纸媒关闭、紧缩,新媒体看似时髦却总是焦虑于盈利模式,媒体人纷纷转型,更常见的词是,创业。频繁变动的年代,人们已经习惯了一种临时状态:走一步,看一步。如今这种状态更为焦灼。在这样的氛围中,《正午》存活下来,并赢得好评,实在很难说清多大程度上是读者厌倦了喧哗,因此辨认出了一个"执拗的低音"?

创办《正午》的几个编辑、记者,之所以留在媒体的逆流,除了别无所长,还因为我们都着迷于非虚构叙事这门技艺——在现实生活、作者和读者之间,制造出一个文字的场,三者互相牵引,紧张又优美。这一制造的过程,从发现选题、采访、研究、写作、编辑到面对读者,现实感和创造性融于一体,很有挑战,也很有乐趣。

由此产生的文体,我们简单地称为非虚构,而不再缠绕于此前的纷繁命名,纪实、特稿,等等。这意味着,只要没有事实层面的虚构,只要是好的写作,不拘任何形式。说到底,最重要的是你为读者讲述了什么,是否言之有物,又是否寻找到了合适的形式。而情书、墓志铭、学术散文、一次谈话、一段口述,都可能是充满理解力、感受力,在宽广层面的非虚构写作。

这种命名也解放了媒体逐渐建立起来的选题等级:官员、商人和热点优先,成功者的故事优先。有时,我们会捡起其他媒体弃而不用的选题,它们或者是普通人的故事,"不够重要",或者是"不像新闻"。尽管这是我们可以感知的现实,尽管写作者对题材充满感情,但是因为不"主流",就有不被讲述、进而被遗忘的危险。历史的书写,从来如此。

德国作家君特·格拉斯曾经讲述自己为什么写作,一个重要的原因是,母亲的表弟曾经顽强地抵抗纳粹突击队,坚持到最后一刻,失败后,他和其他抵抗的民众"在行刑队面前消失了",他的名字再也没有人提起,成了一个不存在的人。格拉斯决心让他活在自己的写作里,在他作品的碎片中,到处长眠着母亲心爱的表弟。

世界仍然生活在故事当中,以遗忘、抹灭大多数故事为代价。今天中国最主要的故事,是马云的故事(以及千千万万个变种)。为了抵御这种单一,我们应该学习讲故事。长久地凝视现实,让被遗忘的复活,赋予普通人尊严,以配得上丰富、变幻的中国。

本书所收录的,就是这些尝试的例证。

《正午》郭玉洁

目录

特写	恋恋老狼	003
	四平艺人	019
	机核：玩游戏的，都是朋友	037
	直播女孩	053
	二重奏	064
随笔	为徐浩峰画像	083
	柏林的野猪	095
	到海底去	111
	我古怪的流浪汉朋友	121
个人意见	刘小东谈文脉	139
	周云蓬的清单	143

个人史	我在动批这十年	**155**
视觉	王轶庶：非虚构的虚构	**167**
访谈	李翊云 写作的两种野心	**187**
	老树画画 在家拈针绣花，出门提刀杀人	**203**
长故事	普通纵火案	**227**
	斗鸡江湖	**244**
	微笑的尸体	**261**

特写

唯一能够了解的道路是创造一个自己的世界。

——史蒂文斯

恋恋老狼

文_叶三

一

据说,如果你想寄封信给湖南卫视的主持人,只需要在信封上写"湖南卫视"和收信人的名字,就能顺利送达。而如果你从黄花机场出来,拦下一辆出租车,告诉司机你要去湖南卫视,司机便会一边熟练地转方向盘,一边问你:"来看明星吧?"在长沙,湖南卫视就是这样一个不需要地址的地方。

2016年3月10日傍晚,长沙的小雨时停时歇。阴沉的天空下,广电大厦上的芒果状台标像一只橘色的眼睛,目不转睛地凝视着下属楼群:世界之窗、海底世界、国际影视会展酒店、国际会展中心、骏豪花园(圣爵菲斯)——明星们入住的地方。这便是占地2823亩的金鹰影视城,湖南卫视的大本营。

广电大厦T2楼前排着长长的队伍,其中一些人从下午三点起就打着伞,站在这里。这是500名前来参加今晚《我是歌手》录制的大众评委,他们中的每个都经由数次电话筛选,最终从几万名报名观众中脱颖而出。参加这一档热门节目的录制对他们来说是件大事；人们满脸热情，跃跃欲试，衣着隆重的姑娘不时从手提袋里掏出粉盒，对着小镜子补妆。

T2内部的演播厅则是另一番景象。这里不见天光，气息复杂；大型演出器材的钢铁味儿，红色座椅的皮革味儿，舞台冷焰火残留的味道和扫也扫不尽的槟榔渣的味道，年复一年地混在一起。现在，灯光暗了下去，为时一天半的轮流试演正式结束，最后一名排练的歌手退到了后台。工作人员熟练地拉起隔离带，等待观众入场。灯光再亮起来的时候，演出就要正式开始了。

《我是歌手》是湖南卫视的王牌娱乐节目之一，这一周，赛事正进行到第四季的中期。

封闭的后台里，没人知道老狼此时在想什么。依照赛制，作为补位歌手，他将最后一个出场。今年老狼48岁。这一天的早上六点他起床跑步——他希望自己在台上看起来精神一些。在酒店附近的人工湖边，他用手机拍下了落下的雪珠。

2015年12月6日，老狼在北京保利剧院举办专场演唱会，《我是歌手》的总导演洪涛特地跑到北京来看。演出后第二天，洪涛和宋柯约老狼吃饭，邀请他加入。洪涛对老狼说："我们的硬件是国内目前这种节目中最好的，我们肯定会对歌手非常负责任。"老狼有点感动。回家，他看了看节目，觉得自己还是不太习惯。他告诉洪涛"算了"。

春节后，宋柯又给老狼打电话："你来补位吧，反正没几场。"好友高晓松也打来电话劝他。老狼说："再不答应，就好像有点给脸不要脸了。"

对于观众来说，《我是歌手》的录制就是一场小型演唱会。

不同的是入门安检严格,手机和照相机都必须寄存。开场前,现场执行导演和总导演洪涛轮番上台暖场,带领观众排练鼓掌、欢呼和互动,将观众已经十分高涨的情绪煽得更加高涨——如同冷兵器时代的战前动员。不足一个足球场大小的演播厅中,五百名观众半围住圆形的舞台,六台摄像机直接面对观众席,等待拍摄他们的表情。而对于歌手,除了舞台上和后台内无数的摄像机、摄像头,每人还有两名跟拍导演贴身跟随。所有捕捉到的素材都将被剪辑进节目中,在一周后播出。

欢呼和掌声此起彼伏,五光十色的照明灯灭了亮,亮了灭,歌手们逐一登台。"女神!""男神!""我爱你我爱你我爱你!"几乎从一开始,观众便毫无障碍地进入了集体狂欢。赶上快节奏的歌,人们从椅子上跳起来,跟随节奏,热气腾腾地挥舞双手——无论是温度还是气氛,演播厅都非常像一个意气风发的健身房。

老狼演唱的时候,挂在舞台两侧的电视蓝屏上一句一句地打出歌词。他选择的曲目是朴树的《旅途》。

十点钟,投完票的大众评审走出演播厅。雨已经停了,人们将热量和兴奋带入夜色,缓缓四散。演唱完毕的歌手则留在后台,接受采访和拍摄,等待大众评审的投票结果。

凌晨两点钟,洪涛宣布,老狼在七名歌手中排名第六。

对于这个结果,老狼先是略感失望,之后表示信服。"我觉得好像还行,但是看了回放之后,觉得不够细腻。舞台实际上放大了很多细节,这是我们比较欠缺的,因为我们一直演音乐节这种专场。而且那种气氛,实际上最后呈现不是靠电视,而是靠当时的气场。"

老狼将歌手互投的第一名给了张信哲："小时候唱过《爱如潮水》。"经历过人生中第一场真人秀，他的感受是"我尽量配合，我们自己玩高兴就行"。关于《旅途》，老狼说，爱的人就能死，不爱的人永远听不下去。"我还是希望从自己的喜好出发去做这件事，我对《旅途》这首歌真的是非常有感情的。"

　　从影视城到湘江中路的"老长沙"小龙虾馆，开车差不多四十分钟。正式录制节目的前一天，老狼和他的乐队朋友们在这里吃晚饭。"老狼？你是老狼吗？"端着笼屉的服务员小姑娘惊喜地问。老狼看着一大㧟猪油拌饭，犹豫了一会儿，伸手拿过一碗。饭桌上他回忆了这辈子唯一一次代言经历——"狼神"皮衣。据说在广告片中，他将一件皮衣轻轻盖在"同桌的她"身上。哄笑声中，包间外的音乐换成了《同桌的你》。"谁看了我给你写的信，谁把它丢在风里？"年轻的嗓音在模糊地问。唱完一首，音乐又换回了时下的流行歌曲。"别人是唱歌，"《同桌的你》词曲作者高晓松曾这样说过，"老狼是歌唱。"

二

　　1963年出生的黄小茂记得他的30岁生日，是在北京华威公寓的办公室中度过的。当时他是"大地唱片"的企划和制作人，过生日的那天，他正在和同事们筹备《校园民谣I》。

　　"大地唱片"成立于1990年，公司名字来自Beyond的歌《大地》，香港音乐人刘卓辉是词作者，也是"大地唱片"的创办人之一。两年后，"大地唱片"进驻北京，成为国内第一家真正意义上的、体制外的唱片公司。公司出品的第一张唱片是艾敬的《我的1997》，黄小茂将它定位为"城市民谣"。民谣系列是"大地"的计划，城市民谣之后是校园民谣。

那是一段乌托邦般开心的日子。那个年代没有网络也没有手机，"大地"向全国征集歌曲，每天都会收到一大包一大包的信件。来自四面八方的歌曲小样堆积如山，同事们分头试听，遇到一首出色的，便冲出办公室兴奋地大叫。下了班谁也不愿意回家，都聚在办公室抱着吉他唱歌，田震、那英、景岗山这些歌手干脆就住在公司里。

在堆积如山的小样中，黄小茂发现了《同桌的你》等一大批优秀的原创校园歌曲，也发现了高晓松、郁冬、金立、沈庆和老狼。

"老狼的声音吸引了我，"黄小茂说，"他的音色温暖，打动人心，比很多职业歌手更有魅力。"他最终决定不用职业歌手，而由校园歌手来演唱录制《校园民谣Ⅰ》，"只要他们自己能唱，还是让他们自己来唱，虽然不完美，但就是他们的表达打动了我"。

正式录音之前，"大地唱片"组织了一场试唱。很多人记得那个秋日，在北京礼士路广电部的大楼门口，一大帮年轻人挽着裤腿坐在站岗的士兵旁边。

那是1993年，老狼已经大学毕业两年。

大学期间，老狼和高晓松组了个名为"青铜器"的重金属乐队。乐队的贝斯手来自对外经贸大学，一次排练完，老狼骑车陪贝斯手去经贸大玩，电贝斯很沉，老狼替他背着。到了校门口，贝斯手说把琴给我吧，"进学校的时候他背着琴，倍儿引人注目。给我气得,我说这小子"。那是个抱着琴就能约到姑娘的好年代。

大学毕业后,老狼当了两年工程师,负责制造电子控制部件。工作每天都在重复,他不喜欢。1993年秋天在广电部的录音棚录完试唱,老狼辞了职,去甘南草原玩了一个月。年底,《校园民谣I》正式录制发行,老狼唱了三首歌:《同桌的你》《睡在我上铺的兄弟》和《流浪歌手的情人》。

录完歌,老狼与大他5岁的黄小茂混成了好朋友。他跟黄小茂说:"我想来你这儿工作,当个企划什么的。"黄小茂问他:"你想没想过当歌手?"——"可以吗?好吧。"于是老狼成了"大地唱片"的签约歌手。签了之后基本上没演出,老狼知道《同桌的你》红,但不知道到底有多红。20多岁,正是荷尔蒙最旺盛的时节,几个文艺男青年整天混在一起,想的是怎么约姑娘——串大学,晃地铁站,找大草坪弹琴唱歌,盼着被女歌迷认出来。

1994年,CCTV的大学生毕业晚会在保利剧院录制,老狼穿白衬衫、牛仔裤,坐在一堆大学生中间对口型唱了《同桌的你》。那场晚会彻底红了两个人,一个是演《幸福鞋垫》的何炅,另一个便是老狼。第二年,由江苏电台、南京电台发起,在南京五台山体育馆举办的"光荣与梦想"演唱会是老狼第一场真正的演出。那场演出汇集了那英、毛宁、杨钰莹、林依轮、黄格选、陈明、陈琳、潘劲东等一共二十多名当时最具实力的歌手,演出之前,老狼紧张得在厕所猛吐,"完全和电影里演的一样"。

老狼红了,《校园民谣I》也在热卖,但在那个盗版猖獗的年代,发行唱片挣不到钱。"大地唱片"勉强支撑到1994年,最终被迫转卖。1995年,老狼到了黄小茂创立的"风行唱片"。当初有五六十首校园民谣以每首几千块的价钱签给了"大地",黄小茂跑回"大地",买了一批回来。

"一切都来自偶然,"老狼形容他的第一张个人专辑《恋恋风尘》,"是小茂把那些好歌挑出来,让我唱。那个时候高晓松也说,他的歌除了老狼唱,谁都不让唱——特牛逼。"

"老狼在我心目中很奇怪,"黄小茂说,"他不是一个创作型歌手。歌手有两类,一种是创作型的,也就是现在的唱作人;另一类是职业歌手,技术很完美,自己不写歌。老狼跟别人不同的是,几乎他唱的每一首歌都像是属于他自己的,他唱的歌都有他想要表达的东西。"

在黄小茂看来,在流行音乐中,校园民谣这批歌手是真正开始表达的一拨人。"跟老一辈不一样,这批人表达的是他们自己的年代,是比较幸福的,天真烂漫,开始有一点小资。那个年代充满了这种气氛,单纯,有情怀。不同的年代造就了不同的音乐,他们这一代人就是处在真实的浪漫的青春记忆中,他们之前的青春记忆都是苦逼歌。"

直到今天,黄小茂和老狼仍然是非常好的朋友。"以前唱《同桌的你》,老狼穿件白衬衫,在台上,手都不知道往哪儿放,就是个羞涩的大男孩。"黄小茂将那时的老狼形容为"充满浪漫情怀的诗人,读《在路上》,开口就是远方"——"现在长成二皮脸,可没大没小了。人年轻的时候有朋友不新鲜,时间一久,来往的朋友并不多。"

在老狼的朋友中,黄小茂是唯一没有劝他上《我是歌手》的。"我让他问问自己,假如你表现不够理想,别人说三道四,你难不难过？你不难过那就无所谓。如果过不了这个坎儿，那这个节目就不适合你。"

黄小茂还说，老狼唱第一首歌就红了，第一首歌就决定了一生要做的事儿，这样的歌手很少很少。"顺了这么多年，也确实需要经历一下——我相信大家还是喜欢他的。"黄小茂已经很多年不看电视了，听说老狼最后去了《我是歌手》，他决定看一看。

三

1993年北京音乐台FM97.4成立，在工体举办"新人新曲新风气"演唱会，作家杨葵被邀请去做总撰稿。在歌手资料中，他看到了老狼的照片："彩色照片，那会儿还满脸青春痘呢！"见到本人聊了几句，杨葵觉得老狼"随和也活跃，像是个能相处的人"。

杨葵属于老狼的"作家朋友"。朋友带朋友，圈子越滚越大。结识杨葵不久，黄小茂去了香港任凤凰卫视音乐总监，"风行"成了无主之城。老狼过上了演出走穴、和各种朋友混日子的生活。老狼将走穴称为"唱卡拉OK"，一个月卡拉OK一两次，收入不低。

杨葵历数过他们先后沉迷的各项庸俗活动：打牌；打台球；聊天，聚众批判流行文化；喝酒……每一项都能玩得醉生梦死。圈里的张弛和艾丹有名的能喝，"他们两个人喝酒就专挑老狼，因为我们一般敢于说不。老狼脾气好，每次都醉得一塌糊涂。所以一说张弛招酒局呢，老狼就特别害怕，但是呢，他特别仗义，到时候肯定去"。

——有一些清晨,老狼从宿醉或一夜狂欢中走到大街上,看到阳光耀眼,兢兢业业的"班儿逼"正排着队等公共汽车。

作家张弛 2000 年出版的《北京病人》记述了那段肆无忌惮的生活。"那会儿闹得简直是昏天黑地。"杨葵说,"我们这几个都还算是少年得志,在二十四五岁的时候,就基本上算是当时社会上的阔人,早早地把名利这一关给过了。"

《恋恋风尘》之后,老狼好几年没有动过出个人专辑的念头。"可能一有钱特别容易养成惰性,人就不够敏锐了。"在老狼的朋友圈中,他觉得大学同学石康是个认真的人。"我们俩当时都是文学爱好者,我没想过将来会出版,他就想将来是不是要得诺贝尔啊。他真的会有一个远大理想,然后就一步一步地按着那个去了,这挺了不起的。而且按照他设计的去做,他甚至就获得了一部分成功。所以我觉得可能我获得的都太容易了。我是因为唱了一首歌,就不知不觉地出来了。他可能一直在付出很多东西。"

后来石康特别认真地告诉老狼,他想写数学史。

老狼走穴,曾跟"超载"一起到大庆。"超载"开场,然后是刘晓庆。高旗演完了,跟老狼在后台聊天,突然一个小歌迷痛哭流涕冲进来:"高旗我们热爱你!"老狼特别感动:"我觉得这才是真正的歌迷。人家买一张 100 块钱的票,只看看高旗就走了,其他什么刘晓庆,什么老狼,在他眼中什么都不是。"又一次,老狼与解晓东同台,解晓东在台上又唱又跳那首 1995年春晚的成名曲《今儿个真高兴》,下了台,老狼问他:"你怎么还唱这歌?"解晓东说:"你看这些人花钱来看你,他们其实就奔着这首歌,你让他们高兴了,你也不损失什么。""我一想也对。后来我在唱那些歌的时候就会去想,别人想获得的东西、想表现的东西也都不太一样。"

2002年的一天,老狼看朋友在怒江地带拍摄的纪录片。屏幕上的帐篷里,一道天光射下来,地下生着火,村子里每个人都喝得醉醺醺的。"就好像是生命中某一个时刻,特灿烂又留不住。那时候我老觉得自己有一种自毁情结,比如我有特心爱的东西,我老爱放在一个特边缘的地儿,我也不是成心要毁,它就是突然有一天就那么破碎了。"他将这些情绪写成一篇文字,用作第二张个人专辑《晴朗》的文案。

"我记得些碎片,"老狼这样写,他把朋友们的名字列在下面,每个名字后面跟了一句话,"88号有人在放我们最喜欢的唱片。""我们在路上,以眩晕的速度穿越风景奇美的异地,狂欢狂喜,有时悲恸有时唱。"唱片出版后分发给朋友们,老狼把唱片打开,圈出每个人的名字送给他。杨葵说:"那一刻我觉得挺感人的。"

那个时候,老狼的女朋友已经从美国留学回来。与昔日胡闹的朋友们步调一致,老狼也买了房子,收敛身心,逐渐脱离疯狂的生活。那一年他34岁。

《晴朗》是制作人宋柯入职华纳后督促老狼录制的。杨葵喜欢"晴朗"这个名字。"老狼很像晴朗这个词,我觉得他是阳光的。他很少有负面的东西,即便是特别狼狈的时候。"后来,一有人请杨葵帮忙起书名,他就说,起就起"晴朗"这样的,不要挑那些怪词。"这是个普通的词,但是你一听见,就觉得虽然平淡,但是特别豁亮。"

四

不知出于何种原因,"27俱乐部"成了文艺青年的圣杯。仿佛一旦死于27岁便可自动栖身于这些大师之侧:布莱恩·琼斯、吉米·亨德里克斯、珍妮丝·贾普林、吉姆·莫里森、科特·柯本……1995年,老狼27岁。那一年他登上了春晚的舞台。

接到春晚邀请的时候,老狼挺开心的。别人知道了这消息纷纷告诫他,最后谢幕的时候一定要拼命往前挤,"那镜头就那么大,你在那上面多露一秒,多露一个小脸都有用"。那年春晚的总导演赵安将老狼、林依轮、谢东等人打了个包,命名为"95新生代"。老狼在春晚舞台上的扮相是白衬衫、黑蓝色裤子,衬衫扎在裤子里。播出时,其他人都是假唱,只有"95新生代"真唱,"唱伴奏带,唱得完全是荒腔走板,丢人现眼"。

"那是哥们儿一辈子的噩梦,"老狼说,"所以27岁没死成不了大师,这辈子也就歇菜了。"

三年后,27岁的万晓利来到北京,开始在酒吧唱歌挣钱养家。那时他和老狼没有交集。

2006年,在北京798艺术区的新民谣运动音乐节上,老狼正式认识了万晓利。两人在酒吧里聊了一会儿,万晓利说:"好久没见,我正好录了一个新的东西,你有空听听吗?"两人约了个时间再见面。

那个时候,老狼正在录制自己的第三张个人专辑《北京的冬天》。万晓利找到他的录音棚,给了他一张CD。老狼将CD带回家,没在意,因为在他印象中,万晓利还是个在酒吧里唱口水歌的歌手。

几个月后的一个深夜,老狼无聊之中将万晓利的CD翻了出来,"一听就傻了,循环着听了好几遍,一直听到天亮,特别激动,他的作品太牛了"。那张CD是万晓利自己在家录制的《这一切没有想象的那么糟》,他的第二张个人专辑。

第二天还没起床,万晓利接到了老狼的电话。万晓利说:"当时我是躺着接的。"听见老狼在电话里说"太好听了,太好听了,我连着听了三遍",万晓利在床上坐了起来。他这张专辑已经做出来好几年了,"一直是窝着,不知道怎么办,天天待着发愁"。老狼说,我帮你往外送一送。

在老狼的引荐下,万晓利见到了独立厂牌"十三月"的卢中强。在办公室放完听完,卢中强当场拍板。专辑发行的时候,万晓利特别希望老狼来唱专辑里的和声,老狼同意了。"狼哥很认真。"万晓利说,"我把分轨都拷给他了,他还要求写谱子。"

2010年,万晓利的第三张专辑《北方的北方》面世。老狼去万晓利家,万晓利说好,你在这儿吃饭吧。"我以为要给我做什么东西,结果炒一白菜,两人就着馒头就给吃了。"老狼感觉,那会儿万晓利的精神状态就在抑郁症的边缘。"那时候他女儿跟老婆睡在一个屋,他在另外一个屋,很小,他自己支了一个话筒,就那么录音。他的音乐里那些最细微的东西都是这样来的。"

后来万晓利说,狼哥,我要给你做一张新唱片。"说实在的我想做东西,"老狼说,"但我觉得他那一路太偏了,太自我了,虽然确实很棒。他是属于坠入自己音乐的那种人,他被他自己的东西控制了。"

万晓利给圈里够得着的朋友打电话,一人拿一首,攒了一些歌,交给老狼。他说:"我当时就是觉得狼哥人这么好,大家就得做点什么。"拿到那些东西,老狼傻眼了,"太千奇百怪了,像这些人,个儿顶个儿的怪。完全无从下手"。万晓利自己听完那些歌,也突然一下找不到感觉了。老狼跟万晓利说:"要不然咱们再搁搁?"

后来老狼说,那时候做这件事,有点太功利了,像个挑大旗的。

2015年年底,万晓利搬离北京去了杭州,他戒了烟酒,开始录制自己的新专辑。谈起老狼,他说:"我觉得他是一个特别明白事理的人,并且很自然。在民谣界,这么多年,他起了一个特别宝贵的润滑作用。这个是尤其珍贵的,令我肃然起敬。这些东西在某种程度上,是把音乐包起来的。我一点不觉得他不写歌有什么大不了。"

以前,万晓利碰到老狼的时候很喜欢问他,狼哥你现在演出还得唱《同桌的你》吧?老狼往往笑而不语。但内心他确实有点羞愧。"好在,"老狼说,"我睡一觉就忘了。"

五

几年前,网上出现一条明星新闻,标题是"老狼携妻聚会露穷,黄觉李晨豪车摆阔"。老狼气坏了。

住在丽都的黄觉是老狼的朋友,老狼去找他吃饭,黄觉把邻居李晨也带上了。"结果狗仔偷拍,写道,李晨黄觉开着各自的新车,只有老狼开着一辆破旧的奥迪走了……现在人怎么都这样了?明星就必须看你带多少跟班?开什么车?这都什么人,太让人接受不了。"

开微博的时候,高晓松曾说:"完了,全民狗仔的年代来了。"老狼觉得有些时候高晓松特别聪明。"娱乐时代还是有点可怕。"老狼说。他的微博风格固定而鲜明:全是转载,没有原创。他说:"跟公众分享内心的东西,我觉得不太适应,毕竟面对的是网友。"他点怀念过去的年代,"那时候别人对我的想象只能通过我的歌,他们在头脑里会有一个完美的形象,而不是像现在,恨不得想知道你穿什么内裤。"

老狼在2004年结了婚,今年,他的儿子3岁。熟悉他的朋友都觉得有了孩子之后,老狼的变化很大:以前爱玩,现在不爱出门。"我好像都没特别仔细认真想过一些决定,"他说,"但是我觉得还挺有福的。"老狼说他的家庭生活很平常,很满足,"有孩子每天你就看他在那儿乐,其实挺高兴的"。

小时候,老狼的梦想真的是歌星。刚上大学时,老狼现在的妻子、当时的女朋友送给他一张自己画的明信片,他一个人站在台上,下面一堆观众。"其实基本上我没有什么目的,没有什么目标,就那么随波逐流地过来了。"

几年前,老狼受万晓利等人的影响,慢慢开始玩起乐队,他觉得比以前的"卡拉OK"好,"站在台上有人陪着,没那么尴尬了"。现在老狼没有签任何公司,单干。"反正就这么着吧,差不多可能慢慢地就过气了。"他很少感到落差。只是偶尔,记者发布会,"跑到新闻背板前,一堆人拿着话筒问,问一两个问题就问不出什么来了,灰溜溜的。那就这么着吧"。

老狼的朋友、作家赵赵指出:"老狼是赶上好时候了——如果他现在出道做艺人,一定红不了。"赵赵还说,这些年老狼一直在唱纯真的少年的歌,"他的审美一直停留在那里。"叶蓓则说:"这是个游戏,但要把自己放进去,如果唱歌不在歌里,如果不动情,就没意义了。"

2016年3月18日,《我是歌手》第四季老狼参与的第一期播出后,关于老狼的新闻和报道陡然爆发。"哥们儿又红了!"他会调侃自己,也会惶恐,"这么长时间没出新歌,靠一个真人秀红了,是不是太功利?"看到四面包抄来的示好,老狼说:"这说明我是个好演员。"在他看来,小河、万晓利、马木尔这样的人才是真正的歌手。

五年前,音乐人小河开启了"音乐肖像"项目,他为12个陌生人写了12首歌曲,完成了词曲创作的初稿及录音。去年小河将这个项目重新启动,邀请12位音乐人对12幅音乐肖像重新编曲制作,其中包括老狼。2016年1月15日晚上,"音乐肖像"在北京798艺术区的东区故事汇报演出,那天老狼唱了两首歌:《管艺》和《麦克》。

"管艺和我一样是60后,"老狼说,"尽管他还有追逐艺术的梦想,但现在也是个有啤酒肚的中年人了。这首歌唱的就是他的心态变迁。"在谈话中,老狼最喜欢说的话是"啊,真的?"——问号不发音,这甚至不是一个疑问,而是一种温和的陈述,虽然他好像什么都没说,也没什么要说的。"创作是痛苦的。"老狼说。那些独特的、了不起的艺术家,坚持自己的人,他仍然崇拜;但是如果做个选择,每天都很痛苦但能写出很好的作品,老狼说:"我现在做不出来,如果没孩子可能会。投入其实是一个特享受的过程。虽然可能对别人来说是折磨。"

从台下远远望去,老狼似乎与二十年前没有太大的区别,牛仔裤是深色的,登山靴是深色的,头发仍然盖住眼睛。当他唱"头上插着野花,身上穿着嫁妆",台下的小姑娘仍然会尖叫。等他走近来,才会发觉,他的头发已经不再漆黑,眼睛深处有一点疲劳。他好脾气地笑着,像一张很干净的纸被揉皱了又展平。

"老狼的年代是关于青春的,"黄小茂说,"很多人不说,但提起的时候还是会感动。没有完成的浪漫和回忆,这个题材每代人都能接受,但再写出这样的歌,再出这样的歌手,不可能了。"

那天演出结束的时候,北京下起了雪。当人们逐渐远去,飘着雪的街景很像老狼想象中《北京的冬天》的封面。在三张个人专辑中,这是老狼自己最喜欢的一张。他记得,多年前的一个傍晚,北京下着雨夹雪,他被堵在一辆出租车里,电台中传来了这首郁冬词曲演唱的《北京的冬天》。老狼坐在后座默默地想,他喜欢北京的冬天。听着这首歌,他第一次有了做一张新专辑的想法。在车流里,天已经快黑透了。那一刻,一言不发的司机伸出手去,把声音调大了一点。

四平艺人

文 _ 谢丁

一

冬天是结婚的季节。在外打工的年轻人回了家,地里也没了农活,炕头正热,适合办喜事。屯子里有人办喜事,自然就得搭个大棚。棚外是茫茫白雪,棚内得有热闹可瞧,有人说,有人唱。每年的这个时候,胡耀纯就成了红人。他擅长搞笑,还能唱几段小帽,会几手绝活。除了新娘子,他可能是婚礼上最受欢迎的人。

胡耀纯以此为生。在吉林四平的农村里,像他这样的二人转演员已不多。来回就那么几个。其他演员都在城里的剧场,很少有人愿意在大冷天跑到乡下去。但"纯哥"——朋友们都这么叫他,隔三岔五就往农村跑。跑一次大约500元,如果路远,还能再加点油钱。

像大多数二人转演员一样,胡耀纯的搭档是他老婆王丽华。他扮丑,负责搞笑和绝活。老婆扮俊,会弹琴,也唱点流行歌。

夫妻俩在2011年开始唱二人转。那年他虚岁35,认为自己必须转行,多赚点钱养家糊口。此前多年,两口子一直是二人转剧场的乐队伴奏。"拿到手的钱,只有演员的一半。"他后来说,"而且,乐队的地位也不高。"

决定转行之后,胡耀纯给自己设计了一个新发型,中分。左边是短发,右边留长耷拉下来,看起来像不平衡的郭富城。他长得颇有喜感,个子小,眼睛也小。丑角的扮相有讲究,得让人看了想笑。半年后他又换了个发型,把中间一溜剃光,两边头发留长。他说,这头型得随时变,否则观众没新鲜感。平常日子里,他就老戴个棒球帽。但出去逛街,仍有人能认出他,大老远就喊:"唱二人转那小子来了!"

在四平,爱看二人转的观众都认识胡耀纯。以前干乐队时,大家叫他"弦哥"——他是拉二胡的。他人缘好,为人仗义。钱赚得不多,但请客喝酒不含糊。无论哪里来的朋友,到了四平他都接待得好好的,临走送到火车站。因此,当人们听说"弦哥"要改行唱二人转了,一个传一个,都想方设法替他介绍演出机会。其他演员收500元一场,他收300。

胡耀纯的第一场演出,是2011年"五一"劳动节。夏天是转行的好季节,无论商店开业,还是打折促销,都要在街头搭个舞台,求个热闹。起初,胡耀纯说得少唱得多。但城里的观众就喜欢搞笑的"说口",他那时怯场,不敢说太多,就多整点绝活。他会变点小魔术,手绢底下藏朵花。拿酒瓶子砸脑袋——这可需要点技巧。或者,老婆手握电钻,钻他肚皮。如今他的肚子上还有一块疤。"演员光靠说唱是不行的。"他说,"有时候需要搞气氛,必须得整点刺激的,底下才会鼓掌。"

慢慢有了经验，胡耀纯也学会了多说话少干活，只要把台下逗笑就行。但到了冬天，在农村参加婚席的人，不吃这一套。他们认为你光说话就是净扯淡。胡耀纯又学会了察言观色。如果底下年轻人多，就说笑话；老年人多，就再整点乐器，唱几段小帽。他嗓子不是特别好，但乐感不错，虽不能像小沈阳那样唱得贼高，但二人转的韵味十足。

一年多过去。胡耀纯不记得下了多少次乡，参加了多少次婚礼。到后来，他有了自己的规矩。不接白事（丧礼），只接沾喜气的演出。他也不想找个固定的剧场靠着，觉得目前这样更自由。朋友们经常给他电话，引荐他去某个城市某个场子演几个月，他以家有老小为由，推辞不去。最远的一次，他也只是开车去了鞍钢，那次他一共拿到1000元。

2012年下半年，胡耀纯终于积攒到一笔钱，开始琢磨着买房。他嫌新开的楼盘质量不好，格局也差，最后在四平铁东区买了一套二手房。三十万一次付清，房子85平方米，三室一厅。他给父母留了一间屋。2013年1月，他决定找个大卡车回一趟老家，把父母从乡下接进城，顺便带回乡下那台旧冰箱、旧洗衣机，还有一套旧沙发。

临回家的前一天，胡耀纯一夜没睡好。他说自己做了个梦。梦见地上到处是金子，他整夜都忙活着捡金子了。

二

在胡耀纯的老家，四平市梨树县东河镇，有点天赋的人都去唱二人转了。梨树是东北的"二人转之乡"，人们爱看，也爱演。

多年来，在梨树唱戏的传统就是到处游走，谁家出钱就给谁演。一路走下来，老艺人就能收一路徒弟。小孩最经不住唱戏的诱惑。

胡耀纯13岁那年开始学拉二胡。他天生条件不好，唱不了戏。那时赵本山还未把二人转带向全民狂欢，真正在农村唱戏的，还是得有一把好嗓子。他父亲也是拉二胡的，常向他念叨"文革"时，种地种累了，宣传队喇叭一响，大伙就开唱。胡耀纯1979年出生，没赶上"文革"，但赶上了改革开放后二人转的好时光。

起初，胡耀纯跟着父亲学二胡。他本来学习成绩也不错，但自从学了二胡，就像着了魔。一年后，父亲专门给他找了个师傅，二胡拉得极好。上初一时，家里一商量，决定让他退学，以后就走这条路了。他有个大他七岁的姐姐，那时已结婚。家里这点二人转传统就到了他身上。父亲把他送到梨树县文工团，没多久，他开始跟着文工团下乡演出。那年他16岁。

1994年，梨树县各个乡镇的二人转演出，还保留了老传统。演员以"唱"为主，唱的都是《西厢》《水漫蓝桥》等老戏。有时，县里为了宣传新思想新文化，也会让文工团下乡去表演一些新戏。但老百姓还是喜欢听老段子。文工团一下乡，就是四五十人，分成好几队人马。到了村里，没地方住，胡耀纯就跟着其他人一起住学校。他们就睡在课桌上，没枕头，也没被子。一个夏天他们能跑七八十场。

对胡耀纯来说，那是宝贵的一年实战经验。乐队那时还没有电子琴和板胡，只有扬琴、唢呐和二胡。但乐理一通百通，他很快就学会了其他乐器。看人家唱得么好，他知道自己这辈子是只能待乐队了,挣得虽然比演员少,但也能挣钱。很快,他的名声就传出去了。

一年后,梨树县的陈树新给他打电话,希望他去她的团里帮忙。陈树新在吉林颇有名气,是前辈级的二人转演员。她听说胡耀纯会识谱,那年头乐队里这样的人并不多。她开出的条件是不交钱,也不挣钱,包吃包住,偶尔下乡演出时还有补助费5块钱。胡耀纯认为那是个不错的机会。如果能把乐队这门手艺学精,也许以后可以进入某个体制内歌舞团,吃吃国饷。他在那里待了三年。但到最后,他也没看见吃国饷的希望。他甚至认为二人转也没有未来。那时他20岁,亲戚介绍了一个姑娘,他们很快就订婚了。然后他离开梨树县县城,回到东河镇老家,准备做点其他营生。

那姑娘是个民办老师,不喜欢看二人转,家里和这一点关系也没有。她也嫌胡耀纯个子太矮,性格太闷。两个人都不爱说话。谈恋爱时,走路各走一边。但实话说,胡耀纯家里条件还不错。他家在东河镇上有个门脸,卖棺材和花圈。他父亲也是个阴阳先生。因这层关系,当胡耀纯回家后,他开始跟着父亲接一些"白活"——替丧事吹唢呐。一场50块钱,比在县城里给二人转伴奏强多了。没多久,他们在老家结了婚。

农村天天死人,接不完的白活。胡耀纯又是个多面手,什么乐器都能摆弄。当电子琴开始流行后,他干脆让老婆辞去了学校的工作,现学电子琴。那时候老师这职业看起来根本没有前途,一个月才100多块钱,相当于他接三个白活。在钱面前,老婆没有理由不学,尽管她并不喜欢。她那时刚怀上孩子,有时半夜一点还要起床练琴,白天仍得跟胡耀纯下乡。一年后,他们有了儿子。钱也挣得不少了。胡耀纯开始琢磨:"成天在家这么整,跟死人打交道,真是没什么发展。"

2002年左右,陈树新再次给他打电话。她在梨树县创办了一所二人转学校,请他过去当老师,教乐器。那听起来是个正当靠谱的职业。胡耀纯把孩子留在家里,带着老婆一起去了"树新戏曲学校"。他教二胡,老婆教电子琴,月薪600元。

但他这次终于选对了时机。2003年,赵本山提出了"绿色二人转"概念,在沈阳创建了"刘老根大舞台"。好像忽然来了一阵风,二人转就火了。农村的孩子如果成绩不好,都跑到二人转学校。每个人都梦想着有一天能上大舞台,能拍电视剧,能挣大钱。"树新戏曲学校"那时是一栋五层大楼,所有教学、吃住都在楼里进行,最红火时,学校有一百多个学生。

胡耀纯的薪水涨到了900元,但他知道这并不高。那些从大城市回来的朋友告诉他,城里的剧场才是赚钱最多的。在四平,一家名叫铁路俱乐部的剧场是当地最火的,人们根本买不到票,连走道都站满了人。剧场正在寻找一个会识谱的乐队伴奏。

胡耀纯找到陈树新,提出涨工资。但那时梨树县又多了几家学校,竞争太激烈,陈树新没办法满足他的要求。

"我结完婚了,得养家糊口。"他不好意思地说,"我要往外走了。"

2005年夏天,胡耀纯独自离开梨树,去了四平铁路俱乐部。到那里没多久,他就发现二人转早已变了模样,就连像他这么内向的人站在舞台上,不用唱,观众也是掌声一片。他应该感到有点不对劲,不过他那时只想着,挣钱的机会来了。

三

多年来，和很多人一样，我对二人转的认识只停留在赵本山身上。2006年春晚，小品《说事儿》结尾处，有一段精彩的手绢舞。他和崔永元、宋丹丹三个人在舞台上表演了一场传统二人转。那是一次漂亮的宣传——在中国这么多地方戏曲里，二人转似乎是"俗"得最好的一个。

在大多数民间艺术都已经没落的今天，很难想象二人转依然生龙活虎。人们都说是赵本山挽救了这门艺术。也有人说，是二人转的荤段子起了作用。不黄不爱看。但更多人说，真正原汁原味的二人转早已在舞台上消失，如今我们在剧场看到的，都是像晚会一样的综艺节目。东北人称之为"多样性二人转"。但无论如何，他们喜欢这个，至于"原汁原味"——那是老一代艺人的表演，在城市里根本没人爱看，看了打瞌睡。

老艺人正在死去。还活着的，都成了宝贝。在四平，最有名的老艺人叫董孝方。在文艺理论家眼里，73岁的他也只是个老艺人向新艺人过渡的人，俗称"新老艺人"。他嗓子天生好，唱功堪称一派。最出名的剧目是《大观灯》。他一上台，动作缓慢，用盲人棍探探路，侧耳细听，以耳代目，向上翻白眼，似乎什么都能看到。等开口一唱，极为传神。1987年，赵本山也演了一出《大观灯》，轰动沈阳，一炮而红。据说赵本山曾讲，"想当年，我也是骑着自行车追着看董孝方的《大观灯》。"

董孝方12岁那年拜师学艺，跟了戏班子里一个叫李财的人。那是1952年，师傅头天就传了他六出戏，第一出就是"解放台湾"，是当时的新戏，老调配新词。师傅嘴里含着烟袋嘴子，一句一调地教。他记忆力好，随时还带一小本，记下了师傅教他的几十台老戏。1961年秋天，师傅死在了梨树。董孝方那时正在沈阳演出，没赶上告别。那些年，他跟着县里的剧团四处巡演，号称"轻骑兵"。在农村，他们去工地给同志们鼓劲，打竹板，唱几段快板。但他却很少参加农村的红白喜事，因为那得经过县文化局批准。1969年，董孝方被戴了高帽、赶到农村，种了三年地。

董孝方不会干农活，但其他人都愿意帮他，只等着早点干完听他唱戏。他不敢唱传统戏，只唱《雷锋》，偶尔也来一段《红灯记》。1971年，他终于从农村回到梨树县剧团，唱的第一出戏是《雄鹰展翅》，说的是一个知识青年下乡的故事。那是他专门去学的新戏。五年后，"四人帮"倒台，董孝方才又唱上了老戏。

董孝方的老戏出了名的妙。二人转"说唱扮舞绝"，他样样都出彩。他认为上场就应该先"说"——和观众建立感情。他俏皮幽默，却不带脏口。师傅李财就拒绝说脏口。他琢磨出的一招手绢功夫更是一绝，唱到高潮处，他的手绢可以随着唱腔抛到观众头上十几米以外的地方，旋转一圈，再稳稳飞回董孝方的手里。

"后来，专家给这招取了个名字，叫'凤还巢'。"他说，"现在的小孩谁还会这个？"

那是春节前的一天下午，我们正坐在他办公室里。说完这话，他立即从沙发上站起来，伸进大皮包里掏出一块艳丽的八角手绢。"喏，就是这样。"手一扬，手绢飞起来，顶到了办公室的天花板，他叹口气说，"这里不够高。"

这间屋子在"董孝方二人转学府"的二楼。2004年，紧随

[特写]

着"树新戏曲学校",董孝方也创办了这所二人转学校。它是栋三层高的楼房,和陈树新那里一样,所有教学、吃住都在楼里进行。最红火时,这里的学生是梨树县最多的,但如今只剩下30多个小孩。

学生们大都是初中没毕业就到了这里。但董孝方说,这些孩子比那帮高中生懂得还多。他们的知识都从戏文里来。每天早上,董孝方要给学生上一堂唱腔课。他已73岁,但唱出来仍是字正腔圆,力道十足。也许是为了坚守二人转的传统,他拒绝在课堂上教一些搞笑的"说口"。他也固执地相信,如今仍是会唱老戏的演员才吃香。

那天下午,教室课桌上摆的是《罗成算卦》。第一句是"大唐老祖坐金銮,保驾全凭文武百官",一个学生用钢笔工整地把这段唱词抄在作业本上。他羞怯地看了我一眼,笑着把本子背过去。我不知道他是否留意到,他写错了那个"銮"字。

四

2005年冬天,胡耀纯仍奔波在四平和梨树之间。他嫌四平的房子贵,两口子就仍住在梨树县城。为了节约路费,他买了一辆小摩托,来回大约40公里,只需5块油钱。他之前在老家接"白活"时,曾花一万块买过一辆幸福125摩托,但那车牌不能在四平驾驶,只好转手给了老丈人。不过,这样也好,老婆待在梨树,还能接一些演出伴奏的活。

"那时候也挺遭罪的。"他回忆说。每天晚上,铁路俱乐部十点半下戏,他要骑摩托赶回梨树,只能睡几个小时,凌晨就得起床,和老婆一起去乡下伴奏。中午回到家,赶紧再睡一会儿。他每个月在剧场拿1200元,白天接活一场50元。傍晚的时候,在六点到七点之间,他会抽空去一趟四平市中心的广场,给那些扭秧歌的人伴个奏,赚得5块钱——刚好买一包烟。

"有一次刚好赶上暴雨。我没带头盔。回到家已经十二点,满脸都糊着泥,露两眼睛。我洗了个澡,然后倒床上眯了一个半小时,又要起床下乡。"他叹了一声,"那寒风走的。"

但无论如何,胡耀纯的钱包慢慢鼓了起来,虽然两口子根本没时间花钱。一年后,铁路俱乐部走了个琴手,他老婆终于也到了四平。他们住在剧场替员工租的屋子里,一个房间四对夫妻,上下高低床。每张床都围着一层布帘。"那时候,无论冬夏,我们都穿着睡衣睡觉。"他说,"但是,屋里也热闹,也不觉得有什么。"

对胡耀纯来说,这些生活上的艰苦都是可以克服的。最让他受不了的,是剧场的二人转不是他所熟悉的调子了。演员不再以"唱"为主,20分钟的表演,说口可能就要占去15分钟。那些笑话也是他不能接受的。"那就是扯犊子,埋汰人。"他甚至有过放弃的念头,因为演员现在居然会拿他开起玩笑来,而他之前一直认为自己就是个坐旁边搞乐器的。

时间一久,演员们也琢磨出道理来。只要胡耀纯一从乐队里走上台,观众就乐,好像笑的就是他那份拘谨和忸怩。慢慢地,他也会配戏了,偶尔说几句话。有时演员提前告诉他五句,他至少也能记两句。到最后,他觉得这一切都已不是问题。他胆子也大了,可以主动说几句逗乐的话。两年后,他已成为乐队里不可或缺的人物。月薪涨到了2700元。

钱挣得不少，但胡耀纯还想挣得更多。他打算买一辆车，方便下乡演出时带上道具，还能在天寒地冻时躲车里暖和暖和。他告诉儿子自己要提车去。儿子很高兴。等他把车开回家，儿子瞅了一眼，对着车皮踢一脚，说："哎哟，啥破车！"

那是一款灰白色的羚羊车。在四平铁路俱乐部，胡耀纯可能是最早买车的几个人之一。他清楚地知道，自己不像其他东北人，他这款车不是用来充面子的。他在这方面的稳重和现实，朋友们也都知道。"但每次发工资，演员们拿厚厚一叠。"他说，"而我们只有这么薄一层。"他比划了一下，摇摇头。到了2008年，无论是别人还是他自己，都意识到两口子也许该转行了。

"谁知道二人转现在变成这样子呢？"他说，"也许是赵本山帮了忙？"多年前，他认为自己根本不是唱二人转的料。但现在，他觉得那些都不是问题。

五

不去东北，你可能永远不知道剧场里在发生什么。"你想看什么？综艺的？我们有。嘉宾反串的？我们也有。传统的二人转？我们还有。"李晓勇说，"搞笑的？当然有。没有搞笑，东北二人转就不会这么火了。"

2013年1月的一个下午，我们正坐在长春关东剧院的楼下喝茶。李晓勇和冯盼盼看起来和二人转毫无关系。他22岁，穿一件黄色羽绒服，稚气的脸庞还留有青春期的痕迹，但说话却挺老气。她24岁，黑色羽绒服，化着淡妆，是个时髦漂亮的女孩。她负责泡茶，他在一旁玩笑似的吆喝。谁能想到这对年轻人已说了五年的二人转。

他们俩在长春的和平大戏院认识,同是青年团的学员。冯盼盼是家里唯一唱二人转的。李晓勇的父母却都是演员,年轻时就在四平到处演出。他的大姐在骆驼岭水库出生,二姐在秀水出生,他出生在桑树台,还有个小弟,又出生在另外一个地方。13岁那年,父亲开始教他吹唢呐,花800元买了一台电子琴,原打算让他进乐队,但眼看着乐队没有演员挣钱,他们把他送到了长春。

2007年夏天,李晓勇和冯盼盼在朝阳镇开始了第一场演出。他以"绝活"见长,变点小魔术,玩一些别人不会的乐器。和胡耀纯一样,也是他扮丑,盼盼扮俊。十天后,他们俩挣了3000块钱。盼盼买了件衣服犒劳自己。晓勇则是拿去吃。有次他们去乡下参加一个朋友的婚礼,李晓勇临时表演了个绝活。他拿出一个牛犄角,对着嘴就吹出了调。所有人都感到新奇。胡耀纯那天也在场,他后来对我说:"晓勇不愧是大城市来的,什么都走在前面。"那是他们第一次见面,就成了朋友。

冯盼盼常说,二人转这一行,无论走到哪里,几句话就交上了朋友。演员们碰到一起,首先就问"哥你好,新来的哈?"或者是"老弟你从哪来的呀?跟哪学的?"没多久,他们就可以打电话互相邀请对方来演出了:"我们这儿还缺一副架,要不你们过来玩几个月?"

那年秋天,李晓勇和冯盼盼被邀请去了上海,听说那里的钱特别好挣。那是他们俩第一次出远门,买了两张卧铺票,坐了三十多个小时火车。他们在下午三点抵达上海,吃了晚饭,就被拉上了车去赶场。第一场是个小迪吧,主持人一报二人转,台下就爆炸了。"嗷嗷喊。"晓勇说,"没想到二人转在上海也那么受欢迎。"

他们一共七副架,十四个人,住在一套租来的两居室。每天晚上,老板派车过来接,然后就是一个场子一个场子地赶。到了圣诞节,完全忙不过来。"上场先说点搞笑的,我俩再吹个萨克斯或者演段小品,二十分钟就结束。"晓勇说。有时他们一天要赶五个场。三个月后,晓勇突然意识到,这么做下去,对他们并没什么好处。如果一直待在上海,他们可能根本不会有什么进步。那时,就像所有二人转搭档一样,他们俩已经谈上恋爱。2008年春节前夕,他们决定回到东北。

在吉林,李晓勇之前交上的朋友们已散布在各个地方剧场。那是二人转在东北最火的时候,四处缺人,许多剧场一票难求。在老家过完年,他和冯盼盼一起去了四平铁路俱乐部,和胡耀纯住在了同一间屋。那是他们友谊的真正开始。"纯哥那两口子人太好了。"盼盼说,"对朋友是真热情,真实诚。"他们在那里唱了几个月,临走前,建议胡耀纯别搞乐队了,当演员吧。

在二人转这圈里,剧场和剧场之间是通气的,演员也如此。一对演员在某个剧场唱久了,观众没新鲜感,就得换一批人。离开四平后,李晓勇去了辽阳。他们自己可能也没料到,随后四年都将在各个城市漂来漂去。"哪都走。"他说,"哪里有剧场,我们就去哪儿。"往往是电话一来,第二天就拎起两个行李箱上了火车。

2009年,李晓勇用赚来的钱买了一辆大众速腾车。他们可以带更多东西上路。自己喜欢的被子、床单,更多道具和衣服。有时候,他们已不记得到底去过哪些城市。也许是海拉尔,因为那里冷得够呛,也许是天津、威海、秦皇岛。"哦,佳木斯——我们刚从那里过来。"

在长春,关东剧院并非一个完全市场化的剧场,它打出的旗号是二人转传承基地。就像李晓勇所说,无论你想看什么,这里都有。对于剧场老板来说,李晓勇和冯盼盼是年轻一代二人转演员中比较特殊的一对。他们俩的定位是"时尚"和"感人"——老板说,你将会看到一场"泰坦尼克号"式的表演。

一个周五的傍晚,舞台布置得如梦如幻,但剧院的观众却不多,甚至稍显冷落。首先上场的,是春晚式的歌舞集锦。然后来了一对中年演员,表演了一段扇子舞,唱了一段小帽,算是照顾到老观众。接着是个轰隆隆的"摇滚"青年,轰了几首流行歌后,李晓勇上场了。

他穿一条小丑半截裤,系着红围巾,上场先说了五分钟笑话,提到了江南 style(没人反应)、钓鱼岛和日本人(台下掌声一片)。当观众似乎感到有点厌倦时,他来了个流行歌曲模仿大联唱。时间已过去二十分钟。冯盼盼终于上场。

"在台上,她是我搭档,在台下,她是我女朋友。"晓勇说。

突然,灯光暗下来,音乐变得舒缓。他开始讲述他们俩的爱情,一个受到女方家庭反对最后却挣破重重阻力在一起的故事。他拿出一顶雨伞,伞尖绑了一瓶矿泉水,仿佛浪漫的雨丝流向舞台。

剧院老板说得没错,这是一场令人意外的二人转。我朝观众席望去,没什么反应。也许他们也不知道,在此刻是鼓掌比较好,还是安静更好。而我之前从未听他们俩谈起过这个故事。

它是真实的。但那天晚上，它让我有种错觉。我仿佛从未见过舞台上那两个人。

六

"站在舞台上，我没有华丽的语言，不该保你们发财呀挣钱呀，没有用。今天我站在这舞台上，给我鼓掌的好哥们、好姐们，兄弟就一句话，在这个舞台上我将日夜地祈祷、祈祷您家中的老人、孩子永远健康，长寿平安。平安呢！"

这段毫无幽默感的话，仍然被胡耀纯记在了他的本子上。2009年的某一天，他和老婆开始有意识地记录这些"说口"。现在的二人转有个好处，唱得少，意味着伴奏也少。他们俩大多时候都闲坐在舞台侧面。尤其是他老婆，毕竟做过老师，写字很快，还会几句英文。演员在那边说，她则低头在本子上写。有时只是一句话：

"玩意不大把人迷，谁要是尝到滋味谁就舍不地。"

有时候，是一些重要的转场段落：

"刚才下去的，是什么玩意儿啊，是人是妖啊，做变性手术了，下边一刀割扔了，你败家玩意儿，你给我呀，你要不给我，你给××呢，××就爱吃那筋头巴脑，朋友们，我这辈子，新车也开过，二手车也开过，就他这改装车，我还真没开过。那他爹妈从小屎一把,尿一把,花20多万培养这么大，望子成龙，望子成龙，我看要成凤了。"

一旦起了改行的心思，胡耀纯开始处处留意。老婆在剧场先胡乱记下，回到家，再工整地抄到另一个笔记本上。他随身带着，随时背。胡耀纯知道，要想成为一名演员，他最缺乏的是"说口"和"绝活"。至于唱腔，记下唱词就好了——他曾在剧场完整地记录了好几个小帽，够用就行。他说，这年头，谁也不会听像董孝方唱的那些成套老戏。

两口子开始私下练习。搞笑的段子，他们可以各自背诵，等宿舍没人时，再互相对一下。但唱腔实在不方便在房间练，会打扰其他人休息。有时候，胡耀纯就带着老婆，开车来到城外的树林，插上 MP3，伴奏从车里的喇叭传出来，两人就在野地里开唱。

胡耀纯知道这是偷学。但如今这二人转，大城市的演员学刘老根大舞台，小城市学大城市，像他这种经常去乡下的，什么都可以学。而且铁路俱乐部谁都知道他在学这些东西。最难学的，其实是绝活。那得亲自去问演员。关系处得好了，人家自然告诉你。胡耀纯的人际关系向来就是最好的。

铁路俱乐部的演员换了一批又一批，胡耀纯却一直没动。他的小本也越来越厚。2011 年春夏之际，俱乐部停业装修，终于逼着他迈出了演员的第一步。有一次，他老婆向我回忆起那段怯生生的日子，说，一开始上舞台，脑子里的话全忘了，只能靠他的绝活撑下去。"但其实没事儿，多说几场，就习惯了。"胡耀纯安慰她，"只要别害怕。敢耍。"

"你看不出我们以前都很内向吧？"她对我说，然后自己先笑了，"慢慢就放开了。"

2013 年春天，铁路俱乐部即将装修完毕，再次开业。老板给胡耀纯打电话，问他是否还想去。他说仍在考虑。我曾问他对未来有何打算，他支支吾吾，也没想好。有次他说想开一个乐器培训班。另有一次，说想开个婚庆公司。无论怎样，他知道都和二人转脱不了干系。

江湖上有句老话。对传统艺人来说，第一我要活下去，第二我要活得更好。胡耀纯似乎从没有特别远大的目标。如果非要往回看自己的二人转之路，他笑着说，就好像这辈子都在收集资料。以前收集乐队，后来收集演员。到最后，他自己终于成了演员。

七

腊月初十，梨树县东河乡胜利八队的贺家有个儿子结婚。凌晨四点半，胡耀纯就在楼下把车点燃。连日来的寒冷稍稍过去，那天气温只是零下二十度。他戴一顶厚棒球帽，明年又该换发型了。汽车开出小区，先去了一家仓库。他搬出四五个大包，放进后备箱。这一次，新郎家自备音响，他不用带。不过，他又是一夜未眠。

六点四十，他们到了一个村子。贺家人早已在门口的雪地里搭了个大棚，棚是透风的，但里面有个火炉。两口子把东西搬下车，挪进棚里。插上稳压器、电源、功放、电脑，再接上音响，一首《老婆最大》就从棚里飘了出去。然后就是漫长的等待。他站在火炉边，点燃了一支烟，说，今天来得太早了。

客人们陆续从附近赶来。屋里炕上都坐了人，剩下的只好挤到大棚里。胡耀纯和老婆走到前面，那块小空地就是舞台。就像一百多年前的二人转那样，他当着所有观众的面开始扮相。他脱了外衣，套上一件花绸衣，一条大红格子裤，取下帽子。

与此同时,老婆拿着话筒开始说话。她背了几段本子上的说口,不好笑,但却是场面话。然后她说,给大家先唱几首歌吧。

那是我第一次听她唱歌。她看起来很轻松,不过又带点天生的拘谨。胡耀纯站在离她一米不到的地方,看着底下的观众,似乎很疲惫。不过,歌声带来了清新的感觉。她唱道:"爱上草原爱上你,爱上这晴朗的天气。"

棚内开始热烈地鼓掌,老人、小孩、抽着烟的大爷,目不转睛。大棚外正炊烟滚滚。远处是几户农家,几垛玉米秆,还有看不到边际的雪地。

机核：玩游戏的，都是朋友

文 _ 黄昕宇

一

机核电台最有争议的一期节目，却有个老套的题目：半边天。

这个话题起源于美国女权主义者安妮塔·萨克伊西恩（Anita Sarkeesian）。2012年，她在网上众筹一个项目《女性主义频道》（*Feminism Frequency*），计划做一系列视频，主题是电子游戏中如何呈现女性，准确地说，是电子游戏领域对女性的歧视。她原本希望筹到6000美元，但最终，捐款将近16万美元。当然，她也受到了大量威胁和恐吓。

《半边天》就从介绍安妮塔·萨克伊西恩开始。和往常一样，西蒙是主持。

西蒙长得凶，大鼻子，下颌蓄一层薄须，一对大凸眼藏在黑框眼镜后面。但是在电台里，他是个带着一口懒洋洋的北京口音、有点贫的大男孩。

西蒙和嘉宾安安、麦教授都是男性，他们基本都认同安妮塔·萨克伊西恩的观点：电子游戏对女性的刻画往往简单粗暴。他们谈起一个又一个游戏，印证安妮塔的分析：女性往往是被俘的，等待英雄拯救；女性角色的能力很弱；有一类女性形象是游戏中的牺牲品，她们的结局是被杀，以此来提供男性主角行动的动机；还有一类女性完全是工具，作用包括提升男性体力等。

他们还请来一位女玩家大蝠，请她谈谈自己的亲身经历。大蝠在父亲的影响下，从小就喜欢玩游戏，她也喜欢玩一些很硬核、传统上视为男性喜好的游戏，比如《拳王》。但是，她说，游戏中女性角色实在太少，玩男性角色，代入感很弱。并且，人们默认女孩不擅长游戏；当她说到游戏时，总会遭遇误解和大惊小怪。

节目中，西蒙进行了自我批评，为过去的一期节目《让她陪我玩游戏》中说到的诸多对女孩的刻板印象道歉。他自嘲："平时我们确实没注意到，大概因为都是一群臭直男。"

这期节目播出后，后面跟了657条评论，是机核创立五年来回复最多的一次。很多人愤怒地指责节目中的观点，痛骂女权主义，也有少数评论回骂"直男癌"。

西蒙十分纠结。长期以来，西蒙对节目内容的把握都很稳妥。在做《半边天》之前，西蒙已经预料到了，这个话题必然引发激烈争议，有可能两边不讨好。但他考量再三，仍然冒着被喷的风险，做完这期节目。因为他和其他几个嘉宾，都真的太爱电子游戏了。他们真心希望游戏变得更好、更成熟。西蒙说："游戏作为这么好的媒体形式，有向大众传播正确价值观的作用。"

机核也是如此。从2010年创办以来，西蒙和其他创办者把机核定位为"传播游戏文化"，现在，机核网已经是国内最有影响力的游戏媒体之一。那么，西蒙认为，是时候、也有责任去表明一些立场，说明一些东西了。

二

很多朋友都说，西蒙是那种能呼朋引伴的大院孩子。读初中时，他家就是个据点了。

西蒙家离学校近，十分钟路腿儿着就到了。他常带着几个同学，在午休时溜回家玩游戏。到家门口，集体站住，西蒙打开门，先上下左右观察一番，地毯在什么位置、拖鞋怎么摆的……细枝末节一一记住了，这才踏进去。离开时仔细复原，作案似的。

即使如此，道高一尺魔高一丈，西蒙的妈妈回家，发现盖电视的布有个角不平，接着就是一顿揍。有一回，她把游戏机砸了，按键飞出键盘，落得屋里哪儿都是。

被砸的是一台山寨机，仿的是日本任天堂公司的第一代家用游戏主机——FC主机。这款经典主机有着白色机身和红色的手柄、开关，大家就叫它"红白机"。

西蒙读小学时，家里也有一台原版任天堂，那是小舅托朋友从广州带回来的。一开始，玩游戏是合家欢项目，一家老小常围着电视一块玩《超级玛丽》。小舅玩得最上道，他买来攻略书研究秘技，玩《魂斗罗》时，能调出30条命。姥姥姥爷喜欢俄罗斯方块，老两口盯着条条块块一格一格地掉落、消除，极有耐性。

不过，大部分时候，手柄被西蒙他们几个小孩霸占着。直到"儿童打游戏玩瞎眼"、"少年模仿格斗游戏打人"之类的新闻越来越多，报纸、电视突然都开始说游戏机的坏话，西蒙就被禁止玩游戏机了。家里买了带键盘、词霸学习卡的"学习机"。但学习机也能插游戏卡，插上装载几百个游戏的盗版合集，最终还是用来打游戏。

一个暑假，西蒙去表哥家玩。他看着表哥在电脑上打《仙剑奇侠传》。在小渔村的客栈里，表哥操控的主角李逍遥被婶婶一锅瓢敲醒："你皮痒啊！敢叫老娘鬼婆！"他上街溜达，邻居家的小姐妹向他献殷勤，洗衣服的大妈们张家长李家短地碎嘴，路边醉酒的道士管他讨酒喝……西蒙看傻了——居然还能四处找人说话！

游戏里，李逍遥认识了少女赵灵儿，陪护她千里寻母，途中遇到为他离家出走的刁蛮千金林月如。他们一路斩妖除魔。故事的最后，李逍遥、赵灵儿与大魔头拜月教主展开最终大战，女娲后裔赵灵儿与拜月同归于尽。

伴随着李逍遥从渔村小混混、一步步成长为重情重义的一代大侠，西蒙觉得自己看了一部电影，心潮澎湃。他上手玩起来，在表哥家赖了好多天，最终卡在一处迷宫里没绕出来。

西蒙妈对表哥很有意见，认为他给了西蒙不好的影响——西蒙从此爱上电脑游戏。

西蒙大学学的是广告，他梦想成为插画师，自己钻研画画和设计。大三时，他被Kappa聘为平面设计师，不再有时间练习插画。不过，他有了收入，一个月工资3500元，他花3000元买了一台当年正热的游戏机Xbox360，又申请了信用卡，买了电视，玩盗版。

当时已经有了一些游戏论坛，其中微软用户主要聚集在XBOX SKY（现改名XBOX-SKYer），上面有不少志同道合的玩家朋友，西蒙终于找到一个可以好好讨论游戏的地方了。他用自己最喜欢的游戏《辐射》中的吉祥物形象"避难所小子"做头像，他喜欢分享，有时早早打通一款游戏，就发帖说："某某游戏我已打通，有任何问题欢迎问我。"

可是，玩家圈子里经常有派系争吵。西蒙入手索尼的PS3后，经常分享PS系游戏的文化解读，常被微软用户喷。一次，西蒙的文章出现了一处错误，被微软粉丝骂得很惨。他觉得很沮丧，约了论坛管理员pp熊在金融街附近的一家火锅店见面。熊比西蒙大四五岁，中等身材，圆头圆脸，笑眼肉鼻子，翻领上衣的下摆整齐地掖进皮带里，典型的商务人士。西蒙则是惯常的松散打扮，像裹上件羽绒服下楼取外卖。两人坐在一起，跟拼桌似的。

为了鼓励原创分享，熊经常维护西蒙。熊说："我们玩家本来就是小众了，还分什么这派那派的啊。"他们商量，不如自己建一个玩家交流平台。西蒙提议做个播客电台。这在当时是非常新颖的形式，不仅如此，熊觉得，声音的呈现会非常亲切，能直接展现游戏玩家面貌。

熊又拉来两个玩游戏结识的好友，黑羊和西总布。他们是在一次玩家聚会活动中认识的。那年西总布才十八九岁，非常青涩。熊则是个领袖人物，他站上舞台振臂挥拳："我们玩游戏的也要玩出名堂！我们不仅要游戏玩得牛逼，还要工作牛逼！生活牛逼！"。

2010年,他们成立电台,命名为"机核"(Gadio),意思是:以游戏为核心,不分派别。

三

上世纪六十年代末,美国国防武器商Sanders Associates公司的武器设计总工程师拉尔夫·贝尔(Ralph Baer)和同事设计出了一个打乒乓球的游戏设备,可以接电视屏幕。贝尔设想,家用游戏机可以把家庭成员聚在一起,进行娱乐活动。

1972年,以此设备为基础的第一代游戏主机奥德赛(Odyssey)问世。同一年,雅达利公司投入家用游戏机行业,并推出装载更强大功能乒乓球游戏的商场投币式游戏机《打乒乓》(Pong),这是世界上第一台街机——也就是放在公共场所的大型专用游戏机,从此开启了真正意义上的游戏机市场。风靡一时的《打乒乓》,只有一片黑屏、两道作为球拍的粗白线,和一个代表"球"的白点。

美国游戏机市场繁荣十年后,因"数量压倒质量"的游戏政策,市场上充斥了大量垃圾游戏,最终玩家们对游戏彻底失去信心,市场走向大崩溃。1983年日本任天堂公司推出NES主机,成了奠定现代电子游戏标准的一款产品。日本成为游戏产业的另一个中心。

在中国,那时正是改革开放,人们渴望着新鲜事物。1984年,邓小平提出:"计算机的普及要从娃娃做起。"大批任天堂红白机经由香港、台湾等口岸走私进入大陆,被认为是开发青少年智力的电子设备。《超级玛丽》《坦克大战》《魂斗罗》成了一代人的共同记忆。同时应运而生的，是玩家自行编写的《电子游戏入门》《电视游戏一点通》等书。国内游戏厂商还结合国情，给游戏机加装键盘、词霸学习卡等学习型配件，冠名"学习机"。

但是，正如西蒙少年时的经历，家用游戏机的名声很快就变坏了，被说成是"精神鸦片""病毒"。2000年，国务院颁布禁令：停止一切关于游戏机的生产、销售、经营活动。电子游戏在主流舆论的多年围剿下，很快从大众娱乐产品变成一个"不良"爱好。

从此，中国游戏市场就处在几大游戏厂商视野之外。中国玩家无法通过正常途径取得正版游戏，他们多半只能玩破解的盗版。游戏商应对盗版的狠招是锁区，即通过限制当地网络代理商，玩家在不同地区只能玩各自地区版本的游戏或游戏机，这样一来，玩破解版便不能联网了。

市场常年充斥盗版，培养出了一批不愿意掏钱的用户。每出一款新游戏，玩家的普遍反应是马上到网站等破解补丁。在种种条件的约束下，国内的游戏开发者过得很艰辛，自然也很难创作出新的游戏。

而就在这十多年，世界游戏产业不断发展。游戏主机处理器从八位机进化到十六位机，又进入六十四位时代；游戏画面从2D发展到3D，日益精细，人物不再是粗糙的马赛克，而越发逼真；游戏类型越来越多，剧情也更加丰富，渐渐向电影化方向发展。Xbox360和PS3的推出，标志着电子游戏进入了高画质高品质时代，游戏圈称其为"次世代"游戏，即下一代游戏。但很快，新一代游戏就出现了，"次世代"所代称的主机和游戏也不断更新，每隔一两年，玩家们就被更先进的"次世代"游戏震撼。

机核建立时，正处于这种大环境之中——中国游戏产业举步维艰，世界游戏产业日新月异。他们鼓励国内的原创游戏，但每年的重头节目，仍是报道、评论电子游戏发展的E3——每年在美国举办的电子娱乐展览会，被称为全球电子游戏产业的年度"奥林匹克"，各大游戏厂商会在这场盛会上展出本年度最重要的产品。因此，E3大展也是全球玩家的大日子。

机核第一期刚上线，就赶上当年的E3。几个人组成E3专题工作组，聚在一起观看视频直播，发布会一结束，就录制专题节目，立刻发布。北美地区的发布会一般在北京时间深夜，等到节目上线，天几乎亮了。

2012年的E3，朋友们齐聚西蒙家。索尼发布会上，《合金装备》新预告片首次向全球公布。《合金装备》是世界上第一个战术谍报类游戏，到这一年已经是第八部作品。二十多年来，每一部新作都带来剧情、视觉效果和操作技术上新的惊喜。那是熊这辈子认定的一款游戏，他憋红了脸，亢奋地跳到沙发上大喊大叫。

这时候，他们喜欢的游戏已经具有电影巨制般的恢宏效果，但有时候，熊跟圈外的朋友说起游戏机，对方依然只知道红白机和《超级玛丽》。

四

麦教授在读大学时玩到了《巫师》。他霸占隔壁同学的电脑，沉浸游戏不可自拔。

主角猎魔人杰洛特,披皮甲,背长剑,一头白发。故事的起源是,猎魔人的要塞凯尔·莫罕突然遭遇火蜥蜴帮的阴谋袭击,杰洛特于是开始了追踪侦查之旅。一路困难重重,杰洛特必须主动探索、尝试,才能打入全境封锁的城邦、调查阴谋真相,剧情由此推进。

麦教授觉得自己就是杰洛特,完全被吸进抽丝剥茧、层层展开的故事里。

三年后,在英国读硕士的他,再次被乌克兰游戏《地铁2033》震撼。

故事设定在被核战摧毁的世界,人类仅存的避难所是地底列车站台。黑暗画面和残损环境营造出的废土风格,完全切中麦教授的兴奋点,他把游戏调到俄语音轨,为"浓郁的毛子气氛"陶醉不已。他上网查阅游戏信息,买来游戏改编的原作——俄罗斯作家德米特里·格鲁克夫斯基(Dmitry Glukhovsky)的小说《地铁2033》。这本书附赠了一张地铁世界政治局势图,看着地铁图上的站名和格局分布,麦教授再次亢奋——这真是太完美的国际政治模型了!麦教授用国际政治的理论框架再次分析游戏和小说,忍不住赞叹这款作品的深邃。

他真希望可以和人分享自己玩游戏收获的一系列想法。但他觉得网络上的氛围非常反智,各大游戏媒体平台又充斥着攻略,这些想法只能留在自己心里。

2013年,麦教授申请博士学位,空出一年,便回了国。他在人生地不熟的城市干着不甚有趣的实习工作,offer又迟迟不到,日子很是难熬。一天,他听到了机核,觉得有趣又有内容,令人开心。从此,每天上下班的路上,他就插着耳机,边走边傻乐。有时,他听着几个主播聊得酣畅,会冒出这样的想法:如果把自己扔到这群人中间,也会很愉快。

那年的VGL游戏音乐会(Vedio Games Live)【一场以游戏音乐为主题的电玩交响音乐会】上,麦教授见到了西总布和西蒙。他鼓足勇气上前打招呼,说特别喜欢他们的节目,感谢机核在他消沉时给了他许多慰藉。这话发自肺腑。"哟,这太棒了。"西总布笑着,拍了拍麦教授的肚子。

音乐会当天下午,麦教授遇到西蒙。他们聊起游戏。"我偏欧美。"他说。西蒙说:"我也是。"麦教授说起《地铁2033》,从克里姆林宫上的五角星说到列宁和地狱签订契约、恶魔大军帮助红军,已经烂在肚子里的一套想法倾泻而出。说完《地铁2033》,又说《巫师》。

"我×,真的吗?"西蒙听得眼都直了。他问道:"你什么时候走?你要是留到周一,我们可以录一期节目。"

一个月后,《巫师》专题上线,反响很好。麦教授这才放了心——他脸皮薄,一直担心被喷。这让他确定,机核这个平台和他擅长的东西是高度契合的。机核的主播、编辑和观众们都是认真的人,尊重知识,他们看到了游戏的严肃和丰富。

这样认真的平台,自然也能吸引同样认真的内容生产者。

在机核网还是旧版论坛时,每天更新寥寥,稳定的高质量撰稿作者只有一个,RED。

RED的游戏评论自成风格,他采用固定的框架,开头、结尾分别成段,中间用关键词做小标题、分点论述。固定框架能帮助他迅速进入写作状态，稳定又高产。他写评论更多是为了自我训练，学习游戏讲故事的方式。RED说，游戏最吸引他的部分，就是叙述方法。

"故事是超越形式的，而游戏确实提供了一种很好的讲故事的方式。"RED很关注独立游戏，因为独立游戏开发者往往能提供摆脱以大制作团队和高推广预算为基础的巨制束缚和传统叙述方式，创造出新的表达形式。比如讲述患癌儿童家庭故事的《癌症似龙》；还有通过谋杀案嫌疑人供述视频构成的文字冒险类游戏《她的故事》。

陈星汉也是这样一位独立的游戏设计师，他的游戏超越了传统游戏概念，没有激烈的故事，没有语言，也没有竞争，却给人以感官认同和心灵共鸣，被称为"禅派"。

陈星汉的启蒙游戏同样是《仙剑奇侠传》。在机核的节目中，他说，《仙剑》通关后，他心里充满难以言喻的情感，想了很久自己的人生应该怎么活。这个思考让他成长，他觉得自己变成了更好的人。从那时起，陈星汉想成为一个艺术家，一个能带给人思考的艺术家，而游戏就是他选择的媒体。

本科毕业后，陈星汉到美国学习电影写作。在那里他学到，好的电影要做到"a good story well told"，就是说，故事要好，讲得也要好。近几年，电影化是美国游戏制作的一大趋势。但陈星汉觉得，大部分游戏讲故事时，依赖的还是传统媒介的表达方式，比如插入大段的场景动画。但游戏这个媒介，最重要的应该是互动性。问题是，这个行业如此年轻，以至于目前游戏可以表达的语言非常少。在美国的游戏开发公司，陈星汉听到设计师对游戏设计的评价只有两句"this is fine"和"this is cool"。但除了表达酷和好玩,游戏还能表达别的情感吗?比如孤独,或是宁静?他愿意去探索。

2011年,他被邀请到机核,是机核的第一位重量级嘉宾。第二年,他的团队开发的《风之旅人》(Journey)获得美国Spike TV举办的年度游戏大奖,这一奖项被誉为"游戏界的奥斯卡"。

在机核的节目中,陈星汉说,大部分人的印象里,游戏就是车、枪、球,游戏玩家就是十几岁爆着粗口只想干掉对手的男孩。他说:"我觉得我整个职业生涯就是想改变人们对游戏的看法。"

五

2013年5月,机核三周年了。

"三",怎么着也算个数了,西蒙想,可以搞点儿名堂了。他为三周年设计了纪念T恤,正面印着一个由各式各样手柄组成的阿拉伯数字"3"。设计出身的西蒙觉得,T恤是一个极佳的文化元素载体,能展示态度:玩游戏的人应该很自豪地展示自己,我们不是一群死宅男,是一群有想法有文化的、不一样的年轻人。

三周年聚会后,熊开始筹备移民加拿大,西蒙和西总布工作也越来越忙。三年来,机核都是他们的业余工作,机核发展得很平稳,但也没有更多的想法。

到了年末,游戏圈里传出国家解除游戏主机禁令的风声。西蒙没当回事儿——反正禁不禁的,核心玩家们该玩的也都玩了。但新的消息很快传来，知名网游公司完美世界开始尝试收购电玩巴士、A9VG等游戏媒体——这个行业开始布局了。

国内一直不乏游戏媒体，但清一色都是推广式的行业新闻和教人通关的游戏攻略，机核几乎是唯一一家主打挖掘、传播游戏文化和玩家生活分享的，电台广播的形式也独树一帜。

但是，西蒙和西总布开始觉得，必须得行动了，否则，在资金的驱动下，"圈子里很快要出来新东西把我们超了"。

他们试着写了一份企划书，开始在朋友引荐下接触投资人，求些建议。几个投资人一看他们不成样子的企划书，再一问，竟然还是个业余爱好，都觉得太不靠谱了。

次年初，解除游戏机禁售规定的通知正式公布。

3月的一天，西蒙突然觉得，不能拖了，一通电话辞了职。第二通电话打给西总布："我辞了。"西总布像往常一样淡定，放下电话，也辞职了。

接下来怎么办？两人窝在西蒙家商量。

此前，他们做过一次针对用户的在线调查问卷，收到了一千五百多份有效回复。令他们骄傲的是，回复中90%的人玩正版。有人说，喜欢的节目会反复听，还有人说每天上下班路上都在期待下一期……这些留言让西蒙、西总布特别感动，也有了底气——他们已经抓住了一批真正爱游戏、也愿意为游戏掏钱的用户群体。在这个基础上，他们花了很久来梳理自己的资源，制订方案，试图让一个业余爱好变成可见的商业模式。

见了很多投资人之后，第一笔资金终于到位，他们在胡同里租下了一间办公室，注册公司，招聘员工。

西蒙和西总布的创业得到了家人的完全支持。经过儿子多年灌输影响，西蒙的妈妈现在也认为游戏确实有些名堂。家人们看得到，游戏市场确实火了起来。但他们没弄清，火起来的是手游（手机游戏）和网游（网络游戏），与机核主推的主机游戏，并不一样。

陈星汉在做客机核时，说："我最近就很郁闷。身边的人都开始玩手机游戏、网页游戏。我说我是做游戏的，他们就说，是手游吗？你是不是很有钱？我就特别郁闷，我觉得他们完全误解了游戏是什么。"他和很多玩家、包括机核的成员都认为，主机游戏才是真正的游戏，代表了游戏的创造力和精髓，而手游、网游，只是为了赚钱，尽管盈利丰厚，形式、内涵却远远不能和主机游戏相比。

"但我知道你们是没有误解的。你们是真正的核心玩家。"陈星汉说。

六

在采访中，几乎每一个人都推荐我试试《风之旅人》。此前，我没有玩过任何主机游戏，没有握过任何游戏机的手柄。在采访结束后，我决定试试。

游戏开始了，我变成一个没有脸的小人，三角形的红斗篷下是尖细的两条腿，不知男女。我用手柄调整方向，移动视角，手柄跟着我的步伐轻微震动。

漫天金黄的沙漠里飞舞着红色的符纸，像空中游动的金鱼。我在地面跟随它们滑行。符纸飞舞得轻快，不时调转回来，环绕着我嬉戏。我颈上的长巾亮了起来，光亮遍布周身，我可以轻盈地跳跃了，我长袍飞扬，在空中打转。

我穿过黄沙瀑布，踩着一团明亮的光芒；我路过无名墓碑，爬上隆起的沙丘，顺势一气滑落。我在沙上径直向前滑行，穿过残落的石门，掠过波光粼粼的水面，金黄的夕阳直射进廊桥，投下廊柱的条条阴影。

音乐陡然紧张，我落在灰暗的谷底。两列竖立的巨龙石像拢成拱廊，我是石像脚下微小的点，战战兢兢地贴边前进，步步惊心。突然，一条巨龙猛地一抖，一个俯冲劈下一道光，我被甩到天上，重重落地。

我一路鸣叫，放出高低起伏、大小不一的透明光球，却无人应和。天地之间只我一个，渺小而无力，我把视野调远，人在茫茫沙地里小得几乎要消失；把视野调近，放眼望去的路便是无穷无尽。

直到屏幕边缘出现一道光亮，另一条围巾和另一件红斗篷出现了，TA蹲下身，一跃而起，放出了一个愉悦的光球。我立刻回应。我们来来回回"鸣叫"了一阵，兴奋地相认，然后彼此靠近，结伴同行。

我们一道腾空出塔，用围巾为对方蓄力飞行。两个红色小斗篷时而并肩，时而你追我赶。我们一起在暴风雪肆虐时躲在石壁后紧挨着彼此，一起逆着狂风、拉紧斗篷艰难前行，在狂风突袭时并排着被刮退几十米。

历尽艰辛，我们来到这一关的最后关卡——一道长符搭起的桥。这毫无难度，我们欢快地一前一后奔去。可我的视觉却在这时出现错乱：两个一模一样的人让我在一瞬间分辨不出哪个才是自己。瞬间的误判让我从桥上跌落，我距TA仅一步之遥。

我不能自已地下落、下落,一边没完没了地按键"鸣叫"。我没有表情的脸上是两个空洞的圆眼,看起来不知所措,我还在下落,挣扎着"鸣叫"出的长波光球已经够不到桥了。

我落回了这一关的开始,白雪皑皑,孑然一身。

我的伙伴会等我吗?会回头找我吗?我无从知晓。我铆足了劲向前狂奔,一边跑一边疯了似的一路"鸣叫"。我独自一人又一次走上那段暴风雪席卷的路途,前所未有的孤独和无助袭来,我怀念有人陪伴、带领的感觉。此刻,我只能拔足狂奔。

终于回到了那道桥,我环顾四周,TA不在。

我独自穿过最后一道出口,走入一片茫茫白雪。我的步履愈发沉重。我躬身向前,渐渐举步维艰。一步,两步,三步……我跪在了雪地上,倒了下来。落了雪的红斗篷和白色的雪地融为一体。

天地间没有另一星红色,天空也被碎雪席卷白了。

我感觉自己在游戏里走完了一段人生。

直播女孩

文_陈晓舒

一

手机屏幕里的女孩看起来很隆重,她戴着淡灰色的假发,假发上歪别着一顶白色蕾丝边的发饰,中间是一大缕棉絮般的羽毛,一眼看过去像是一顶奇怪的帽子。女孩那张本就不大的脸,被假发的波浪卷边盖住了一大半。她正使劲对着屏幕笑,粉嘟嘟的嘴唇,粉色的脸颊,但更引人注意的是她那双汪汪大眼,经过化妆,眼睛已经有些大得不成比例。

她看起来很冷。3月底的北京已经停止供暖,她只穿着一件粉色吊带裙,胸口露出一道深深的沟坎,看起来很是单薄,以至于她露出的牙齿一直微微颤抖。

不笑的时候,她对着屏幕有一搭没一搭地聊天。她喜欢重复别人的问题,然后提供答案。比如:"这是在干吗?""哦,这是我的芭比妆。"有时候她和身边的某个男士聊天,男士也许坐在镜头边,我们看不见他,但能听见他的声音。背景音里,还有各种不知从哪儿传来的音乐。

当屏幕显示有人送了女孩100多枝玫瑰时,她兴奋地冲着屏幕大喊:"谢谢你的花,麻烦一会出门左拐到楼下的房间去,也帮我们的二号机位送个花。"

玫瑰花,是这款直播软件中最便宜的一种礼物,9个宝石能买到一朵。贵的礼物有跑车,价值19999个宝石,游艇29999个宝石。别墅是礼物中最豪华的,需要99999个宝石,花费人民币1400元左右才能换取一套在屏幕上出现三秒钟的别墅。

这是我第一次使用手机直播软件,女孩说的话让我有些糊涂:"楼下直播间?""二号机位?"

我决定先退出她的直播间。这款手机直播软件和微博、朋友圈一样,都是下拉似的,唯一不同的是,它并不是根据时间来确定顺序,而是根据直播的热度。直播间在线人数最多的排在最顶端。刚才的芭比女孩排在第一位,我往下刷,点开排在第三的直播,点进去发现还是她。但和刚才的直播略有不同,刚才是她的正脸,现在是个侧脸。女孩时不时会扭过头来,冲着这个屏幕露齿笑——原来这就是她说的"出门左拐楼下的二号机位"。

我接着往下拉,进入一个叫happy牛爷的直播间,他的照片看起来胖胖的,完全不是以颜值取胜,却吸引了100多个人在工作日的下午同时观看。

身材庞大的牛爷正坐在一张宽大的老板椅上——确切地说,他正仰躺在这张椅子上睡觉,面前是张大桌子。我看了一会,他并没有要醒来的意思,却不断有人给他点赞、送礼物。

当我正要退出时,牛爷突然醒过来了,坐直身子,调整姿势,对着屏幕说了一句:"有空我也开车去北京玩玩。"地道的东北话。说完,他继续靠在椅子上,眼睛斜看着屏幕,似乎又准备入眠。

另外一个直播室的女孩,正扶着头和大家分享自己最近的经历。女孩声音很好听,语速很快,正在讲有人想挖她去一家新公司,但每个月才几百块钱,收入太低了,她觉得现在的地方很好,老板也很好。女孩变着花样讲这个故事,努力不落下任何细节,同时加上许多充满感情色彩的评论,似乎她和我们所有人都是密友。

当天晚上,我再次点进芭比女孩的直播室,发现她人不见了,椅子上放着一块硬纸皮牌子,上面用签字笔写着一行字:"主播出去吃饭了"。但这个空无一人的直播间却还有几百个人来来去去留守等待。

芭比女孩是这个直播软件排名第一的主播,叫 B 小酥,这天晚上,她的纸皮牌子至少代替她直播了两小时。

二

光圈直播在 2015 年 12 月上线,随后立即开始四处物色主播人选,当有人把芭比装女孩 B 小酥的照片递给李舰时,他开玩笑地说:"长得不行,但刚起步,我们就宽进严出好了。"李舰是光圈的首席内容官。

刚上线时,光圈的招募条件是好玩、有趣。招募来的主播们在这里并没有保底工资,收入全靠用户打赏,打赏的礼物按照价值折算成现金,平台收取其中的55%,剩下的45%是主播们的收入。

B小酥在光圈排名第一,这个排名的依据就是打赏的收入。在光圈内部,提到B小酥总会介绍她的来头:人民大学商学院的在职研究生,同时还在进修和君商学院影视班。另外那个在直播中分享自己被挖经历的女孩,是北京外国语大学的在校女大学生。言外之意是,她们的学历都不低。

B小酥在12月底开通光圈直播,成了最早一批用户。她每天晚上十一点上线,直播的地点就在她北京的家中,客厅墙上挂着一幅画,画上歪歪扭扭地写了一行英文:you should put something really great here. B小酥就坐在这幅画的前面。

如果详细分解视频直播的技术步骤,它需要:一、采集影像;二、网络同步上传;三、云端服务器储存;四、分享给更多人。但对于B小酥来说,这些近几年才突破成功的复杂技术,只需要:一、把手机架在茶几上,可以让自己的手不那么累;二、打开光圈软件,点击直播,找好角度;三、开始盯着屏幕,等着人来。

刚开始的一个月,每次直播只有几个人进来看看,B小酥看到人来了就热情地打招呼,喊上对方的网名。如果某个夜晚同时有十三四个人在观看她,她就会很激动:"这么多人在!"

她尽量表现得很自然,她确实也找不到紧张的理由。在她面前的,是一个个虚拟名字,并不是真实的面孔。

这些随便看看的观众们,某一天可能会突然好奇,打出一行字:"主播笑起来好好看!""主播哪里人?"B小酥回答:"主播笑起来好好看,谢谢!""主播哪里人?主播是河北的。"慢慢的,就开始聊了起来。很多时候,观众的问题只是简单打个招呼:"你吃饭了吗?""你什么时候去睡觉?"

每天晚上,B小酥一连直播三四个小时。为了打发时间,她偶尔会玩玩牌。她摆上两张牌,让网友挑一张,和她比大小,网友输了给她刷礼物,B小酥输了就在脸上画线。后来,她直播室的人越来越多,许多人同时要和她玩,有时候要一连摆上六张或十张牌,她开始紧张,害怕自己会输得满脸是道道。

三

我第一次见到B小酥,是在北京霄云路的光圈直播办公室,李舰的内容团队在那里办公。她很黑,很瘦,脸看起来更小,那天她抹了个浓艳的红唇,看起来比直播里更成熟。李舰说:"那说明我们的美颜功能做得好。"

在光圈对用户的调查问卷中,美颜功能是用户呼声最高的选项。光圈将美颜功能设置为1到5档,不同程度地美化皮肤和肤色。但许多主播并不满足于美颜功能,她们还使用了专门的美颜手机。

B小酥也为直播特意买了美颜手机。她看起来只有20多岁,但"经历丰富",高中毕业从河北来北京学造型设计,有过几年工作经历,跟剧组给演员做造型,也偶尔拍拍广告,开过淘宝店,打版设计过衣服。两年前,她开始读中国人民大学的在职研究生。

我猜不出她的年龄,这也是她最避讳的问题。"你哪年来北京的?""哪年上的大学?"她都巧妙地避开。如果有网友在直播时问她:"你放的这首是张学友1993年的歌,那年你读小学了吗?"她一眼识破:"哼哼,你们休想诈我。"

她描述自己的现实生活并不无聊：忙着和君商学院的毕业；人大在职研究生即将考试，还有一堆功课需要复习；每隔一天她需要去三里屯美黑，有许多新朋旧友要招待。她似乎不那么缺钱，并不需要靠直播来养活自己。

"一开始也是抱着好玩的心态来直播，就坚持下来了。"她说。

B小酥最长的一次直播，长达24小时，就在布满摄像头的光圈办公室里。光圈召唤了平台上最火的四个主播，要求他们玩时下最流行的游戏——撕名牌，然后搭车到市场上去买菜，回办公室直播做饭。到了晚上，B小酥开着灯，开着直播，和衣睡了，凌晨醒来发现还有40多个人在线看着她。

这也不是她唯一一次直播睡觉。有次在家里直播，她和网友们说，腰有些疼，想躺着聊，那天她一边看电视剧，一边和网友聊剧情。然后她不知不觉睡着了，两三百人同时在线看她打呼噜。B小酥醒来的时候，看到在线人数，也吓了一跳。她第一反应是跳起来关掉直播。

李舰说，那是光圈最火的一次直播睡觉。他特意把那次直播缓存收藏了起来。但大多数直播并没有收藏的价值。在光圈的用户调查中，"是否需要加设重播的功能？"用户们都说，不需要，过去的就让它静静过去。

B小酥的芭比装直播，就这么静静过去了。"那天我从下午四点一直到半夜三点，连续播了11个小时，累惨了。"她说："你看得出那天我很冷吗？我来了大姨妈，手里一直捂着一个热水袋，不停地喝热水。"

那次直播她准备得很隆重。为了帮自己的朋友"小火山灰"

站台，她买了三套衣服和假发，花了 1000 多块，最后在直播当天选定了粉色的芭比妆和淡灰色的假发，直播前又花了不少时间化妆。

一号机位就是小火山灰的号，二号是 B 小酥的手机。那天小火山灰赚了 27 万光圈币，相当于 2000 多块人民币，B 小酥赚了 13 万光圈币。但这并没有让 B 小酥太兴奋。

在芭比妆之后，她停播了两天。"觉得挺难过的，我们这么用心准备，并没有要求观众送礼物，但还有那么多人进来说各种难听的话。"

四

遇到辱骂的人，B 小酥通常的态度是置之不理，也劝其他网友不要去对话。但有时候她被骂急了也会讽刺："我不拉黑你。路上有疯狗咬我，我还咬回去吗？"对方被激怒，她就会笑着说："这位朋友，你已经处于情绪不能自控的状态，马上你就要炸了。"

闹得最凶的一次，是网友们集体喊"主播脱光"。B 小酥说，好，给你们一个小时帮我光圈币涨 20 万我就脱，观看者们开始疯狂地送礼物，鲜花、嘴唇、游艇。那一晚，B 小酥的账户上果真增加了 20 万，她告诉在线的人，看好了，我要脱光了。她把客厅的大灯关掉，打开小灯，用手托着："看，我托光了。"有人觉得有趣，有人大骂不守信，纷纷散去。

这事在平台炸开了，其他直播间的主播们纷纷损网友："哈，你们花了 20 万去别人直播室看一个灯。"

从那以后，B小酥准备了一张小白纸，有新人进来提要求，她举出小白纸，上面写着"B小酥就是我！！！都会什么？会画画、做游戏、唱歌（但难听），不会脱衣、跳舞、站起身、看腿、也没胸，总之，不约"。

B小酥开始挑着聊，找对味的人。有些人上来就问："主播多大？""主播有没有男朋友？""主播是不是处女？"她全都不理会。

第一波玩直播的主播们，几乎没什么收益，天天遇到这些糟心事，大多都退出了。但B小酥却幸运地遇到了自己的忠粉——火机哥哥。

火机哥哥看B小酥的直播，会砰砰砰地砸礼物。在平台刚上线之初，送主播10朵玫瑰已经算是大手笔，火机哥哥每天上线给B小酥送999朵，或1314朵，他还送出了平台第一栋大别墅。那三秒钟，平台上所有主播和网友们聊天时都能看见系统提示："火机哥哥送了B小酥一栋大别墅，这一定是真爱！"在真爱粉的支持下，B小酥一下子成了光圈排名第一的主播，火机哥哥也成了红人土豪。他在光圈的贡献榜排第四，花费了900多万宝石，换算成人民币，大约十三四万元。

在现实生活中，火机哥哥是个公司高管。他登陆光圈的初始目的是公干，公司正在调研是否也趁热做一款直播软件，火机哥哥浏览了几天就判断这并不适合他的公司开拓，但他却在光圈留了下来，陪了B小酥快半年。有时候他会对B小酥说："刚开始如果不是进了你的直播间，可能我也不会玩到现在。"

他们成了微信好友。火机哥哥来北京出差，B小酥拉着小火山灰和他见了一面，双方客客气气的，在线上保持亲密，线下并不经常联络。就像火机哥哥在平台的个性签名:"我喜欢你,便为你撑起一片天,你是否喜欢我,那是你的事。"

像火机哥哥这样的忠实粉丝还有好几个,B小酥有时候会问网友:"你们为什么来看我呢?"大多人回答:"你挺有趣的。""你很真实。"她还会问:"你们会不会介意女朋友是主播呢?"得到的答案是:"不能这么晚还在播。"

但B小酥并不在乎别人怎么看。她觉得主播和其他行业没有任何区别。她爸妈知道她做了主播后,也表示支持。他们几乎从来不限制她做任何事情。

爸爸充值了30000个宝石来助攻。他一上线就在平台发红包,全平台都知道B小酥有个爸爸叫老毕,光圈新添了游艇的礼物,B小酥就撒娇:"爸爸我好想看海。"老毕一连送了她三个游艇。老毕还客串她的直播,把闲谈玩游戏的直播变成了经济学讲堂,网友们纷纷上来问:"岳父,你在干什么?"聊到后面,网友们开始改口变成:"老师,你对中国未来经济发展怎么看?"

2016年春节前,老毕几乎每天都在B小酥的直播间里溜达,也会和B小酥的网友们聊天。有时老爸还会私下批评她:"你直播歪着身子,显得不太尊重别人,姿势不要太随意。"

她痴迷着这一切。除夕夜,她躲在自己的房间里和网友聊天,零点的钟声敲响,她端着妈妈做的饺子直播吃饺子。她很惊讶,跨年夜竟然也有不少人在线看着她。

五

和B小酥见面后,我决定尝试一次直播。我把手机屏幕对准了家里的玩偶，没有设置任何封面照片——对"标题太重要，涨粉很美妙"的提示也置之不理。开始直播后，陆陆续续有人进来，我躲在一旁，不知道要不要说话。几分钟不到，房间里已经有70多个人，他们能看到就是一只玩偶，我不说话，他们也不说话，大家都很沉默。

然后有人开始点赞，我犹豫着要不要说谢谢。但我感觉他们只是在试探会不会发生点什么。点赞的人越来越多，十几分钟后，房间里还有90多个人坚持着。我想是时候发生点什么了，伸手关闭了直播。

作为主播，B小酥平均每个月能赚两三万，她还慢慢开始有其他的商业合作。这是她坚持下来的理由之一。她在直播间里问网友："你们为什么来看直播呢？"网友们总是说，因为你比较特别。

B小酥也问过现实生活中的朋友："你们会去看直播吗？"几乎所有人的答案都是否定。她说，如果她不是主播，也不会去看直播。她的观察是："有些人生活可能没那么充实，我们生活中总有很多时间是要虚度的，我可能愿意发呆，他们愿意看直播。"

光圈的创始人张轶也不是一个会看直播的人。他的理解是，每个人都有窥探别人生活的欲望，在他给自己准备的创业案例中，挪威的火车直播最为有名。2009年，挪威广播电视台直播了一辆火车从卑尔根到奥斯陆的300多英里路程，这个无聊的节目直播了整整7小时，观众能看到的就是车厢内的场景和火车司机视角的车外景色。但挪威竟然有20%的人观看了这个节目，它意外地挽救了电视台频频下滑的收视率。

在方正证券的直播研究报告中，画了一张三角形图表，最底部是人类最基本的生理需求，报告里解释为猎奇和窥视，得出的结论是：直播在一定程度上满足了用户最基础的生理需求。再往上一层，是社会的认同：直播平台提供的点赞、评论、打赏、红包等功能，帮助用户在虚拟世界里建构身份地位，这个寻求互动和认同的过程，也正是平台实现创收的过程。

这种认同和存在感，B小酥也能体会到。刷礼物有榜单，排名前几的是平台人尽皆知的土豪，给平台上当红主播送礼，也能进主播的榜单，同样可以找到存在感。"这是很多人在生活得不到的。"

对她来说，直播的过程也是一种存在感："生活中，谁愿意听我这么瞎聊。我不是一个有倾诉欲望的人，但这种被关注被在乎的感受，让我舒服。"

二重奏

文_叶三

一

对于一个曾在乐团中度过十年时光的业余乐手来说,排练之前的对弦声几乎是伟大的。首席小提琴手站起来,一个纤柔而稳定的标准音A——紧接着,中提琴、大提琴、低音贝斯、长笛、短笛、双簧管、单簧管、小号、长号、圆号、巴松……涓涓细流,海纳百川。整个乐队齐声哼起来了。然后指挥登上指挥台,扬起手。

我坐在保利大剧院空空荡荡的观众席、第三排最靠边的位置听着标准音A,一边感慨万千,一边心虚。这是中国爱乐乐团建团15周年的演出排练现场。眼下,音乐总监余隆与我隔了五六个座位,正气宇轩昂地坐着。一分钟前,他刚厉声喝走了两个摄影师:"排练呢!认真点!清场!闲人都出去!"我脖子上挂着的演员证是大鹏借来的。大鹏在台上,目不斜视地盯着面前的谱子。

中国爱乐乐团成立于2000年5月25日，它的前身是中国广播交响乐团，目前仍直属于国家新闻出版广播电影电视总局，由中央电视台管理。我刚结识不久的朋友大鹏是爱乐的首席大提琴手。

大鹏生于1982年，小学毕业前在深圳学习钢琴和大提琴，初中一年级随家人搬到北京，考入北京艺术学校。当时，北京艺术学校挂在中央音乐学院附中名下，所有老师都来自中央音乐学院。在外地来京的艺术生眼中，这所私立中学是进入中央音乐学院深造的最佳路径。

1995年，北京艺术学校位于丰台区，学费一年两万五。

从小，大鹏就是个很乖的孩子。除了他，他家没人学音乐。至于自己为什么要学大提琴，他也懵懂，上大学前一直处于"哎，我觉得你拉得挺好的"，"啊，是吗？"的状态。"觉得就是得拉好，我得练琴。别的没有了。"

艺术学校的学生从初中到高中六年直升，课程安排是文化课与专业课平分，上下午各两个小时，而初中之后就不再设数学课。这些学生注定将来要吃艺术饭，毕业后要么出国深造，要么升入音乐学院，没有别的选择。

艺术学校是封闭寄宿式的，像一所军校，宿舍里没有电视，平时的娱乐仅限于聊天和打球。大鹏说，他的同学都特别刻苦。有一些要考托福的疯子六点就起床，"我还没吃早饭，人家已经背了200个单词"。

在这些刻苦的同学中，大鹏仍然算是非常乖。每人一间琴房，琴房里一架钢琴，几把椅子，一个人。老师在走廊里来回踱步，听听哪个房间没声音了，偷懒了，便敲门进去看看。大鹏从来不停,他连中间休息都没有,上下午各两个小时一口气练到底。吃完晚饭写完作业,他又回到琴房拿起琴,一直到十一点熄灯。

练琴是件枯燥又辛苦的事。从音准、音质,到左右手的配合,每一弓的振频振波要一样,耳朵又要随时判断有没有跑偏,身体极为紧张,而肌肉又需要松弛,每分每秒,人都在理性和感性之间与肉体较劲。年轻的学生喜欢攀比,一首技巧性的练习曲,有人能两分半拉完,那就有人追求两分二十秒,两分十秒……而技巧还是容易达到的,音乐的张力和表现力等软功更需要长年的训练和磨炼。

大鹏的少年时光,简而言之,便是练琴、比赛拿奖、继续练琴。当时,考进中央音乐学院是他唯一的目标。

初二那年,大鹏父母找了个专家给他把脉。专家一家子都是专业拉大提琴的,专家号称世外神人,名气很大。大鹏拉完,专家跟大鹏妈妈说:"让你儿子改行吧。"

"我当时特佩服这老头,够直率,"大鹏说,"他可能认为小孩听不懂。"然后他马上感染肺炎,住了一周的院。"我这个人心特别重,我就觉得,我真那么差吗?那我也太笨了"。

四年后,大鹏报考中央音乐学院,那年考生共 21 名,录取 7 人。大鹏的应试曲目是《德沃夏克 b 小调大提琴协奏曲》。最终,他以全班第一的成绩被录取。进了中央音乐学院,大鹏的主课老师还是艺术学校的老师,同学也都是熟悉的。他觉得顺理成章,以后肯定这辈子就吃这碗饭了,"再改别的也真的来不及了"。

得知我 6 岁开始业余学大提琴,十二年后彻底放弃,大鹏说：'太可惜啦。"我说，当时家里人觉得专业干这行，路太窄。大鹏说，也是。他音乐学院的同学中，有些读了两年就去了欧洲，也有的最后留校当老师，放弃的也有，"这个行业女孩儿还是蛮吃香的，女孩儿拉大提琴就会让很多土豪觉得好美，好迷人……然后就全职太太了。"他对我眨眨眼。

音乐学院毕业后，大鹏去美国读了三年硕士，2008年回国考入中国爱乐乐团，成为大提琴声部副首席，两年后升为首席。现在，整个乐团共90名乐手，14个大提琴手中年纪最大的52岁，90后和70后共三四个，大鹏这样的80后是中坚力量。

2015年5月25日傍晚，乐手们从排练厅中鱼贯而出，散到附近的街市上找饭食。演出将在两个小时后正式开始。比起演出，我其实更喜欢看排练。那轻松的谈笑，配合到妙处忘情赞叹，用琴弓敲击谱架的杂响，间歇时偷偷拿起藏在椅子下面的茶杯，这一切都让我怀恋。好像我曾经接近而未能达到的生活就呈现在眼前。大鹏说，在台上演出，"如果赶上好的指挥"，那真是一种享受。确实，音乐犹如光圈，圈里的人挺拔又高贵，令人艳羡。

但如果只看手，会误认为大鹏是个干体力活儿的老粗——他的手骨骼突出，骨节粗大，两手手心和左手五指上都覆着厚厚的老茧。那是常年苦练的结果。吃完一屉蒸饺一碗粥，大鹏从车后备箱里取出黑色燕尾服和白衬衫，对我挥挥手，他又钻进了后台。

演出铃拉响的时候，我在翻看目录。这场15周年纪念音乐会像是爱乐乐团的一次团拜答谢会，曲目从威尔第、多尼采蒂、瓦格纳到《二泉映月》和《掀起你的盖头来》，应有尽有；

嘉宾指挥共13名。我身旁衣香鬓影，一片盛世景象。当鲜花堆满舞台，著名导演冯小刚举起指挥棒挥响《祝你生日快乐》时，我偷偷起身，从侧门溜了出去。

二

"我觉得中国音乐学院近来在没落当中，"小管面带沉痛地说，"这是一件很让人悲哀的事情。"

我忍不住笑出了声。小管20岁，中国音乐学院大二学生，主修中提琴。他颀长明朗，一副阳光美少年的模样，我很难把他的沉痛当真。

1980年，"文革"期间解散又被合并的中国音乐学院复建时，复院人李凌说："中国音乐学院是周恩来倡导办起来的，中国发展自己的民族音乐……应该有自己的专门的学校。"1987年，中国音乐学院从前海西街17号恭王府旧址逐步迁至健翔桥畔新校区，那时候小管还没出生。

2015年5月初的一个午后，小管与我漫步在校园里。周围四处张贴着民歌演出的海报，几个穿着燕尾服和大蓬裙的男女经过我们，快步走到校门口打车——那是刚考完声乐的学生。"看，我校的著名景点'高山流水'"，小管指给我：一摊绿水，几棵树，一座假山，三两带着孙子玩耍的老太太。我们穿过他们，走进琴楼。

琴房就是我想象中的琴房。四壁徒然，简单的椅子和谱架，墙上贴着考试时间表，钢琴上架着的谱子是《翻身农奴把歌唱》。只是钢琴一律全是大大小小的斯坦威，见我表示惊讶，小管说，学校不缺钱,"我们校长的口号是:亚洲一流、国际知名的音乐学院"。

走廊一端,一行面色疲倦的学生正在机器前握着学生证排队,预约练琴时间。小管说,这会儿正是期中考试的时候,平常琴房也常是满员,因为很多学生随时准备着参加比赛。小管很少在学校琴房练琴,他也从不参加比赛,"我不感兴趣"。

小管出生在1995年,他家算音乐世家。他的外祖父是民间艺人——"拉二胡的";舅舅毕业于中央音乐学院作曲和笙专业,现在京郊开提琴厂,产品销往欧美;小管的舅妈拉小提琴,父亲学声乐;小管这一代则学的全是西乐:表姐和表弟学大提琴,他自己先学小提琴,后改中提琴。

4岁起,小管每天要练一个半小时的琴,"那时候完全学不进去,完成任务就行"。我看看他的手,十指修长,便是肥皂剧里扮演提琴家的演员的手。"我们的生活状态相当舒服。从初中到高中,一直到大学,自由时间太多,一直属于散漫状态,经常在外面玩,结识很多朋友。当然也有关在琴房里面练琴的……我是中间那种"。小管晃晃悠悠走在我前面,又回头笑笑,露出极健康的牙齿,"虽然我不算用功,但在中提琴这行里,我成绩还不错的"。

小管应该是那种非常聪慧活泛的学生。读音乐附中,其他同学住校,他在学校旁边租房子,很早就独立生活。16岁那年,他和同学一起组了个管弦乐团,同学是钢琴系的,专业好,演出多,人脉广,负责外联;小管在学校里招兵买马。把乐队挂靠到熟人一个文化公司底下走账,两个还未成年的合伙人便可以签演出合同了。

那时候,小管他们的管弦乐队在万豪酒店做驻场演出,一天三小时,收入1000元。小管不仅是合伙人,还是艺术总监,曲目都是他定。一开始全是古典四重奏,后来换了个经理,要求改成流行歌曲,加弹唱,"我特别生气,"小管说,"把我们原来的档次全部给拉下去了。"

有一次,小管家人认识的一个香港经销商找到了他。"老爷子70多岁了,业余爱好作曲,还喜欢拉个小提琴,琴技我就不评论了,但是人家老爷子有一颗积极向上的心,这非常好"。老爷子写了一个协奏曲,没有乐队,没法演。小管说:"没事,我们这儿有乐队。"

老爷子给去世的好友办了个音乐追思会,小管带着十几个孩子去给他伴奏,小管的同学指挥,老爷子自己拉小提琴。"他写的也简单,我们排练都省了,就直接跟他合了一次"。老爷子认为,效果非常好。老爷子写的协奏曲演完了,小管决定再赠他一个四重奏。"他老人家保留着上个世纪的热情,非要拉《情深意长》(《东方红》中出现过的彝族民歌)",小管说没问题。

干这些事,有时小管的同学们会纠结:"我们学了这么多年,拉的都是贝多芬莫扎特,现在要我拉《情深意长》?"小管是非常开心的:"来来,我拉小提琴,你们拉别的。你们拉不出我的感觉。"说到这儿,他又严肃起来:"连自己的民族音乐都不抓的话,如何抓其他人?"

这个追思会,小管他们挣了一万块用以填补财务亏空——除了赚钱的活儿,他们也自己掏钱办过演出。

当时,音乐学院附中旁边有个楼盘,小管他们租下了楼盘附属的会所,在豪华餐厅中演出他们喜欢的小众曲目。"当时说

[特写]

要卖票，后来发现票没人买，就发票。"全校400多人，票发出去了100张，还请来了保利演艺经纪公司的老总和一个歌唱家，"反正坐满了"。

那是乐团的第一次演出，曲目是本杰明·布里顿的纯弦乐，"效果非常好，我们特别喜欢"。

升入大学，小管对搞乐团接活儿这种事已经没有太大兴趣。中国音乐学院以民乐见长，管弦乐不算强项，每年招生也只按照小型交响乐团规格招50人左右。学院自己有乐团，校庆的时候学生们伴奏《爱我中华》《走进新时代》……小管记忆犹新，"我觉得有点品位的人都不会喜欢的"。

大学生里，常出去接活儿的人有一套谱子，行内叫"活儿谱"，里面是老百姓喜闻乐见的各种通俗曲目，简版的《蓝色多瑙河》，简版的《卡门》，简版的各种各样，"在我看来毫无意义的东西，连翻都不用翻，拉哪首？说！"《好声音》或《我是歌手》伴奏这样的活儿也很多，"几个女孩子凑到一起，聊聊化妆品，然后到后台互相拍，拍完之后上台一糊弄，下台拿钱回家。那这个对以后的发展，我认为不是很好"。小管说，这种事情老师不管，老师自己也接活儿——高级活儿。

"我忍受不了自己要把时间放到那些事情上，没有意义"。

小管的手机里各种各样的音乐都有，古典、摇滚、戏曲、艺术歌曲、歌剧……他放了一首改编的古典曲目给我听，"这是以后我想干的"，接着又放了一首MUSE的新歌。他告诉我，以前他很喜欢林宥嘉，"他很多歌特别好玩，他的声音也很好玩，风格多元，唱法很独特"。小管还喜欢李荣浩。他也喜欢崔健，"我喜欢《快让我在雪地上撒点儿野》。在那个年代我真的没法想象，他怎么会有那样的创造力？"小管说他一直有想法把它加进自己的创作中……将来，小管还打算在研究生的时候学个双学位，"比如心理学？"或者出国，"那是我之后的打算"。

目前，眼下，小管马上要做的是，和表姐一起开一个工作室，"一是我想开发出一套整场的幽默音乐，融合多种元素，摇滚、戏剧、流行、爵士，用简单剧情串联起来"。还有，教一部分成年学生——有意愿，有时间，有能力去学琴的人，"比如你要是想把大提琴捡起来，"他笑眯眯地看着我，"我们免费教。"

三

十三四岁的时候，大鹏最喜欢的大提琴手是马友友。长大后，大鹏有了机会近距离观察他当年的偶像。

"他有一种魅力，在几十号人的 party 里，他能让你觉得那一刻他关注的就是你，就像几百人的演出，你会觉得他是把音乐砸在你脸上，只为你一个人掏心掏肺地拉。你当时就觉得哇天呐，感动得不得了。"在美国，大鹏与马友友聊过两次天，"聊了吃的"。

马友友生在巴黎，5岁去了纽约，在犹太人一统天下的古典音乐界能取得今天的成就，大鹏认为马友友"很不容易，牺牲很大……也许他自己不认为那是牺牲"。

2005年，大鹏拿到奖学金到美国南加州大学攻读研究生学位。刚到美国，当地亲戚问他："你确定你要学这个吗？"大鹏说："怎么了这个，丢人吗？我觉得挺好的。"他当时没理解亲戚的眼神，后来才了解到，他们是觉得这个事"不挣钱"。

南加大的音乐学校创始人是著名的海菲兹，大鹏的主课老师则是德裔犹太演奏家埃莉诺尔。三年的时间，大鹏都在练琴，连黄石公园和优胜美地都没去。临近毕业，他却发现自己越来越不喜欢美国。"我强烈地感受到，那根本就不是一个做艺术的地儿，我觉得自己可能没有那么强大"。在大鹏看来，美国基本上"一切都以钱来定位，很现实"，而且他从心底里不喜欢他们看待音乐的态度。"他们喜欢猎奇，喜欢有噱头的现场效果，譬如摇头晃脑、龇牙咧嘴那一套……"他对马友友的解读更深了，"古典音乐对于西方人来说，是人家自己的文化里流淌出来的东西，马友友是把所有作品都用自己的手段改成外交辞令"。

大鹏毕业时，正值爱乐乐团的副首席大提琴手离职，经公开招考，大鹏回国进了爱乐。"当时觉得这第一份工作，从演奏法来讲也好，或者从音乐理念上来讲，对我都是个锻炼"。

在爱乐几年，"贝多芬所有的交响曲，马勒所有，布鲁科纳……几百部，上千部交响曲，基本上都演过了"。每个演出季，作为首席，大鹏也有独奏和协奏的演出机会——那应该是他最享受的时分。

爱乐属于体制内的单位，每年的考核，挂钩工资、职称、档案，这些听起来古老的词仍然活生生地存在着。在爱乐，大鹏每月拿工资，基本工资加演出费和排练费，平均每个月一万出头，在北京实在算不上高。

前几年，大鹏他们有各种各样的堂会好跑。往往在年关，各种银行和广电部挂钩的下属企业为职工和家属办音乐会，曲目无外乎《蓝色多瑙河》《春节序曲》等充实喜庆的，"也有领导喜欢《梁祝》，那就再请吕思清"。这种堂会是爱乐为团员创收的来源之一。

这几年，企业堂会少了很多，团员们私下接的活儿多是电影音乐、流行音乐录音或娱乐节目伴奏。录音不算，现场伴奏也是要爱乐报批的。《我是歌手》第一季决赛的时候，湖南台联系了爱乐，团里派过去一个四重奏，其中就有大鹏。

"露脸了，我露脸了，"大鹏说，"不信你使劲找，就是尚雯婕那个《闷》。"大鹏他们一共去了四天，排练两天，最后一天演出，现场直播。除食宿路费全包外，每个人湖南台给了8000块，"湖南台非常有钱。"大鹏说。他们跟黄绮珊、周晓鸥住同一个酒店。"大堂左手边就是一个餐厅，湖南菜。我们基本天天就是在吃饭。"

这是收入比较高的"外快"。而其他，比如录制王菲的《匆匆那年》，"你猜多少钱？——才1000块。你要想要，我都可以给你录一个。"

"挣钱，就看怎么自律了吧。"大鹏说，"其实我不抵触任何音乐形式——除了凤凰传奇。"

凤凰传奇与中国爱乐乐团合作，将《最炫民族风》改编为古典交响乐——"让流行音乐走进殿堂，让古典音乐走下神坛"，这是中国爱乐的直属上级指定的任务。

"那破玩意，排练只排了一天，然后录像拍完，又把我们叫了回去。"原因是，录像中太多乐手甩脸，有人笑，有人一脸鄙视，各种不堪表情，只好重拍。重拍的时候，镜头刻意避开了所有乐手的脸。

类似的任务还包括"西洋歌剧音乐会系列""女高音系列""男高音系列""大提琴系列"——大鹏就是其中之一。"古典乐通俗化，永远是在把它 low 化，你想象一下，弄个特大的 LED 屏，所有唱歌剧的都戴着个麦，琴上也装个麦，不可思议啊。曲目我们每个人报，报上重新编排。"

大鹏的曲目是《海顿 C 大调大提琴协奏曲》。曲目报上去改编，加入了架子鼓和电声——大鹏最痛恨的东西。这部分厌恶型任务在全部工作中，占大概 10%。大鹏说，他们不会在团里讨论这种事情，"我觉得不用讨论，已经形成默契了"。乐团里，年轻人夹着尾巴做人，外加有点幽默感，感觉尚可；"那些有点社会地位的老人，真就骂得不行了"。

"我不应该说这样的话，"大鹏说，"但这着实是在毁音乐家。"

2015 年 6 月 13 日，北京音乐厅。中国爱乐乐团 2014—2015 音乐季的交响音乐会之一，曲目：《勃拉姆斯 a 小调双重协奏曲》和《勃拉姆斯 e 小调第四交响曲》，指挥：雅切克·卡斯普契克。在乐队前面，灯光笼罩的地方，我看见大鹏抱着他的琴坐在独奏台上，面带笑容。我有些走神，我想起在一些加班的夜晚，我将交响乐版的《最炫民族风》放来提神、调侃、嘲笑；之后我又想了一会儿马友友。年轻的时候，他也曾经是我的偶像。

四

2015 年 5 月 23 日，我参加了"华生乐会"（Watson Music Club）音乐沙龙的首场音乐会。这是小管和他的合伙人——还是 16 岁组管弦乐队那个——共同举办的，也是他前一阵"工作室思维"的最终产物。"致力于打造新时代的古典音乐交流与传播平台",印刷精美的邀请函上这样写。

音乐会在后海附近的某个会所举行,场地、酒水、食品,小管说,都是拉来的赞助。与会人三四十名,看上去多是上流中产。小管开设的微信公号中说,每位票价120元。"希望能收支平衡……或得到一些资源。"小管这样告诉我。至于什么样的资源以及日后的发展,小管并没有十分清晰的规划。

开场前,后座的嘉宾们谈论着房地产和投资,前座的小管和他漂亮的表姐商量着会后怎么把钢琴运回去,一排穿着精致的小朋友围着饼干和果汁叽叽喳喳,而钢琴声响起时,我和他们一起,规规矩矩地把手放在了膝盖上。

这是我第一次见到小管拉琴。他和他的同学们演奏了一首四重奏,然后讲述中提琴的起源和发展。和有教养的小朋友一样,我听得挺开心。

回家的路上,我想起小管告诉过我,海菲兹是他"永永远远的男神"。

同属一个圈子,其实小管和大鹏互相知道彼此,但是两人并没有任何往来。我为大鹏描述了一番小管的"音乐沙龙",大鹏想了想,谨慎地回答:"可能他干这个,挺合适的。"

虽然十几年已经过去,但与大鹏那个年代相比,似乎小管这一代音乐专业的艺术生也并没有多一些出路。"要么出国深造,好点的留在北京当老师,差点的回户籍所在地当老师……或者改行。"

马友友和郎朗的成功,没有复制的可能,小管和大鹏都这么看。

大鹏说,在国外混,"全看你有多狠"——"我就是不够狠"。"在人家的领域、地盘,跟当地人竞争,怎么可能比得过?"小管说他有个从小认识的天才小提琴朋友,在维也纳爱乐咬牙待了二十年,至今仍坐在后几排。"至多是个二提琴(衔接一提琴和中提琴的中音部小提琴)首席,到死也当不上首席小提琴。"

"归根结底,西方古典乐就不是我们民族的东西。中国没有西方古典音乐的土壤,往深里讲就变成了哲学。中国人的音乐是和哲学思想不可分的,西方人可能讲的是形,中国人讲究的是意,比如说我们的笙,它很适合放在竹林的山泉小溪当中去吹,但是不适合放在音乐厅里……"偶尔,小管也会焦虑。他说他想成为一个"综合性的人"。虽然在搞着"音乐沙龙",但他以后不太想专门从事这个行业,"因为在中国很没有意思"。

小管说:"搞演奏是件很残酷的事情,如果是比赛一夜成名的话,很有可能只是比赛那一套曲子搞得很棒,之后好东西就少了。比如经纪人说,这儿有套协奏曲你一个星期拉下来,中国学生没有这个识谱能力和对乐曲的处理把控能力,他拿的那个奖,是他专业老师和他一起用不知道多少个昼夜抠出来的。"

在小管看来,郎朗水平很高,但"是个误导"。

在小管的同学中,大概除了他,其他人都将进中国爱乐乐团视为理想。但是小管也承认,他的一些问题,比如户口,目前不进体制就是无法解决。"人生还有点其他的可能吧?我不确定,有的时候觉得中国没法待,有的时候又觉得可以待,这国家总是给人惊喜"。

小管还年轻。而大鹏今年33岁,这正是各种国际音乐比赛的年龄上限。他说:"我这个年龄,还是不太适合去受那个刺激了。"

在爱乐乐团,大鹏在意的其实并不是拉一两场凤凰传奇,而是"可能我真的需要身边大多数人,与我看待音乐的态度是一致的。"

大鹏在上海交响乐团有一个好朋友,每次与他打电话或见面,他都在骂眼下的音乐环境。"他骂了三年多。每次他都在骂,每次我都在刺激他,我说你都骂成这样了,就不要干了,你要还在干,就证明你能忍,那就别骂。"终于有一天,这个朋友辞职了,不仅辞职,而且彻底不做音乐了。大鹏说,恭喜恭喜,我请你吃饭。

有时候,大鹏会觉得朋友们的负能量有点多,"他们属于战斗,我是屏蔽。我会觉得:天呐!你们真不嫌累。他们会觉得我太和事佬。你怎么不战斗!当然我可能消极一点,但是我觉得存在是有道理的,一,社会大环境,二,个人生活所迫。可能专业非常好的人是不会来这儿的。话说得有点残酷,但是那些孩子可能更多选择了出国学习,然后留在国外工作。这也就是因为国内古典乐市场,在我们看起来挺热,其实里边是凉的"。

五

在我的客厅,深红色的大提琴盒立在一角,偶尔我会擦擦灰,但几乎从来没有打开过。2015年11月13日,巴黎遭受恐怖袭击,小管忽然在微信上给我发来一条有关ISIS的长文章。我才发现,我已经好几个月没与他和大鹏联络了。

小管告诉我，他的音乐沙龙已经办到了第四期。第四期地点在鸟巢，是与鸟巢文化中心合作的，主题"三重奏"。他顺利地通过了期中考试，而且还没有决定是否申请出国。

大鹏刚从东京巡演归来，2014—2015年的中国爱乐乐团演出季还在进行中。

分别与小管和大鹏通报过近况，我又恍然发现，不知不觉中，我竟错过了11月10日帕尔曼在国家大剧院的独奏音乐会。实际上，我已经很久没有看任何演出了。

随笔

这才知道我全部的努力,不过是完成了普通的生活。

——穆旦

为徐浩峰画像

文_张亦霆

我有时会想,徐皓像谁呢?

我们叫他徐皓,这是个小特权,徐皓兔峰,如同昵称,使用范围不过五六人,就是我们当时杂志社的几个同事。为什么是皓呢?他一度用过这个笔名,也许其他人叫他徐浩时想的是他的本名徐浩峰。但我总想当然地以为"皓"更贴他一些,不光是因为他头发半白,身躯高大,而是当他接过你递给他的烟,现出南极仙翁一样的微笑时,你也就如同与他在空中相遇,不由得要抱起手来啊啊地说,多日不见……

一

那本杂志十三年前就停刊了,比现在所有的杂志都更早谢幕。也不是什么不值一提的杂志,但提了想也不会有人记得,创刊人是湖南的孙平和广州的陈侗,后来主持编务的是中央美院的李军,以及香港的陈冠中和台湾的胡晴舫,最后一拨编辑团队有宋怀桂的侄女宋稚怡,写诗拍照片的廖伟棠,在电影学院上学的徐浩峰,还有我。台湾来的编辑也有两名。说起来,那本杂志对很多人来说都是一个开始,经营不佳,编辑总换来换去,我们在别人结束的地方开始,一期期做着自己喜欢的杂志,那时没有新媒体,没有智能手机,选题方向自由,有批判有嬉笑,轻蔑时尚,野生土长,做杂志的快乐既单纯又充满动力,等我们结束的时候,就真的结束了。后来再做杂志,每个人都告诉你要做给有钱人看,我心想,得多有钱的人才能买得起一本杂志呢?这是什么心理疾病啊。

徐浩峰是李军的学生,有一天李军领了他进来,穿一件不完全黑也不完全灰的衬衫,或者竟是酱色的,有点皱,好像洗过很多次,像从哪个九十年代的片场演着演着路人就走进了我们这儿,反正不是你所理解的一切衬衫。后来熟了就知道,这个异次元的人,什么衣服穿他身上都会有做旧感,这么说吧,就是穿一身白纸,也像宣纸。当然,下身的浅色裤子也毫无时代特征,脚上一双大众款的凉鞋,背头散乱,轻轻点着,微笑,肩上一个黑色革挎包。李军交代让他做些专题的采访稿,让我跟他聊聊怎么操作。那是夏天,我们聊完,彼此估计也没什么深刻印象,我唯一发现的是他不出汗,皮肤很好;他呢,神情比较谨慎,还没有暴露他南极仙翁的身份。那时办公室可以抽烟,我一看他抽的是都宝,就蹭了一根,这款重武器是穷学生的最爱啊。就是这样,2002年夏,《视觉21》杂志正奔向停刊终点的半年之前,徐皓带着一个微笑,入伙了。

二

冬天，杂志停刊，资方撤资，刊方撤号，我们领到了两个月的工资当作遣散费。我印象最深的是徐皓，他就站在资方代表办公桌前慢慢地、默默地、笨拙地数着那4000来块钱，我知道他在忍着气愤。那是一个傍晚，外面下着大雪，严肃的南极仙翁穿着一件棉猴，就差一副用根带子挎在左右两边的手套。他数完钱，慢慢装啊装地装在口袋里，只问了一句："在哪儿签字？"我能替他翻译出来说也没用却想要说的话："这……你们……也太……了。"当然不公平落在每个人头上，分量也是不一样的，他个子高，可能感受更强烈。他写的好多稿子都得不到稿费了，这是很多杂志社老板在这种处境下都会耍的赖皮之一，拖欠稿费，然后一笔勾销。就好像他们出来混是不用还的。

我们在东四十条桥外一家叫福什么的水煮鱼店吃了散伙饭。大局已定，剩下的只有共同的回忆，水煮鱼相当不错，那是我们经常吃加班餐的一家店，最后一期杂志因为上层斗法，下了印厂却没能付印。在这本永远不会露面的杂志里，我们做了一个专题叫作"永远的妖精"，大部分稿子和图片都是徐皓做的，还有他约的各路稿件，他很认真地跟我讨论怎样能让这些稿子用在其他媒体上，至少对别人有个交代。我就想他还真是一个认真的人，而我却已无心恋战。我当时对这个结局是有点怎么说呢，乐见其成吧，就是当他们毁掉一个东西时你也会不由地暗爽，去他的，赶紧吧，终于出局了。后来徐皓专门告诉我，他把几篇稿子分别发到了哪些媒体，还有一些没有办法，只好算了。

那晚吃完饭雪下得更大,天都红了,徐皓头顶都是白的,棉猴在路灯下有一点紫又有一点灰,我们一起跟着往地铁站走,他又恢复到了一个南极仙翁本应有的样子,沉默了一会儿,抬起笑脸来望着天上的雪花啊啊地感叹说:"亦霆,不要忘了,我们在如此美好的一场大雪里告别,这也是很有深意的啊。"我也感叹良多,多到也叹不出什么来了。我们在空无一人的地铁里告别,赶着不同里程的路各自回家。

我记得之后还有另一个雪景。是在和平里,从一家涮羊肉据点出来,也是往地铁走,他仍然穿着那件棉猴,从口袋里掏出一顶无檐小帽戴上——我现在知道为什么好多场景我会弄混了,他老穿一样的衣服!而我根本不记得自己穿的是什么,谁会记得自己那些旧衣服呢,我们只会记得别人穿衣服的样子。那个冬天他编写完了《逝去的武林》,拿来合同让我帮他看看有没有什么条款不合理,其实我也不懂,他却以为我懂,他对这些细节问题很认真,而我一向都是一个不认真的人,虽然同是白羊座,可能不是一种羊吧。总之那天涮了一顿羊肉,聊了文学和电影,又是漫长的往安定门地铁去的征程,他就笑着说:"还记得我们散伙那次,也是这样一场大雪啊,那时你还很伤感嘛。"我就也啊啊地说,明明伤感的是你嘛,啊,你这个人,老是把自己干的事往别人身上安,这样不好吧!我经常模仿他说话的调调,一见面:"啊……徐浩峰!"他就也依然故我地举手回应道:"啊……张亦霆!你……你的个人生活怎么样了?"我就学起总理说:"报告主席,还没找到女朋友!"他习惯性地从烟盒里掏烟出来,用力递给我一支,自己也点上,像在专列上一样悠闲地摇着背头,边思索边道:"时候不早了,要抓紧啊。"

有几年我和研究日本文化的刘柠,还有刘承周几个老友经常叫徐皓聚餐,和平里涮肉,三联后面的蹄花汤,朝内桃花川,他只要不忙都会来。有时远远见他挎着包,衬衫依然半新不旧,背头高举迟重而行,远远挥起夹着半支黄果树的手,我们戏称其路风酷似青年毛委员——然后还有好半天才走到,一走到就问爱情,这几乎成了我们每次见面的开场套路:"啊亦霆,最近有没有爱情生活啊?我可不希望你孤独终老啊。"这位青年毛版的丘比特还真的拉我见过两个女孩,不过都没开始就结束了。他有了女朋友或目标,有时也会问我一下,啊……你觉得双鱼座女孩怎么样啊?你说这……蒙古女孩好不好?更多的细节不便透露。总之在我们相遇的空间里——大多是各类饭馆,第一要务是谈论女孩、爱情,接下来才是其他。对吧徐皓,除了爱情都是其他。

三

2004年夏天,我在六部口等徐皓。之前他找了一个写情景喜剧的活儿,问我愿不愿一起写,约我到北影对面见了投资人,某一天我们又跑到马甸桥外一个奇怪的小楼里签了合同。剧是写了,钱也拿了三分之二,但我写的完全不是喜剧,更不是悲剧,也不是荒诞剧,四不像,徐皓帮着大改了好几集,最后赶上资方断档,也没拍成。我的影视剧写作生涯就此结束。

我良心不安,做了一个不算艰难的决定,退了一些钱给徐皓作为改稿报酬。那天我在六部口等了他十五分钟,正是祖国心脏血液稠密地带,市声喧哗人潮如海,万众也像游泳,边游边往四面八方吐痰。我们签合同是冬天，事情结束已是盛夏，世界如此正常，我却若有所失。正等得无聊，方见一个背头载浮载沉，随着人浪游来，徐皓与往日不同，穿了一件横条纹T恤，一个大裤衩，书包斜挎，像刚放学的高中生，多日不见，笑得那个灿烂。我们二位少侠都带着剑气行过礼，徐皓便领我往一条小街里去，记得走了挺久，他说这里有一家茄子面，让他一直念念不忘。那天我们吃到了茄子面，原来秘诀是用荤油烧茄子，多放大料。后来我自己学做茄子面，味道也差相仿佛。夜晚的老北京街区也是灯红酒绿，去厕所要走几百米，我们喝了八瓶啤酒，轮番进出直到店里只剩我们一桌。他那阵子比较多地会提到出路问题，比如能不能留校当老师，还是考一个北大的哲学硕士，以便将来留校任教。但是这个英语啊，他往往停顿一下，半张着嘴，有点发愁地看着墙上污脏的中英文民警提示，眼里含着半点委屈，仿佛自鸦片战争以来的外辱里学英语也算一种："背这个单词啊，太晕了，老忘！"

小说他还一直在写，那时还没开始写《道士下山》。《逝去的武林》给他带来一点小名声，偶尔他也会去同学的电视剧里串个角色什么的。有一次他要演的是一个思春的和尚，要唱一首山西民歌，打电话来要我教他一首，我就教了他一首《想亲亲》，那词是那样的："想亲亲想得我手腕腕那个软，依儿哟，拿不起个筷子我端不起个碗，依儿哟……"电话里教他唱了五六遍，也不知最后效果如何。据他说是不错的。依我看，那几年他是很认真也很现实地在为自己找一条路。

当然，我的想法和他有所不同，部分同意，就不展开了。我要说的是，他对待文学的现实感比我更及物一些，而且他很勤奋，手眼不停地写。我那时只读过他的一篇小说叫《处男葛不垒》，葛这个字应当是他偏爱的一路，不按牌理出牌，走偏锋，往往刻舟也能求剑，或于灯火阑珊处暗度陈仓。他还用过一个笔名"较比胡涂"，较比是老北京的一种说法，他跟我仔细解释着"较比"如何比"比较"更接近比较级的真实状态，微妙甚深，我也不按牌理出牌，想到了拉曼却地方的骑士堂吉诃德先生的坐骑"驽骍难得"，倒是一副好对。

我更偏爱他的独门评论。真的是独资公司，别无分号。徐皓写文章，中西古今，笑里藏刀，喜转折，好断语，好刹车，你以为没到，他却划个句号，让高潮先撤。你得脑中存几万追兵，去填他空出来的地方，意会他设的局。又常常发奇论如悬赏，让你半信半疑，他却伸腿一笑，转身谈些爱情与拳脚，剧谈至酣，往往前路尽断，他也能全身而退，提刀而立，为之四顾，为之踌躇满志。

那晚我们约定在不久的将来，一起去山西河曲，他曾经在那里写过生，并且要探访一位神秘嘉宾。他以为我是山西人，正好可以做个向导，而我以为他是武术家，出门没人敢惹我们，这一趟镖，彼此走得来。

四

去山西的一路上，徐皓睡得就像一座戴眼镜的乐山大佛，鼻尖上全是汗，后来他在梦中把眼镜摘了，捏在手上，眼镜啪嗒掉地，我替他拾起来，他微睁一下眼，喃喃地说啊，这……太困了。说完立刻又不省人事。长途汽车放着刀郎，一路运送大佛,任无用的风景纷纷飘过;在回程时,则由另一边的风景护送大佛远去,只见他一时向前频频点头,乱发倒栽如垂柳,一时又举颔而笑,下巴痴迷地吊在半空,我要是有台相机就好了。现在想想真可惜,我们两个几乎是空着手去的山西,那时的手机还不能拍照,今天说起来简直恍如隔世,恍如还隔着一个恍如隔世。

就是那次,我决定写一篇小说,徐皓将出演一位叫"大剩人"的无所不在的人,他永远拎着一个活页夹子,在上面写一些梦话,然后他出现在一个人的梦中,宣称是他梦到了做梦的人,往往在梦将醒未醒之际,他就穿墙而过……

我们在大同停留了一天,徐皓在我家赤膊上阵,与我几个发小围棋爱好者深夜展开车轮大战,长考不已,各有胜负;又承我另一个爱武术的发小请求,演示站桩功夫,双腿极稳,上身微动,一般人发力击而无反应,他轻轻一推对方便倒也。第二天,我们在长途车站吃刀削面,摊子很脏,他吃得好香,吃完了,喝面汤,面汤又甜又烫,我想起了《棋王》里的王一生,仿佛小说里也写过如此这般的一幕。阿城的胸中丘壑,大同也算一处,他在雁北修过地球嘛。

一路无语到了河曲已是天黑,新修的一条长街上两排路灯通天般起伏伸向暗流的黄河,铺子都关了门,满天繁星,摩托车像野蛮人呼啸而过。找到旅馆,居然有地毯,算豪华了,又出去寻了一家快打烊的饭馆吃饭,徐皓慢悠悠跟老板娘聊着天,打问民情。他算是故地重游嘛,原来我这个向导连当地方言都听不懂。晚上他越发精神起来,拉我去看星星。"银河啊,"他说,"北京已经没有银河了!"我却困得只想睡。他后来好像跟柜台女服务员聊着天,一起看着银河,银河在爆炸,从几万光年以来一直在爆炸,靡不有初但未始有始以前的样子也不知道是什么,我又该遗憾没跟他一起去看,但也欣慰于至少把他留给了世上唯一与他看过银河的女服务员。

我们去了一个村里,按着他的记忆寻找,问询,终于见到了他念念不忘的人。他对我宣称是他写生时代遇到的初恋,当时他就住在人家里,暗恋着主人的女儿,也不知真假,真真假假吧,他的牌理一向如此嘛。但我是相信的。我们在人家的小院里吃西瓜,细雨从桃李树上滴下,他也无言,踞马扎而微笑,隔空话些桑麻,喃喃地说着好,好啊,不错……临走还给那已作人妇的初恋刚生下的一岁多点的小孩留了100元买东西。我又一次觉得我做不出这种事。这个人一定是未始有始以来就怀着某种比我们都多的一分天真和敦厚的情结,对自己遇到的每一处有情场景都分别记取和回馈如仪。在他啊啊的感叹中,人随事迁,物换星移,没有人会料到他将像一个闯入者一样,再一次露面,把人何以堪这个命题坐实,然后就像跟自己摆手告别一样,再也放下不提。

细雨中,我们穿街过巷,绕过一片废弃的操场,穿过一个城门洞,爬上一座高高的小庙,其实它是个箭楼,徐皓跟我说;其实你是我的向导,我跟徐皓说。他跨进小庙,里面一个居士,小小的佛堂,香火在昏暗中低伏着,徐皓在居士的房间盘桓,对话寥寥,我没有听清,他待了有一会儿,很自然地在案上放10块钱,到佛前磕了几个头出来。我那时虽也看佛经,却不明白布施的含义,更不懂得为什么磕头。徐皓给我大略演示了几种手印的结法,我也只是觉得神秘,心想这个人怎么什么都会啊。后来多年以后，也就是几天前，他才跟我说，以前他写生时到过那个庙，当时有一家居士，像民国人，刘半农之属，还有个游方老僧，给他讲过些佛家道理。这些人再去时已不见了。所以在居士那儿，他看见一条手写的大悲咒，就照着念了一遍。大悲咒是祈长寿的。

如此逶迤来到黄河边，正见有个熟肉摊子，我们买了切碎的猪头肉和猪心，小瓶汾酒，租了一条带篷的船，25元跑到对岸转一圈，也算渡了黄河。黄河中鲤鱼打挺，千头万绪。船家是个胡子大叔，我们坐在船上像两个古代人一样摇晃着看鱼，看雨，大叔走过来，我们招呼他一起喝一杯，他接了杯，却到船舷边倒入河中，说："要先敬河神么。"然后又回到船尾掌起舵来。船开到对岸，就是内蒙古，徐皓从船头跳上岸，踩着泥和草上去看了一眼又下来，说此行也算到了内蒙古的土地上啊。

我还记得一个场景，我独自站在小雨中的河曲街头，身后是批发醋、啤酒和卫生纸的杂货店，我在等徐皓，他不知干什么去了，忘掉了，我等了好长时间，几乎以为他不会再回来了。而我也就只好独自离开这个陌生的小城。现在想这是不可能的事，毫无因由，但当时就是那样的。在等他的时候，我发现有直通北京的依维柯班车，早晨七点上车就走，一百二一位。我最终也没能想起徐皓那段时间去做了什么。人生中从不缺少空白，相忘于江湖之后，我们都只是别人的一小段，那一小段中也是有黑有白，就如风景渐远，山海茫茫，挥手告别时惟余浑然一点。

五

你可曾在北京这样的地方与朋友在街头偶遇过？山重水复，偶遇却比相见要难。

我们往往与人的第一次相遇是可以不经约定的，是为偶遇。公事除外。以后你要想再见某人，就需打电话，或发信息，或去堵门，你别想在街头走着走着，就遇到了这位朋友。这在小城会发生，但概率也低。

那个夏天午后，烈日当头，我沿路往百子湾家中走，快走到小区门口了，却见窄窄的小街对面，一个像来到夏天的北极熊一样的汉子挎着包，站在小饭馆门口等出租车，我看见了他，他也立刻看到了我，扬手过街而来，啊，张亦霆！啊，徐皓峰！你怎么在这儿啊？你怎么在这儿啊？

我们在小区的长椅上坐了半小时，他身上有燕京啤酒的气味，刚跟什么制作公司谈完事，我们有几年未见了，但他马上还得走，抽着烟，闲聊片刻，知道他想要拍自己的电影，他胖了一些，衬衫是黑灰色，仍像路人甲，拍拍我说，啊，爱情……我照例表示欠奉，这时小区一幢楼上有扇窗一推，一个女孩探出头来叫："徐老师徐老师，你怎么在这儿啊？"徐皓也很惊奇地起身笑道："啊，刚好遇到一个朋友，哦，原来你是住在这儿啊。"他跟女孩上下聊来聊去聊了几句，还偷空跟我说："看，这爱情……不就有了么。这女孩听过我的课，连住哪儿都知道了，接下来就看你的啦。哈哈哈。"

哈哈哈。这就是徐皓给我的最后一次爱情启示。

2014年又在一个朋友的婚礼上见过他，那朋友拉起他来到处跟人介绍,徐浩峰,著名编剧,一代宗师,金马奖,我朋友!徐皓也只有唯唯而已。下来悄悄跟我说:"这哥们……性情大变!"

那时他正在筹拍《师父》,临走,把他的一盒芙蓉王送了我,说,剧组里还有。我们在路边匆匆告别,一如往常,我往东去,他奔西走。

柏林的野猪

文_覃里雯

搬到柏林正值隆冬,本城罕见的零下 25 度。天空湿而黑,风挟雨雪打着秃子们隐忍的头顶,一夜间大雪能覆盖整个城市半米深,人脚插入脏雪唧唧作响,像头凄苦的耕牛恍然误入莫斯科。城市比我记忆中要宽大,地铁站里充满酒鬼的尿味儿和涂鸦,有"黄金锁链"和东区画廊这样的冷战后经典作品,但大多数都没什么艺术雄心可言。唯一让人欣慰的,是这些标语都是为了增进世界公平正义,偶尔歌颂一下毒品和酒精,而不是纳粹复兴,这让一个外国人感到心安。

在冬天,奥匈帝国的旧日领土恢复了它坚不可摧的逼仄。北纬 52 度的长夜像一层厚厚的凝胶,我抬起身体就感到滞重。躲在屋里收拾东西、做饭、睡很长的觉,不愿出门。每周等着在外地上班的 L 周末回家,这样就可以租车一起去采购一周的菜。因为潜意识里害怕食物在 L 周末回来之前吃完,好长一段时间,我都无意识地囤积着食物和调料,像一只处于冰川纪恐慌的松鼠。所有的抽屉柜子都不够用了,凌乱的香料食物丛林,花椒不时漏到下面的虾面袋子里，掏出腐竹手里却沾满了面粉。我没日没夜地想着下一顿饭该做什么，厨房成了我的教堂，足够容纳肤浅的忏悔。你终于知道为什么卡夫卡只能变成甲虫，甲虫躲在自己的壳里可以有足够的理由不出门，这是一只甲虫的本分。

然后，好像是忽然之间，春天软化了公园里的土壤，我也慢慢拔起黏糊糊的腿，开始在城市里跋涉。

那时候，我们旁边小区里邻居们正在进行的热烈斗争，我一点儿也没觉察到。

耻辱的烟头

这是很正常的事情，城市里的邻里美德就是互不打扰。友好地打招呼是必要的，承认彼此的存在，但聊天就不一定了。我糟糕的德语只限于打招呼和评论天气。如果我的德语略好一点，有些邻居可能倒是很愿意聊上一阵，但是他们或许把我言辞笨拙导致的拘谨误解成了注重隐私。德国人非常尊重别人的隐私，于是我身上的凝胶就更厚更硬了。

但是我的脑子在冷冻时期，还是无意中登记了一些本单元住户信息：

1. 我家正对面有个长得像日本德国混血后代的羞涩友好的男人，刚搬进来时曾经主动告诉我们："要是你们不在家，需要我帮忙收快递包裹就告诉我哈。"后来我们替他收过几次包裹。

2. 一楼中间那家门口贴的姓名毫无疑问是个中国人的名字，却没见到人，后来门上换了名字，可能是租户，也许是个典型的中国中产海外买房产投资的故事。

3. 楼上有两位乐呵呵的老夫妇，每天妻子带着丈夫一起出去跑步或者骑车，他们的孙子们偶尔结队来玩，在楼下踢儿童足球。他们看起来是整个小区最快乐的人。

4. 楼上还有一对奇怪的年轻人，看起来像刚上大学的样子，却住在这个拖家带口的中产社区里，我们猜测是富有家庭的孩子。有时候我们代收了他们的邮件，我们给送上去，他们开门时，屋里冲出一股呛人的大麻味儿。有一天晚上，L回家时看见那个男生站在阳台上向楼下撒尿，他大声呵斥他，男生说："我知道我知道，我就是有点尿急。"好在大麻没有让他跳到他撒尿的那些楼下花盆里。

5. 楼下有一对年轻夫妇，他们搬进来一年后，生了个可爱的女儿。每次出门遇到这位妈妈推着婴儿车，我们就会夸她孩子漂亮，她就会很抱歉地问我们："她哭的时候没有吵到你们吧？"事实上并没有，整栋楼永远安安静静，就像没人居住一样，这要感谢德国高质量的墙和门窗——德国总理默克尔曾经说，隔音质量顶级的德国门窗是她在海外旅行时最想念的东西。

6. 楼底有个老太太，我们窗外那棵大橡树就长在她院里。她总是在抱怨这棵树掉下来的树枝树叶、成吨的橡子和鸟屎，让她为维护院子的清洁累断了腰。她曾经想要物业公司把这棵大树砍掉，但终究不了了之——在柏林，一棵至少半个世纪年龄的树还是有尊严的，就连修剪掉几根主要枝干的讨论，最后也没有付诸行动。

春天的时候，一场小风波在我单元两家邻居之间爆发，持续了大约三个月，而双方主角一直没有现身。

冲突的伏笔其实早已出现在我屋里。欧洲春季的强烈阳光,被充沛的水汽和微凉的树叶草丛折射柔化过滤,是世上最诱人的邀请,哪怕是只甲虫也会忍不住把窗子打开。我打开窗子,刚刚探头出去看橡树上嫩黄的花朵,就在阳台上和屋里闻到了一阵浓烈的烟味。

柏林是个大烟枪城市,走在路上就像穿行在二手烟的通道里,但在家里闻邻居的烟味我还是第一回遭遇,感觉就像被陌生人强行访问了客厅。几年前有个日本人起诉邻居,因为连续七年被迫在家里闻邻居在阳台上释放的二手烟,赢了官司获得赔偿。但我悲观地觉得,这个案子如果在柏林打,我的胜诉几率会是 -100%。

单元入口处的玻璃门上很快出现了一张告示。告示是一楼的某位住户写的,打在 A4 纸上,郑重的泰晤士新罗马字体,粗黑的标题显示愤怒:正告楼上的某位邻居,有人将吸过的烟头扔到我们的花园里,请自重!我们已向物业投诉,这样的事情将不再被容忍。等等。

上次这个地方贴的告示,是一位楼上要过生日的邻居写的:"向大家预先道歉,我周六的生日爬梯可能会吵到你们,我们会尽量降低音量,如有搅扰请告知。"

我来自一个楼上会随时掉落窗框(或者没有窗框的玻璃)、花盆、小刀(我自己小时候就不小心掉过一把,正插在楼下一个乘凉的女人身边)、小孩子、钢制防盗网、装修材料、椅子……的国度,所以对于高空坠烟头,我的第一反应是咧嘴一笑。但是我可以想象,今天这张告示与此前代表秩序井然的告示是多么鲜明的反差,会给德国邻居们造成多大的震惊。

随后又恢复了安静，我们以为吸烟人已经从迷醉中醒来感到愧疚，从此收手。

但是告示又再次出现，这次上面贴着两截脏兮兮的烟头。"耻辱的证据！"粗黑的 3 号字高声叫喊着，竖起指头。烟头仿佛被愤怒的脚踩到了花园的泥土里，又被厌恶地隔着纸巾捡起来，胡乱黏在打印好的纸上，写告示的人气得浑身发抖。这个人应该不是橡树下的老太太，而是一个男人，但他是谁？

楼上扔烟头的人，最初可能只是混账，在看到告示之后，可能还加入了幸灾乐祸的挑衅。拿着烟头去报警？警察不可能逐家去盘问。守在院里 24 小时不眨眼监视烟头的降落过程，不现实，何况还有夜晚。

被烟头袭击的户主该怎么办呢？我开始感到一点好奇。虽然我早已知道柏林不是德国的典型城市，它更像一个混乱的例外。但是，一个愤怒的德国邻居或许有办法处理这样的事情？

没有任何线索，告示一周之后也被揭了下来。我偶尔想起这事，问起 L，他说他也不知道。客厅窗外依然偶尔飘来烟味，我依然颇受烦扰。好在每次时间不长，七八分钟吧，跟人间大多数的烦扰一样。我也习惯了忍受它。

不久之后，1817 就失踪了。

大闸蟹，或者 1817

夏天，L 在网上发现有一家附近小镇餐馆在卖大闸蟹。

大闸蟹泛滥德国的新闻已经在中国媒体上流传了好几年。这些蟹是成千上万艘往返于中德之间的货船里的偷渡者。货船满载德国的机器或者汽车来到江南的港口，在那里卸下货物，开舱纳水，以便让大船在海上保持沉稳的重量不至于轻易倾覆。一些蟹种就此被吸入舱里，然后在汉堡或者一些德国内陆港口被吐出来。它们从漆黑的船舱里被放出来的时候，一定觉得来到了天堂。德国茂密丰盛的水系、温和的天气和良好的自然环境仿佛为它们精心定制，更不要说他们的可怕天敌——中国人——在这里大幅度减少。等到德国人发现的时候已经晚了，这些带钳子的装甲大军，已经像指环王里的地下军队般迅速扩张，霸占了德国的河流和湖泊，它们吃掉柔软的鱼虾，甚至用大钳子毁坏堤坝，让渔业和河流管理人员烦恼万分。

在消息传到中国之前，大多数德国人并不知道，这些小恶魔竟然是中国人的昂贵美食。他们忙着把大批的大闸蟹用机船捞起来（说不定一路在心里诅咒着），焚烧之后当作肥料。消息传到中国人群里之后，曾经有两位在德国的中国商人觉得看到了宝贵商机，试图把这些"肥料"进口到中国，但不知是出于欧盟严格的食品安全标准还是中国的进口食品安全标准，他们没能获得必要的执照。迄今为止，这些宝贵的"德国原生态大闸蟹"还只能在德国的一些中国超市和中餐馆里偶尔出现。

L发现的这家大闸蟹贩卖商却并不是中餐馆，而是一家位于柏林和汉堡之间的德国本地小餐馆。它挨着本地区许多相连的大小湖泊中的一个，餐馆里常年供应渔夫从湖里打来的生鲜。渔夫们向店老板抱怨那些钻到网里来的大小"魔鬼"，被店老板在香港居住过的女儿偶然听到。村里最全球化的德国人，立即想起了香港街头每逢金秋打出来的铺天盖地的广告。女儿说服父母，在餐馆的网站上试试出售这些东西，2欧元一个，需要预订。L是最早回应这个广告的人之一。我们兴高采烈地邀请了在中国居住过并懂得享受大闸蟹的德国朋友，他们得知喜讯也雀跃不已，爽快应邀来参加蟹宴。

从柏林开车到那家餐馆，需要一个半小时。L被老板领到后院几个一米高的大橡胶桶旁，老板揭开一个桶的盖子，里面爬满了壳子巴掌大的大闸蟹，微亮的青壳儿泛黑，森森然张牙舞爪。"要雄的还是要雌的？"中国美食家最狂野的美梦就在眼前，德国顾客犹豫了，拿起电话打回家咨询中国顾客："要雄的还是雌的？"电话另一边也不太确定："一半一半吧。"一共买了二十多只。

整个德国都没有捆绑大闸蟹的专家，唯一运送它们的办法，就是把它们扔进泡沫箱，再扔进几个冰盒，让它们进入准冬眠的昏迷状态。到家之后，它们就在半昏迷状态里乖乖进了蒸锅。

女儿皮皮第一次见到这么大只大闸蟹，对它们钳子上柔软丰密的毛赞叹不已，摸个不停。这时候命运决定给我来个恶作剧，让我产生了一个糟糕的主意。因为皮皮的宠物，一只漂亮的英国兔子，刚刚在公园里逃跑了，我顺口说道："你那么喜欢它，就留一只养着吧。"

为什么要养一只作为食物的蟹？在中国乡下度过童年的人，并不太在意这种区别：你养动物，悉心照料，然后你吃掉它们，或者不吃掉——完全看心情。我们并没有现代城市里那种严格区分宠物和食物的心理界限，没有养殖场、屠宰场和宠物屋的区别，它们都在同一个地方——家里。所以，养一只从嘴里省下来的大闸蟹，是我试图返回童年状态和孩子寻找共同语言，却误入了中国传统乡村的不合时宜。

城里长大的皮皮对这个建议感到陌生，她从来没有养过自己的食物，L觉得我的提议奇怪极了，"为什么你要这么养一只蟹？为什么？"皮皮犹豫了片刻，问了好几个问题，那些绒毛还是对她起了作用。她选了一只最威风凛凛的公蟹，看起来像个大将军。一只虎落平阳的将军，"就像滑铁卢里的拿破仑"。L说。

"什么是滑铁卢？"皮皮问。

"就是拿破仑被打败的那场战争。"

"那是哪一年？"

"好像是1817年。"

"那就叫他1817吧。"皮皮说。立即郑重地把它录入了卧室门后贴着的宠物记录册，紧跟在逃跑的兔子记录后面：大闸蟹，名字：1817，颜色：墨绿。等我们忙完之后上网一查，发现滑铁卢其实是1815年时，已经晚了。没关系，反正1817年的拿破仑，比1815年还要惨吧。

我在阳台上找到一只白色大花盆，大约30多厘米高，在里面装了点水，撒了点米饭（不知为什么，我依稀记得小时候在田里抓的小蟹是吃米饭的），把1817放了进去。

我们随即吃掉了它的同伴们。我得承认，我们虽然在甜美的蟹肉中欢呼，但内心深处一直在压抑隐隐的不安，不时瞟一下外面漆黑的阳台。我也没敢提《红楼梦》里薛宝钗虚伪的感叹，"于今落釜成何益，月浦空余禾黍香"。

第二天早上，1817不见了。

大将军完成了两个不可思议的壮举。首先，它爬出了无比光滑、有它全部身宽1.5—2倍的白瓷监狱；其次，它从阳台上唯一一条缝（明显比它的壳儿窄不少）里挤了出去。

我们从阳台上向下望，下面的草坪和顶棚上，什么也没有。难道它爬到了旁边的公园里，从此变成一只陆居蟹了吗？

第二年，我们又吃了一次蟹，但那次战况更为惨烈。因为冰冻程度不够，蟹们提前苏醒。它们拼命挣扎，用长爪勾住锅边，我用锅盖把它们盖住，蒸腾的热气瞬间把它们的腿关节变软，在锅边上留下无数热气蒸断的残肢。只吃过却没煮过蟹的德国客人看得面目惨白，从没杀过动物的L开始对我无来由地大吼："为什么你要用这个方法把它们放进去？！"我感受到德国人的反感和痛苦，进而开始怀疑自己的品德和世界观。第三年，我们谁也没有再提吃大闸蟹这回事。

有一天，L到楼下有宝宝的邻居那里去取他们代存的包裹。年轻的妈妈忽然问他："顺便问一句，你们以前不会刚好家里有螃蟹吧？"

她是在自家阳台上看到空降螃蟹的尸体的，这个狰狞的甲壳动物尸体吓得她魂飞魄散，赶紧叫来正好来看望她的爸爸。他们琢磨了一番，猜想是什么鸟儿不小心把捕猎的食物落在了这里。老头儿戴着手套把大将军小心翼翼地拎起来，扔到了垃圾桶里。这就是一个勇敢的中国裔螃蟹在德国的命运，它在追求自由的途中坠毁于柏林的水泥阳台。

L听完始末，忙向女邻居道歉。她接受了这些道歉，我们还依然友好地打招呼，但我得到的教训是深远的。欧洲现代城市文明击败了中国的田园梦，改变了我和这种野生动物古老的自然关系。大闸蟹不再是美味的蛋白和诗意欢喜的聚会——它是德国人眼里令人厌恶的入侵者，被大批逮捕焚烧；但当我使劲儿把剧烈反抗的它们塞进热水蒸锅的时候,我又是一个硬心肠的原始屠杀者;当没去过中国的邻居发现我突发奇想的食物兼宠物时,中国人的食物又给他们带来了惊扰。总之,我放弃了。就让机船在德国的水系上继续徒劳地奔忙,继续浪费焚烧炉的燃料吧,德国人再也别想从我这里得知大闸蟹的价值,或者听到我给他们介绍那些秋季菊花月光下的诗词。他们根本就不该得知中国厨房里除酱油和芝麻油之外的任何秘密。

不过到秋季吃到那头野猪的时候,我的心情就好多了。

啤酒花园的野猪

那头野猪黑糊糊地架在火上,我们到的时候已经被割掉了三分之一。炭火的煤烟混合着烤猪皮肉的焦香,被热气卷持着满院乱跑,跑到了隔壁学校的操场,山上的公园里,也一定跑到了那个自私的政治说客的阳台上,钻进了他的门窗,和院里欢声笑语一起,让他气得半死。

这不是 G 啤酒花园的日常夜晚,这是一场胜利的盛宴,我们半个小区的住户都参与其中。柏林美妙的秋季增添了甜蜜,灌木丛里最后一批黄蜂还挣扎着留在人间享受生活,玫瑰和薰衣草散发微枯的余香,吃胖了的麻雀闹哄哄地在树上开着大会。

烤野猪、啤酒花园和社区"战争"的故事,其实也是柏林在过去十年里的缩影。

G 啤酒花园是我夏季最爱的娱乐地点。从小区西侧门出去,就是本区颇享盛名的一座一百多年历史的公园,穿过公园最窄的一条狭长地带,就到了花园门口的石阶。当漫长的冬季结束,柏林的白昼开始逗留得越来越长,我们就每天到公园里去散步,顺便在花园的平台里喝上一杯扎啤,偶尔吃一根炭烤香肠。柔和湿润的空气、清澈的蓝天、大团的白云以及花朵树叶和青草气味,已经让人非常陶醉,一点粗糙的食物和好啤酒就让人非常满足。气温一旦稳定在15度以上,花园里就永远沸腾着欢声笑语,像一个热闹的集市,直到凌晨两点甚至更晚。三十多年来,它一直是重要的社区活动中心,也常有游客们慕名来造访。没有这个啤酒花园,公园就没有灵魂。

德国赢得2014年世界杯的那些夜晚,我们也在这里看过一晚上足球。那是德国的盛世时刻:国家富足经济增长有力、各阶层关系相对缓和、德国被世界尊敬和喜爱、就业率达到1991年以来最高水平、默克尔成为欧洲唯一像样的领袖,然后德国队赢了世界杯,那应该是啤酒花园里最美好的夏夜之一。

但那时候,啤酒花园的老板娘其实日子很不好过,因为一个三年前忽然出现的敌人,她已经快崩溃了。

"E先生是2011年3月份搬进来的,"H教授说,"4月份,他就给我们整栋楼的邻居写了一封信,要求大家一起起诉G啤酒花园。"

退休了的H教授和他活泼的妻子(一位英语和体操老师)坐在他们俯瞰公园的客厅里,朝西的宽大阳台上也能看到啤酒花园。"天晴的傍晚,整个西边的天空一片彩光,远处那排房子的窗子都在闪亮,真是美极了!"教授夫人两眼发光地说。为了招待我们,她摆出了整套粉色花朵的下午茶瓷器,做了橘子和红莓乳酪蛋糕和巧克力蛋糕。他们喜欢社交,喜欢晴天夜晚窗外欢乐沸腾的人声,所以收到E先生的信的时候,他们很震惊。

"他在信里详细地教大家怎么给啤酒花园找麻烦,要大家过了晚上十点就不断地打报警电话,投诉花园太吵。我看完之后气愤极了。"教授说。

这个气愤是有足够理由的,因为我们小区才新建了四五年,而啤酒花园作为社区中心,已经存在了三十多年。任何人在买下房子搬进来之前,都应该知道并且接受这个环境条件。

"他知道这个啤酒花园是会很喧闹的,但他先是以这个为负面理由,压低了买房的价格,搬进来之后,再去对付啤酒花园。他早就算好了。"

"他的职业是做政治游说,所以很擅长这一套。"

在柏林有至少25家啤酒花园,它们都曾是老社区中心的一部分,通常是一个院子,大树下摆着木头长凳和大桌子,食物饮料简单廉价,主要是各种啤酒和烤香肠及热狗。在东柏林的Prater啤酒花园最大,也最著名,因为这里曾是冷战时期东德异议人士聚集的地点之一。啤酒花园是街坊邻居和亲友聚会的常去地点,谁都付得起那里的酒食,是欧洲城市人寂寞的生活里最有亲和暖意的空间。

过去十多年里,德国经济兴盛,全球资本发现了柏林贫困的年轻艺术家和无数嬉皮士前辈创造的城市魅力,加上房地产价格低廉,投资如蚁逐蜜涌来。尽管德国政府对房地产发展严加控制,但房价和房租还是逐年抬高了。新兴的房地产和工作机会带来大批雅皮化的中产阶级,艺术家、无政府主义者和嬉皮士们渐渐失去了他们的阵地。

他们愤怒地在城市里四处涂鸦,尽管我们小区本来是个无人居住的工厂废墟,并没有赶走什么老住户,却也未能幸免。

刚建成的头两年，物业不得不一再刷掉出现在小区各处的标语，标语的意思大同小异，就是要和雅皮或者阶层分化发生性关系。为了讨好涂鸦英雄们，物业还在小区外墙为一个因涂鸦被纳粹逮捕的左派革命家设了一块玻璃纪念碑，这也没什么用，刚开始纪念碑上还偶尔出现玫瑰花，但后来连纪念碑也被砸裂了。战胜涂鸦的是物业的耐心——出现一个标语涂掉一个，没有薪水支持的涂鸦艺术家们没能坚持到最后。

隐藏的冲突在房地产发展最疯狂的前东柏林 Prenzlauer Berg 区最普遍，出现了不少富足的中产新住户投诉老社区聚会中心过于吵闹的案例。刚开始，新住户都能获胜，因为德国法律对城市噪音控制很严格，但在过去两三年里，舆论风向渐渐开始发生变化，因为柏林人开始意识到僵硬的中产规则正在破坏城市社区的多元化。

这就让 G 啤酒花园的案子出现了转机。

"因为 E 先生坚持投诉，我们的区政府就此开启了一场调解程序。" H 教授说，"政府出钱请了一位退休女法官做双方调解员，然后邀请邻居们来旁听和参与讨论。"他认真地看着我："非常有意思的一个过程，我从这个过程里学到了不少东西。"

第一次调解会，调解员详细地解释了什么是调解，程序如何，还宣布了调解费用是一万欧元，全部由区政府支付。她反复强调自己是中立的，让大家避免冲突。H 教授和夫人惊喜地发现，整栋楼只有 E 先生一家反对啤酒花园。但他们意识到，在调解的程序里，邻居们只是被邀请来的旁听者，他们的意见只有参考价值。

气愤又热心的 H 教授和教授夫人觉得不能坐视不理："我

们写了一封信，支持啤酒花园，我们还一家家地去按门铃，请我们这栋楼的邻居签名，还交换了电话号码。"

"我们都得有一个战略，得组成一个整体！"教授太太热切地说。"支持啤酒花园联盟"成员们经常一起交换意见，轮流约到各家喝茶和商量对策，还顺便弄出了一个全小区的夏季邻居聚会集市，每年夏季在小区里组织一场。

调解过程漫长曲折，一共调解了5场，每次要持续3到4个小时。老教授、教授夫人每场必去，还有每次20来人的邻居旁听团。

啤酒花园的老板娘N女士是个50多岁的老街坊，在调解过程中一点儿也没表现出要据理力争的样子，她接连地妥协，主动提出晚上十点之后关闭花园朝向小区的门，还甚至和调解员一起考虑搭一座6米高的墙来挡住噪音。但这些都没有用，E先生的要求是在晚上十点之后啤酒花园不发出任何噪音，这就等于直接要求它关门，N女士被焦虑折磨得开始长时间失眠。

调解会上，义愤的邻居们跨过旁听席直接和E先生吵了起来，调解员的大部分力气，都花在了平息旁听团和E先生的争吵上。

"我从调解员那里学了很多平息冲突的技巧，引导讨论方法，甚至还有一整套词汇。"教授说，"最重要的是逻辑：这不是零和竞争，是要两方都赢，或者至少都得到一些什么。"

双方的确都得到了什么。三年后的秋天，调解终于终结，调解书也得到了双方的签字。G啤酒花园得以留存并且继续正常营业，E先生得到了N女士付费的一套高级换气系统，一万多欧元，以便他关上门窗抵挡噪音时屋里仍能有新鲜空气流通。

N女士的啤酒花园并不那么赚钱，但是E先生知道，N女士的哥哥是德国一家软件巨头的创始人，他觉得她付得起。邻居们对这种敲诈行为很不满，还想继续争吵，这让调解员很不高兴，因为调解过程实在拖得太久了。邻居们也是在平息下来一个月之后，才慢慢感觉到他们的胜利。

H教授搬来一个砖头那么厚的文件夹："所有的文件都在这里。"所有的通知、电子邮件打印件、签名信，都打了孔，整洁地分门别类，按时间顺序排放。

这个文件夹，也是欧洲城市中产阶级的秩序。这里面并不都是个人主义的冷漠，它也有相互尊重和划分界限的方式，有争执，也有认可和妥协，它的郑重其事里有一种令人感动的脆弱，只有在这个独特的语境里才可能实现。如果没有政府的积极介入，没有成熟而专业的调解程序，如果权力或者暴力介入分毫，哪怕只是出来拍拍胸脯，都可能瞬间摧毁这种秩序，取而代之以持久的仇恨。

"去年的邻居聚会活动，E先生一家还来了呢，他特别活跃，跟大家聊天。我们也并没有要驱逐他，他住在这里，还是我们的邻居。"H教授认真地说。教授夫人做了个鬼脸："我可没和他说话！"

不管怎样，小区的故事也终于有了大团圆结局。为了表示对仗义的邻居们的感激，N女士对整个小区签名支持啤酒花园的住户发出了邀请。就在我们吃完大闸蟹一个月之后的一个秋夜，她敞开啤酒花园请大家来免费吃喝。

"我们雇了一位猎人，在城里打了一头野猪，请大家来分享。"信大致是这么写的。

是的，绿地面积宽阔、被树林包围的柏林城区内，不仅有獾，有兔子有松鼠，有红毛狐狸（我们还在小区里被它翻过白眼），还有偶尔出现的野猪。持有猎人证的专业捕手可以每年在秋季按严格计算的份额捕猎一些动物，控制它们的数量。

一头不幸的野猪就这样在城里的某处树林里被击毙了，它出现在 G 啤酒花园的户外大碳烤架上，由猎人动手，足足一个下午，才烤透它的厚皮和脂肪。

我们捧着盘子排队去领肉、土豆、酸菜和啤酒。N 女士走到每个客人面前，用她粗壮的胳膊指着吧台说："自己去取，别客气！"每个人好像都在哈哈笑，嗓门儿震天，跟平时平声静气小心翼翼的样子截然不同。在冲天而起的碳灰热气旁，这场景像极了电影里德国部落对罗马军队战争胜利之后的庆功宴镜头。

"那野猪肉可真好吃，不是吗？"一年之后，教授夫人在她美丽的客厅里满眼放光地回忆，"我们应该再组织一次烤野猪聚餐。"

我们高兴地附和，但大家都知道，下一次烤的野猪，永远也不会有那次的美味了。

吃完野猪之后，又一个冬季长夜降临。但我已经不再害怕穿上保暖的衣服，走下小山坡去超市买菜。从渐渐清空的柜子深处掏出当年买的火锅底料，把它们和焦虑彷徨一起扔进垃圾桶，就像白桦树褪掉陈年的树皮。在我看来，那是我正式成为柏林人的一天，异乡人的入会仪式，火锅底料和垃圾桶。

到海底去

文_淡豹

一

过年回家第二天,我去看姥姥。她85岁了,独自住。姥姥很爱干净,到前年,还每天都要打扫一遍卫生,擦地,擦佛龛,和面,烙饼。

去年,她直不起腰了,不再擦地。

北方冬日下午那种清楚、微温的阳光,照在客厅电视机顶上,灰尘像洒了一层面粉。

姥姥让我去拿鹌鹑蛋吃。她总是怕饿着我,从小就是这样,担心我瘦。

鹌鹑蛋是大姨剥好带来的。她说:"这一点儿剥了几个小时。"

大姨刚退休。生活突然空了,她花很多时间做家务,做饭。以前她脾气急,工作也忙,早饭都从来不吃。现在,邻居尝了她炖的肘子说好吃,她就多做几只送邻居,花一整天,很有耐心地先后煮三次,入味道。时间还是过得慢。

大姨说:"退休了,时间不值钱了。"

就是她的邻居,吃了肘子的卞阿姨来提醒她的,年三十前得去烧纸,"阴间也是这时候备年货,得给他们送点儿钱去"。

姥爷和舅舅都去世很久了。姥爷离开十三年了,舅舅十五年。他们离开时我还不懂事。

姥姥说:"今天不合适。那明天就去吧。"

我问:"为什么明天呀?"

大姨说:"说是阴间讲究单。明天是二十九。"

姥姥走进书房,把烧纸的事记到台历上。新书桌,她按老方法在台面上铺了一层绿毡,再压一层玻璃板,电话机覆盖着钩花防尘布。她和姥爷年轻时的黑白照片、退下来后旅游印上二人合影的陶瓷盘子都放在写字台上。也有前些年她和哥哥去美国玩,在白宫前的合照,那时姥姥81岁了,身体还很好,戴个旅游者的圆边帽,显得很精神。

书桌玻璃板下,压着我和妹妹各自的结婚照。还有拉卜楞寺一位僧人在寺前的小照,本来就不大清楚,被绿毡衬得更泛白了。

是姥爷和舅舅去世后,姥姥开始信佛的。兴许佛祖能传过话来,讲讲他们的境况。她在家里辟了一个房间作佛堂,供佛像和他们的遗像。

她有一次对我说,她夜里睡梦,看见我姥爷的影子站在天花板吊灯的一柱上,来接她。她急着要跟去,一时起不来床,挣扎中便惊醒了,非常失望,摸索着走去佛堂,点香怨怼,怪我姥爷等不及她起身。"从来没这么生他的气。"她说。

那还是前年夏天的事。后来她身体不如以前,生过两场病,住了几次院。这两年,她总说:"活着真是痛苦。"今年冬天格外冷,怕路滑摔倒,她有几个月没出门了。

从佛堂里,姥姥把她这些天用金银纸叠的元宝拿出来了。两串,她一共叠了72个,拿针线缀到一起。两串闪烁的树,胖胖的。拎起来倒是很轻。

我们有些惊讶:"您还早准备了这个。"

姥姥说:"我看电视的时候,就叠一叠。正好烧给他们。"

二

上次随家人去烧纸,是前年夏天。姥爷给大姨托梦,梦中他衣不蔽体,显然在受冻,还掉了眼泪。

去问了人,说这种情况,有讲究,得多烧一些,烧更像样的。我们去慈恩寺背后那条街,一长溜商铺,卖的全是香烛和纸制品,金金红红,很灿烂。不懂行的人看起来,会以为和死亡仿佛没有关系。那些纸品上,图画或者字体的边缘都印得粗糙,是等着消逝的、中空的壮丽。

烧的地点也想了很久。除元宝、纸钱外,还有纸西服、纸汽车、纸别墅这样的大件,在一般的路口,恐怕火堆太大,引人制止。也担心公路口还不够通敞,不足以把大物品"送"过去。最终的决定,是去浑河边。浑河是沈阳主要的河流,辽河的一部分,古时候叫沈水。这座城就是沈水之北的城池。如今河边是个没有墙的市民公园。

我们傍晚就去了。好些日子没有下雨,叶子打蔫,一排灌木缩手缩脚站在河边,远看像脱落的绿油漆。等到天黑,车子藏在河岸深处停住。去河边烧，太空旷，担心被公园管理人员发现，躲在路灯照不到的树下烧，又怕失火。凑合在小树林掩着的折道高处画了两个圈，一个给姥爷，一个给大舅。从衣物开始，纸棉袄，纸大衣，纸中山装。

小姨烧着烧着就哭了，好像自己犯了什么错误，说："爸，你爱穿西装，我们没买到。你先穿中山装。还有大衣。先穿着。"

烧完纸屋子、车马，已经是两个颇大的灰堆。扔进纸元宝，火堆突然高起来，燎得我们措手不及，险些点着了河边的干树叶，妈妈急着灭火，高跟鞋踏上火星。那边，管理人员踩着电瓶车，自桥洞下来了。

"赶紧走。多久都没下雨了，一烧，着火咋整。"

"马上烧完了。"我们推脱。

"这还没到鬼节，烧啥纸？"

"老人托梦了，在那边过得不好，冷，我们来烧几件纸衣服。这都烧完了，马上走。"

"这一条河就你们一伙儿烧纸，目标太大了，我没法办。这都有监视器，领导也能看着。你们收拾收拾赶紧走，要烧到那边去。"他指了个方向。

是个好人。我们顺台阶，下到紧河岸边，重新画了两个圈。

大姨说："这里更好。四通八达。看这些船，都能给捎过去。"

浑河大约已经不通货船了。有几条巡视船，一飘一荡橘色的小灯，缓慢开过去。是夏天最盛大的时候，久未下雨，却河水丰满，载着给鬼魂的讯息流去。

三

姥爷去世时,我们就住在浑河岸边。那是城市在忙着美容、安花式路灯、建广场、重修博物馆、盖大剧院的几年。这条淤积的河也清理了,河边建了花园、游乐场、住宅小区。姥爷姥姥搬离他们长期工作、居住的那一带,70岁时搬到便于散步、草木繁茂的河边,是预备在这里住一辈子的。刚住几年,他们就因为舅舅的生病去世受了很大打击。两年后,姥爷也患上了和舅舅相同的病,胰腺癌,一种通常查出时就是晚期的癌症。姥爷去世后,姥姥不愿意再独自住在他们原来的房子,嫌大、空洞,仿佛抬脚都是记忆的鬼魂。

她先搬到有其他老同志住的空气较好的郊区去,年事再高一些后,郊区就医不便,她搬回市内。这时沈阳工业区已经改造,下岗和私有化基本完成,铁西区的工厂半数倒闭,旧时工厂脚下的土地出售给房产公司,大片厂房推倒正好适合建住宅小区,簇新高楼的间隙里挤着零星的仓库、烟囱、破败的原工人宿舍楼。

经过这样先去郊区、再去铁西区的一轮,我再回沈阳时,就觉得不太熟悉了,不常出门,就和家人一起待在新家里。

就不大熟悉城市的这些部分,城市的面貌也变了。故里像是和亲人一起死去了。

在浑河岸边的房子里,高中时的一个暑假,我躲在自己二楼的房间里,试着抽烟。不知道需要烟灰缸,烟灰在飘窗的木头窗台上烫出焦痕。听见姥爷上楼的咚咚脚步声,他敲门,问我在做什么,我手忙脚乱把烟灭掉。第二天,我发现抽屉里的那盒烟不见了。他什么都没问过我。

也是姥爷去世后,姥姥告诉我,在高考结束的那个暑假,我接到男生的电话出去约会的整个下午,姥爷一直坐在阳台,看我和男生在河边散步。他也从没问过我。

夜气氤氲,浑河河面上飘来混合着汽油和水草腥气的味道,有点辛辣。

河水就这样向东流下去,到海城,会与太子河合流,便是辽河下游了。辽河是齐邦媛书中所写的"巨流河",它将自营口入海,汇入辽东湾,成为渤海的一部分。我的姥爷和舅舅就葬在渤海湾里——他们去世后,家人原想购置墓地,四处寻觅的几年中,我们第三代长大成人。哥哥从德国回到北京,我去了美国,妹妹在香港读完书后辗转定居于新加坡。姥姥说,孩子们都不会再回到沈阳了,以后散在各处,谈不上扫墓,不如骨灰入海,孩子们在世界任何地方都可以祭奠。后来,她们租了一艘船,驶进渤海湾远处,洒下姥爷和舅舅的骨灰。现在,有时候姥姥会哭,说,他们都在海底,不知道还能不能上来。

大姨烧着元宝,说:"估计能收到。可惜他们找不回来了。家已经搬了。"

小姨说:"没关系。顺着河走,总能找着。"

四

这次,在姥姥如今的家附近,找合适地方烧纸。铁西区,大家都不了解。又去问人,说可以去不远处的一条小河,叫卫工明渠。

哥哥说:"那儿啊。以前是铁西有名的臭水沟。"

大姨说:"现在改造了。就去那儿。水边上要是不让烧,就再找个路口。"

我问:"去哪买纸?"

大姨说不必去日杂商店,街上就有。卞阿姨告诉她,市场那边,这几天来每逢阴历单数日子,卖这些的多得很,"就差把你往纸堆上拽了"。

大姨和卞阿姨很要好,因为两家都养狗。退休以后,大姨对狗很上心,每天带出去遛三次,和小区里同样养狗的几家常在一起。但狗年纪大了,纵是天天把进口的心脏药磨碎了喂给它,几个月前也还是死了。没有了狗,大姨更孤寂了。

我们劝她再养一条,她不肯,说:"陪了一段又走了,更难受。"

我们走去河边。找了一根木条等会儿烧纸时挑火用,一路提着走,嗒嗒点着地。夜晚有一点风,倒不是很冷。路上果然有不少卖金纸的,大路口也都有人烧纸,隔不远就有火光或者灰堆。奇怪的是烧纸的都是女人,旁边是另一个女人帮忙挑火,或者再站个笼着手的小伙子。

妈妈说:"我前几天在一个饭馆碰到小朱了。"小朱阿姨是和她们同一个大院长大的好朋友,也将近退休了。

大姨说:"她年轻时候不要孩子,现在后悔了。两口子没着没落的,有钱也没处用,可痛苦了,只能可劲儿造。"

哥哥说:"有钱可劲儿造还痛苦啊。"

我们都笑了。

大姨说:"你不懂。"

五

我们向铁西的边缘走。住宅楼逐渐矮下来,还有些平坦的厂房,极其高大的烟囱漆成红白两色,在夜色中显眼得很,像抻平的救生圈。小商店很多,人却好像都在街上晃悠着,不进去。霓虹灯招牌一半是哑的,让曾经对繁荣与现金流的向往显得有点离奇。确是上演《白日焰火》的地方。

如果喜欢暗色调,可能会觉得这里有魅力。街道和记忆中差不多沉闷。只是年少时街上那些曾代表希望的象征物,现在不再和希望或者繁荣有关了。大商场里有人流却缺乏现金流,洗浴中心点亮这个城市几乎每一个街区。城市的衰败被冬天自身的萧索平衡或者掩盖了一点,现在这样看着,还是闷而不郁的。它提供的生活前景大概是恰到好处地令人失望,再多一分,凑合活着的人就走投无路了。

她们说起一种理财产品,什么8.4,11%,听起来收益率很高。

"高收益,高风险,也得做好风险的准备。"大姨说。

东北现今就是这样,活跃着很多地上的、地下的、合法不合法的理财产品,有些只是赔本,有些干脆是老鼠会,还有些曝光成了非法集资案。通常都是熟人介绍着购买,用风险、政府鼓励、开曼群岛之类的词唬人。往往我们在电话里听说时,她们已经买完了。真是不知道将来会怎样。

哥哥拽住我说:"回去咱俩都好好问问怎么回事。"

大姨问:"你们俩在后面说什么呢?"

哥哥说:"我们就合计,上次是什么时候烧的纸啊?"

大姨说:"夏天你小姨烧过一次。她突然想着从来没给他们烧过冰箱。在那边要是有想吃的东西，放不住，坏了怎么办。就烧了个纸糊的冰箱。"

其实什么时候该烧纸，该烧什么，怎么烧，大家都不大清楚。家里足够老的人都死了，余下的高龄者都是党员。

谁也不知道老规矩该怎么弄。烧总比不烧保险。每次就打听着，自己也寻思着，看街上情势像该烧纸了，就跟着去烧。

我们找了个摊位，纸两卷两卷地卖，两卷是 15 元。大姨吩咐哥哥和我一人买四卷黄纸和一些冥币，这次烧纸就算是孩子们孝敬老人的了。还要写一张表文，等着和金纸一起烧掉，表文是给阴间神鬼的信，"今叩拜幽冥界教主地藏王菩萨"等等，写上"已故先人"的姓名，还有"已故人墓址"。

大姨说："每次写的都不一样。咱们家葬的地方也没个确切地址。就写渤海湾吧。"

六

横穿河面的蓝色管道是废水渠的标识，除此之外，完全看不出这条瘦瘦的小河曾是臭水沟。天不太冷，河水没有结冰，周围绿化很好，河边铺了规整人行道，连绵几公里是七彩的夜灯，隔几百米就有一道高高窄窄的彩虹灯桥跨河而立。

大姨说："真来对了。这河真好。"

我们在河岸边人行道上划了两个圈。打火机点着印子，先烧表文，给纸钱开道，再烧几张纸给小鬼，算是给它们的买路钱，再给自己的亲人烧。一次加太多纸容易压低火焰，就分成小叠，在火焰边缘点燃，慢慢烧。快燃尽了，就用长木条挑一挑，让火大起来。我们反复说，给你们送钱来了，要过年了，该买什么就买什么，钱不够花就告诉我们，托梦给我们，给你们送钱来了。如同念诵经文。

一弯弯的彩虹横亘在河岸上，有一点鬼魅感。空气里有纸燃烧和一点模糊的烤羊肉串的气息。

河水像婉转的有色金属。我们把姥姥叠的金元宝加上火堆，金元宝中空，烧得快，火苗一下子刺刺啦啦长得很大。再扔黄纸，就不光是燃成灰了，纸烧成小纸片和细碎的亮烬，烧成蝴蝶和烟花在风里上升，朝河流飞去。挑着的木条也烧焦了。

大姨对火堆说："今天孩子们都回来了，托孩子们的福，今天找到这么好的地方烧纸。"

姥爷和舅舅去世时我们太不懂事了。他们只享到我们这一点福气。

夜更深时，我们走回家去。

大姨和妈妈都很高兴。这几年，她们很容易高兴起来，也很容易担心。我们回来时，她们总是高兴的。

大姨说："过年前我总能托到梦，看看这次会不会再有梦来，带点儿消息过来。"

妈妈说："今天烧得不错。应该是送过去了。"

大姨说："是啊，今天烧得好。孩子们有福气。这条小河真好，下次还来这里。"

哥哥说："嗯，什么河，最后都会入海的。"

我古怪的流浪汉朋友

文＿李纯

一

早上八点半，我从三元桥地铁站的 D 口出来，迈上几级低矮的台阶，迎面便是一家叫诺富特的高档酒店，两个穿黑色套装的酒店保安正推着行李车往外走。进入旋转门，我一眼就瞧见张磊坐在大堂左手边的黑色沙发上。他换了一套衣服，但只是颜色变了，照旧里面一件长袖 T 恤，外面一件大号短袖 polo 衫。昨天见他，是浅绿搭深绿，今天是粉红配紫色。所以虽然他陷在沙发里，但非常耀眼，我一眼就认出了他。

"走吧。昨天在超市吃了一半，被逮到了。现在好饿。"他对我说。

大堂右侧有一个过道，可以直接进入餐厅。显然，张磊没打算从那儿进。我们又出了旋转门，往右走，绕到了楼体的后侧，在酒店大楼与另一栋楼之间有一条过道。过道并不狭窄，设置了一个停车场的出口，汽车出出进进，所以很少有人往过道深处走。我们朝里走,十几米远处,出现了一排褐色的透明落地窗,这是餐厅的后门。

张磊推开一扇玻璃门,轻声说:"想吃啥,自己拿盘子往里面放就好。"

餐厅里人不多,但足够我们插进人流而不被服务员察觉。食物很丰盛,从中式的包子、粥、炒饭到西式的糕点、意面、沙拉,应有尽有。环境也很优雅,深色实木餐桌搭配紫色的沙发椅,大飘窗拓宽了餐厅的格局。但我没有心思欣赏这些,说实话,我有些不好意思。去酒店蹭饭这种事,我还是头一回尝试。偷吃也是偷,我竟然做了回小偷。这样想着,我更加羞愧了。当穿白色制服的厨师笑盈盈地把一块馅饼盛到我盘子里的时候,我甚至不敢直视他。

张磊可不像我这样畏畏缩缩的。他走在我前面,昂首阔步,像只骄傲的公鸡在觅食。他熟练地停留在各个摊点前指指点点。不一会儿,他的盘子就堆成了一座小山,中式西式各拿了一圈,整个盘子看起来五彩缤纷。我们挑了一个靠墙的桌子坐下。我的盘子里星星点点地盛了几块面包,在他那个丰盛的盘子的对比下,像几块干瘪的石头,枯燥乏味。他像施舍似的,从他的盘子里叉了两块奶酪丢给我。

"早饭是我一天中很重要的能量补给,所以一定要吃饱。"他叉起一块土豆饼,送进嘴里,"一般来说,我会吃两盘。"

用餐完毕,我们按原路,从后门出了餐厅。因为吃了早饭,身体里有股暖意,精神也随之振奋了许多。张磊说,接下来是阅读的时间了。他提了提手上那个精致的白色 Prada 购物袋——是他在国贸商城一楼的 Prada 店免费要来的。张磊说,可别小瞧了这袋子，可以免去许多麻烦。比方说，当他坐在五星级酒店的大堂里，那些穿着硬领衬衫和笔直阔腿裤的服务员朝他走来时，余光扫到购物袋一瞬间表情细微的变化，以及之后语调轻柔的那句"先生，请问有什么需要的吗？"这时，他不直接对视，而是漫不经心地挥一挥手，"不用，谢谢"。这个袋子的作用不可小觑。

"Prada"里面没有装贵重物品，只有一本书，我看了一眼，是乔纳森·弗兰岑的《纠正》，硬皮封面，很厚实，像一块砖头。

二

这是我第二次见张磊。整件事要从我的另一个朋友坚果说起。

坚果是从深圳来北京的，又瘦又白，像根漂白的竹竿，一头长发低低地扎在脑后，一看就知道是那种搞艺术的青年。这几年，他一直在搞行为艺术。今年8月，他来北京短住，还带了一个半人高的电瓶吸尘器。他打算用这个吸尘器吸100天的雾霾，然后把那些尘埃做成一块砖头。

有一天，他趁着夜晚，偷偷跑到朝内81号——北京一座有名的鬼屋，悬挂各种各样的横幅，上面写着"美国救欧洲，鬼才信！开房不做爱，鬼才信！"他在豆瓣上挂了一条活动链接："朝内81号·鬼才信——坚果兄弟个展，在8月28日鬼节凌晨开幕。"第二天，张磊去看了那个展览。

当天，坚果给我发了一条微信："我今天碰见一哥们挺有意思的。"

"什么？"

我古怪的流浪汉朋友

"他一年下来，不用花一分钱就能活下来。他睡走廊，还吃过虫子，"坚果的语气里带着一丝兴奋，"你有没有兴趣？"

我们约在798的尤伦斯当代艺术中心门口碰面。我们，指我、坚果，还有张磊。坚果在798搞了一个行为艺术，结果那天只有张磊参加了这项活动。坚果说，到下午三点半再没有人来，就散了，回去吸尘。到了三点半依旧一个人影也没见着。

对我来说，这都是小事而且意料之中，说到底，北京哪儿有那么多神经病陪他一块瞎折腾呢？大概除了张磊。我的目的，是见见张磊。坚果跟我说了之后，我便打了个电话给张磊，我确实有些好奇。听坚果说，他疯狂地热爱阅读，是个十足的文学青年。

我们简短地聊了一会儿，他操一口东北腔，是长春人，在东北师范大学读的大学。大学毕业后，他在当地一家期货公司做职员，干了一年多就辞职了。辞职后，他成了无业游民，每天去市里的图书馆看书，这样过了三年。2013年，他开始了自己的冒险计划，每年夏天去一个城市流浪，等到了冬天再回长春。前年是大连，去年是成都，今年6月，他来了北京。之所以称作冒险，在于他拒绝花钱。不花钱也能活着，这不是一般人能做到的。他也拒绝乞讨，他是不屑于随便把自己和北京街头成百上千的流浪汉联系在一块的，因为那样便丧失了体面。

我们见面的那天是阴天，空气中还飘着点雨丝。将近11月，起风的时候冷飕飕的。他朝我打了声招呼："你好，我是张磊。"

我抬起头，一个看上去非常年轻的少年横在了我的面前。之所以说他是个少年，因为他个子不高，皮肤苍白，加上大号polo衫，看上去像个纤弱的初中生。可实际上，他已经30岁了。

我仔细端详了张磊几秒,觉得他的面孔有些古怪。大概是因为下颌的山羊胡,长约两寸,毛色发黄且稀疏,像一撮稻草附着在下巴上。后来有一次,我忍不住问起他的胡子,他习惯性地用手抚摸了一会儿,告诉我,胡子虽不茂密,但他蓄了两年,只是到后来不再见长,就像小孩到了一定年纪就不长个儿。即便如此,这仍是他最满意的面部特征,"我看起来像不像一个修行的道士?"他问。

我点了一根烟。立马感到张磊在盯着我看,从掏烟,点烟,到吐出第一缕烟雾,整个过程因为他的目光,我感到浑身不自在。为了摆脱这种不自在,我主动和他攀谈了起来。

"听说你不花一分钱就能活下来?"

"已经好几年了。最主要的方法,是混酒店的自助早餐、午后的会议餐、一些防范较低的餐馆自助,比如金钱豹,去超市偷吃的以及闯入某个陌生人的婚宴。"他回答。

我们沿着艺术园区闲逛,他的声音突然压低:"我曾经工作过一年,后来辞职了。我就是受不了任何规则,自然规则和我自己的规则可以,但我受不了社会的规则,就像大多数人那样生活。比如我不花钱的生活,归根结底,是因为我把钱这种方式看成是人类社会最宏观最基础的规则,我必须不遵守这个规则,就像我的本能。"

"本能?"

"对。有一个至高力量,在指引我做各种事情。行走江湖,我感觉横冲直撞无人能挡,如果不顺利是我的心态出了问题,是至高力量在给我上课。"张磊停顿了几秒,"我可能就是所谓的天选者。"

我古怪的流浪汉朋友

"至高力量？"

"类似于某种宗教狂热。但我信奉的不是上帝或者释迦牟尼，我信奉的是某种至高力量。这个秘密只存在于我和它之间。当然，我认为不止我一个天选者，世界上还有其他很特别的人跟至高力量有联系，就像使徒一样。我相信有一天，会有其他天选者从四面八方涌来，聚集在一起，拯救世界或者毁灭世界。"

"你有什么特殊能力吗？"

"我通过阅读，具体来说是通过各种文学作品来获得力量。不久以后，我会写出一部非常伟大的作品。"

这番自大的言论从眼前这个瘦弱不堪，头发乱七八糟，蓄着一撮发育不良的山羊胡子的男青年嘴里吐出来，让我觉得有些可笑。我认为有两种可能，要么他有妄想症，要么他在骗我。

三

现在，我正和张磊往一里路外的万豪酒店走去，这是三元桥附近另一家五星级酒店。这个区域高档酒店密集：近处有诺富特、香格里拉、万豪、康莱德，从东三环往东到亮马桥，有凯宾斯基、四季、希尔顿和由老长城饭店改建的喜来登酒店。平常，张磊就带上一本书，先在某个酒店蹭一顿早饭，然后找一个舒服的位子看书。一天的时间就打发掉了。我们在路口停留了很久，因为红灯一直亮着，且看不到变换的迹象。我便又掏出烟盒，打算抽一根。他再次盯着我看。

"怎么了？"我问。

"你怎么不给我递根烟？"他露出失落的神情，"难道这不是很不礼貌吗？我会有一种被忽视的感觉。可能，"他接着说，"我一直认为自己是中心，你们都该围着我转。"

我一下子明白了，他一直在等着我递烟给他。不过我的行为令他失望了。

我们依然没有从正门进入酒店，而是穿过一家星巴克进去的。星巴克和酒店大堂之间，放置了两排舒适的沙发。我环顾四周，觉得环境比诺富特要豪华很多，眼前有一串巨大的珍珠外形的吊灯从房顶垂下来，吊灯后面，光线从黄色过渡成蓝色，那里是一个 Lounge bar，看起来要收费。Lounge bar 里面悬挂了一幕人工瀑布墙壁，和蓝色的灯光交相辉映，形成了一种奢华又宁谧的氛围。

张磊没打算在大堂停留，因为人来人往，难免吵闹。我们步入大堂右侧的电梯通道，上了二层。二层是用餐的地方，分别有一间中式和西式餐厅。楼层的另一侧是卫生间，很宽敞，占据了相当于一间餐厅的空间。靠着卫生间通道有一排沙发椅。张磊示意我们在这儿坐下，他说，这儿是个好位置。的确，这里很少有人来往，偶尔有打扫卫生的大爷路过，但并不瞧我们。

我没打算陪他看书。对于他，我有太多的好奇。我想弄清楚，他到底是一个怎样的人？我一步一步询问他的经历。听起来，他现在的身份是个流浪汉，一直睡在三里屯某栋楼的楼道里。最近，老家的朋友接济了他，他搬到了通州的如家酒店。可是和街上穿着破烂的流浪汉相比，他衣冠楚楚，不像是一个长期流落街头的人。"要不要我带你去我睡的走廊那儿看看？"张磊突然提议。

那地方很近，就在三里屯。我们决定坐地铁去团结湖站，我坚持要买一张票,他说跟在我后面混进地铁站。

我们先走到了亮马桥。"我喜欢看一切奢华的东西。但现实中的事物都不能令我满意。"他说,"比方说,刚刚那间万豪酒店,大堂没有迎宾茶提供,这一点倒是很多中国的酒店做得很好。而且万豪的婚宴厅在地下一层,办婚礼的地方怎么能在地下?"

这时,我们走进了燕莎商城一层,有很多卖化妆品的柜台。"接下来,你会看到我生活中另一个小细节。"他绕到了万宝龙的柜台前——其他柜台都有店员,唯独这个柜台没有人。他拿起一款万宝龙香水,喷在身上。

"因为睡走廊,衣服没地方洗,身上又容易出汗,我就会喷点香水在身上。然后找个酒店的卫生间刷个牙洗把脸,再洗个头。等吃完饭出来,感觉就完全不一样了。就好像昨晚我是睡在酒店里的。"张磊说。

顺着万宝龙往前走,有一个卖帽子的柜台,那儿有一扇门,可以通往凯宾斯基。张磊说,这是他在北京最喜欢的酒店。走进去,我就知道他为什么喜欢这儿了。凯宾斯基的大堂有一块巨大的玻璃天窗,因此室内光线明亮,视野开阔。沙发是温暖的绿色,让人心情愉悦。这里以外国人居多,张磊说,一般接待外宾多的酒店,管理上和中国的酒店也不一样,"他不会随便来烦你,你坐哪儿都可以"。接着,他带我去了威斯汀和希尔顿——带我去的目的,是为了更好地让我感受凯宾斯基好在哪儿。在威斯汀,张磊上了个厕所,他忍不住向我抱怨厕所的地毯有污渍,"如果我是经理,一定把地毯换了"。

等我们抵达三里屯时,天已经黑了,却正是那里最热闹的时候。三里屯SOHO有一家两层的星巴克,可能是全北京为数不多24小时营业的星巴克。咖啡馆的二层门外,布置了几个深灰色椭圆沙发,是个睡觉的好地方。

张磊在那儿睡过,但只是一宿。因为除了他,还有其他的流浪汉老早发现了这块宝地,其实原先睡在那儿的人对他态度不算差。他早上醒来,一个流浪汉在翻他的书,冲他笑了笑。但张磊很讨厌这些人,觉得不该和他们睡在一起,降低了自己的身份,尤其是那人翻了他的书,更令他厌恶。他再也没去那儿睡过。

不过,他睡的那个走廊环境倒也不错。他一屁股坐在了台阶上,向我回忆了一件事。那时,他刚找到这个地方,用两张从酒店拿的地图铺在地上,书做枕头。还是夏天,等晚上这栋楼里的职员都离开了,他就脱光衣服,只留一条内裤睡觉。那晚,他就像现在这样,光着身子坐在台阶上。突然一个女孩从楼上往下走,他听到女孩的脚步突然停止,接着又加速。他猛地站起来,靠着栏杆,做了一个请的手势,表示出绅士的姿态。如果张磊西装革履,大概会颇得女孩的好感,但他只穿了一条内裤。

他向我回忆的时候,脸上的表情是十分坦率,也十分得意的——因为他做了那个手势,展现了他的风度和修养。他似乎在暗示,你瞧,可别把我当成一般的流浪汉。

四

照张磊的说法,"至高力量"是在幼儿园的时候被他感知到的。小时候张磊很顽皮，看隔壁邻居不顺眼就用火柴棒把对门的钥匙孔堵上了。一栋楼里都是单位的同事，他爸气得把他一脚踹出去老远。上幼儿园之后，老师很严厉，他不敢再顽皮了。中午和女同学一起吃饭，他突然一阵委屈，眼泪在眶里打转。他想，在女同学面前哭多没面子啊。他看到正对的窗外有一棵松树，枝干硕大又健壮，他突然感觉到有股强大的力量包围着他，眼泪被倒流进了身体里。他没哭。

等到张磊上小学，有一次，全校举行了一场名为"我的理想"的绘画活动。全校只有他一个，画的是天安门城楼，他站在城楼上，朝黑压压的人群挥手，人头用黑色圆圈代表，占据了大半张图纸。张磊的理想是当国家主席。这幅宏伟蓝图把他的老师和父母吓了一跳。

和"至高力量"真正产生连接，是到了高中。他开始阅读文学。最开始，他痴迷于一套《黑暗精灵》系列的奇幻小说，后来迷上了斯蒂芬·金。就像小说里写的那样，主人公总是那种看起来弱不禁风普普通通的男孩，他想自己也是那个被选中的"特别的人"。

到了大学，他开始看狄更斯、萨拉·沃特斯、玛格丽特·阿特伍德、维克多·雨果等文学经典。大二那年，因为看到一本小说里的主人公在成为英雄之前上了一个妓女，于是他骑自行车偷偷跑到长春的红灯区，嫖了人生中第一次妓，花费 100 块。

2008 年，张磊从东北师范大学毕业后，经过他爷爷的关系找了一份期货公司的文员工作，负责公司的大小行政事务。在这里补充一下，张磊的家庭条件不算差，甚至可以谈得上优越。他爸爸以前做水产生意，妈妈是当地一所大学的老师，爷爷在长春也是个处长级别的人物。但在公司，张磊表现平平，全公司的人都通过了一项期货资格考试，涨了薪水，他却懒得去考，薪水便一直停留在长春市中低档类职工水平——每个月2000块。但同事们都很喜欢他，因为他喜欢开玩笑，活跃气氛。他和父母住在一起，生活没有什么负担，日子过得安稳又清闲。

暗流却时刻涌动在平淡的表层下。在工作空档的间隙，张磊看着自己置身的办公室，情绪沮丧。这是一间说不上豪华但也不算寒酸的办公室，房间里面还有一张沙发用来午休。这不是荒诞极了吗？他想，"我不应该在这儿，我应该去阅读。为至高力量服务。"

那年的国庆节前，他去了一趟学校的图书馆。大学时他常去那儿借小说看。隔了一年多，他再次站在书架前，眼前一摞摞外国文学经典名著，似乎有些陌生了。突然，一股强大的力量再次包围了他，书架一下子像变形金刚一样拔节伸展，一直往上往上，几乎抵到了天花板。"啊！"他发出一声惊叹，感到自己非常渺小。

从学校回来之后，他向领导递交了辞呈。他写了一封信，用信封包裹好，郑重其事地交给了领导。领导以为他因为工资的事闹情绪，没打开信封，笑眯眯地说："小张，同事们都很喜欢你啊，有什么问题我们都可以谈。"

"这个工作我可能做好了，也可能有些欠缺。但我有自己的追求，我的追求就是阅读。"他语气严肃，和平时判若两人，他跟领导讲了在书架那段的体验，他说："在书架前的那一瞬间，我更加坚定地明白什么是可以做和必须做的。"

领导没有过分挽留，实际上，张磊在公司的作用可以忽略不计，或者说得直白一点，如果不是领导抹不过他爷爷的面子，大概也不会需要张磊这样一个人。

所以，张磊人缘虽好，但没了张磊，大家也还这么过。

五

我见到张磊的时候，他已经买好回长春的火车票，再过一个礼拜，便离开北京了。天气渐冷，他的衣服没带够，只好短袖套长袖，把能套的都套在身上，但和北京骤降的气温相比，依旧单薄。之后我和张磊又见了两次，行程和那天差不多。早上在某家高档酒店的大堂碰面，然后选一个舒服的位子看会儿书，看累了就去逛商场，他像逛自家花园一样，对每个商场每家酒店的结构都熟稔于心。他就像一张北京高档场所的活地图。

但自从诺富特那次"偷吃"之后，我便不愿意和他一起蹭吃蹭喝了。不得不承认，这是个技术活，即便像张磊那样的老手也会被逮到。但他脸皮厚，被逮到也无所谓，他说，偷吃是小事，反正不至于被打。有一次，他带我去国贸的中国大饭店吃饭。餐厅门口站了一个粉色衬衫服务员，正在查房卡。张磊向我传授经验，这个餐厅有两个入口，不要从正门进，"你看到那边的门没有？"他指给我看，那个门是通到餐厅的洗手间的，然后你就从洗手间进去。可是，服务员还是捉住了我。

"小姐，您好。"

"我找洗手间。"这是张磊教我的，如果被逮住，要么说来找朋友，要么说找厕所。不一会儿，有个穿黑西装的男人在盯着我看，估计是个保安。我象征性地沿着餐厅溜了一圈，从正门出去了。我有些气恼，决定再也不加入张磊的吃饭行动。

有几天，我们没有再联系。直到有一天，张磊打电话给我，说他在北京的一对夫妻朋友给他践行，问我要不要过去。他睡走廊的时候，每个礼拜把衣服送到那对朋友家里去洗，他俩偶尔也会招待他吃顿好的。"你可以听听我的朋友怎么评价我的。"他在电话那头说。

饭局在天宁寺附近一家叫"潮汕美牛肉丸"的火锅店，一进门热气腾腾，人声嘈杂。想起来，我还是头一回在这种廉价的小饭馆里和张磊见面。

对面坐了那对小夫妻，男的是张磊妈妈的学生，一个河南小伙，女的是个北京女孩。我靠着张磊坐了下来，他给我介绍："这两位就是对我实际帮助最大的朋友。"

北京女孩先开口了："姑娘，我想问问你，你认识我们俩吗？"

"不认识。"我说。

"你知道这顿饭谁掏钱吗？"

"应该是你们俩吧。"

"那你为什么进来就吃啊？"

"你们不是他朋友吗？"

我意识到气氛不对，男的在旁边解围："别管她，你吃你的。"但我很快发现，北京女孩的火不是针对我发的，她在生张磊的气。张磊刚到北京时，他妈妈曾让这学生照顾好他，可张磊还是执意睡在了街上。这让女孩觉得她老公在张磊妈妈面前很没面子，受了委屈。

女孩说："我很生气，因为我们俩为他做了很多事情，牺牲了很多。我们想给他租房子，他非要睡走廊，他已经30岁了，

我古怪的流浪汉朋友

我能有什么办法？但是他让周围的人认为我们俩是白眼狼。"她接着说，"许老师在我老公心中是很神圣的存在，你选择你的生活方式没有错，但是你不要因为你的生活方式和思维模式，就给别人的声誉带来伤害。"我猜，许老师应该就是张磊的妈妈。

"我的确是没有恶意。"张磊说。

"没有恶意？我跟你说，爱因斯坦造原子弹还没有恶意呢！"

我似乎有必要插一下话，毕竟我是作为张磊的朋友来吃的这顿饭："你跟他们说了你的理想了吗？"

"知道。他说他要拯救世界。"北京女孩说。看来他的抱负并不只有我知道。

"他说他要冒险，我说什么叫冒险，一个人背个包，一分钱没有走到西藏那叫冒险，去世界的某个旮旯那叫冒险。你躲在五星级酒店里面怕外头热，这叫冒险吗？"

"我是在打破规则。"张磊辩解道。

"你压根儿就没资格打破规则，谁有资格打破规则，王健林有资格打破规则，你打破什么规则了？"

"你们感受不到那种使命的至高力量在控制着你。"张磊继续辩解。

"使命有让你天天去婚礼那儿蹭饭吗？使命有让你去酒店大堂待着不要在外面走吗？使命有吗？你不要污蔑使命，别拿使命说事儿好吗？"女孩说得头头是道。

快结束时，我问那女孩的老公："你觉得张磊是个什么样的人？"整顿饭他话不多，只顾着往火锅里夹菜，看上去很实诚。

"师大一条龙出来的人。一直活在家长的阴影下，温室花朵。"他说，张磊是从东北师范大学的小学、初中、高中一直读到大学，成绩差得要命，要不是他家里一路帮衬着，他估计也念不到大学毕业。

我们和小夫妻告别，然后继续往地铁站方向走，气氛有些尴尬。张磊突然问我："你觉得没长大和疯子有什么区别？"他像自言自语似的，"有多少人，最后出人头地，怎么说呢，经历了辉煌之后他长大了。又有多少没长大的，被社会淘汰了。又或者长大了，可一切已经晚了。"

我不知道该如何回答他，突然想起一个画面。那次，我们在国贸三期附近闲逛。张磊提议："走，我带你去紫禁之巅看看。"

我们从国贸大饭店的门口进去，上了电梯。他按下80层，电梯突突地往上蹿。80层是一家叫"云酷"的酒吧，那是下午三点左右，酒吧很空，没什么客人，但到了七点以后，那里就会像个大party。

张磊站在落地窗口，叫我往下看。因为雾霾，窗户仿佛没擦干净，蒙了一层灰，但不影响视线。我们可以清晰地看到央视的大裤衩，还有一栋正在建造的高楼，起重机像伸出的手臂上下摇摆。而更远的建筑，则像沙盘一样在我们的眼前铺开。

张磊双拳紧握，挥动着手臂。"我第一次来的时候，很兴奋，站在北京最高的地方，其他一切都在你的脚下。有些时候会幻想象电影似的，手指随便一指，然后'嗞'一下，一串激光，这些楼就轰轰轰全爆炸了。"他转过头，看着我，"你难道不会有这种征服感吗？"

后来我再也没有见过他。他说，明年想去新疆看看。

应受访者要求，张磊为化名。

个人意见

常常艺术家能做到的仅仅是暗示美或接近美,而门外汉只要能产生愉悦也就该知足了。

——毛姆

刘小东谈文脉

口述_刘小东　采访整理_叶三

影响过我的,很难说出某一个人,这太残酷了。我可以说文脉,因为我是在这个文脉里受的影响。

简单来讲,中国的文脉,我喜欢五代的《韩熙载夜宴图》和宋元时期的绘画。这种影响是慢慢察觉的,就像你的血属于那儿一样,是民族的自觉。

民族的自觉是随着知识的增长才有的。为什么全世界各个民族都在自觉?因为知识在发生巨大的变化,大家共享知识的机会多了,于是自我意识增强了,世界就乱了,现实就是这样。过去没有互联网,读书是件非常费劲的事儿,大家不这么自觉。互联网改变了一切。

文脉上打动我的是心理。《韩熙载夜宴图》完全是个心理绘画,元朝的马也是很性感的,还有文化期的玉呀,北魏的石刻呀,都跟心理有关,非常神圣。文化期的玉为什么上面切两刀叫你入迷?因为你不懂祖先为什么这样做,它不停地对你产生吸引。

我会反复地去看这些东西，不是研究，但是至少买宋元的绘画大全集没事儿翻一翻，平时看个古玉看个古代雕塑。我看得非常不讲道理，除了那些，别的我就不看。唐以后的雕塑不看，我只看北齐北魏的；玉类我只看远古，连汉的玉我都不看。明清绘画也很少看。

没办法，世界上还有别的好文明。一个文明已经把你忙得快爆炸了，是吧？远古文明，非洲文明，还有两河流域最早的文明多好，那些文明也够你激动的。

地球的人类文明好像某种守恒定律，不会多不会少，但会飘移。东西飘来飘去，发展到后来，接近我的绘画的，就是文艺复兴开始的油画。以人物为主是个文脉，以静物为主以风景为主又是另一个文脉，那我就只能顺着以人为主的文脉去思考，静物风景的文脉我不考虑，我驾驭不了那么多的东西，喜欢归喜欢。文艺复兴就不用说了，后来到十七世纪，维米尔百看不厌。从普桑到哈尔斯，后来发展到德拉克洛瓦，库尔贝；再到马奈，后期塞尚，到现当代艺术，然后再发展到今天的东西，卢西安·弗洛伊德……人物是一个大的文脉，他们都是这个文脉下的人。

但今天的当代艺术打破了这些东西，很少以人物为主。尤其美国抽象表现主义起来以后，人物这个文脉基本上被艺术家的个人意志占据了，作品不呈现人物，但呈现他自己的思想和境界。形象没有了，我不甘心，我希望文脉里形象还在人物还在，所以今天的我才能有东西各方面的影响。

我说的这些人都是我欣赏的，谁最好，我也说不清楚。他们也都是师生关系，毕加索最希望把他的画挂在委拉斯凯兹边儿上。像西班牙的写实画家洛佩斯上次在波士顿美术馆做展览，人家采访他,他说我就是跟着委拉斯凯兹的脚步来的,因为你们美术馆正在办委拉斯凯兹的展览,能跟着他的脚步是我人生中最大的幸福。对呀,艺术家其实就这么简单,他会崇拜他文脉上最好的艺术家。

我希望我是这个文脉里的一员,这文脉带我玩儿就不错了,至少我尊重这个文脉。

我这个文脉的核心点是跟视觉触觉有关的,它的思想是通过眼睛和手的高度结合达到的。那另外一个文脉可能是思想比手上的重要,是吧?我不是那个文脉的。我也知道他们有很高的人,他们只是作为我的对立面。走到哪儿,你一定要有"敌人"伴随,"敌人"越强大,你才能强大起来。所以我没有反对观念艺术,我觉得他们非常强大,是他们把我逼到今天这么有成就哈。

比如谢德庆,一生做六件作品,多么伟大的艺术家啊,多么伟大的作品啊。你要把他当成你的"敌人",你也会伟大的。我做不到他做的,但我希望我在另一个方面跟他对等,至少我不 low。

虽然你是你这个文脉的艺术家,你也要知道另一个文脉非常牛逼,你永远在跟另一个文脉做对话,这个文脉才能发展下来,否则早就死亡了。为什么人家都说绘画死亡了呢?因为绘画意识不到它的对立面。我相反,谁使我混乱,我喜欢多看谁的,我只是东西跟他不一样而已。我非常不喜欢日本的村上隆,但村上隆的书是我写的前言。我写得充满了讽刺,但最后,给他写的本身我就在向他学习。他是很高级的"敌人",不是白给的,他极其聪明。

而且文脉也不仅只有两股对立的。在今天当个艺术家，必须要有复杂和广阔的视野，要知道每一个领域里的高人在哪儿，要向他们挑战。他们会使你变得更加坚强，也使你的东西能够存活下来，没有他们，我早就死定了。

一种文脉高于另一种文脉，会有的，但是不要那么早去想那个问题。这个东西说出来太小气了。每个人心里都知道有，一定有，但是一定不要说出来。

周云蓬的清单

口述 _ 周云蓬　采访整理 _ 李纯

一

我早期的宗教教育和哲学教育来自于泰戈尔的诗。

1984年,我接触的泰戈尔是郑振铎和冰心翻译的,格言体,译文很优美。

那时,我让别人念,我抄成盲文,因为盲文点是凸出的,所以显得每一页都很厚。《飞鸟集》薄薄的一小本,抄成盲文就是很厚很厚的一大本,成了像圣经一样的巨大经典。《飞鸟集》,《吉檀迦利》,《渡》;我觉得名字都很美,出一本买一本。我现在还有当年抄的盲文。

在这之前,八十年代初,我爱买精选集,像《外国情诗一百首》,《外国名诗五百首》,泰戈尔是我第一个系统接纳的诗人。我印象比较深的,像《飞鸟集》第一句:"夏天的飞鸟,飞到我的窗前唱歌,又飞去了。秋天的黄叶,它们没有什么可唱,只叹息一声,飞落在那里。"还有一句:"有一次,我们梦见大家都是不相识的。我们醒了,却知道我们原是相亲相爱的。"《新月集》挺美妙,是写给小孩的。还有一本诗集叫《情人的礼物》,有种泛神论。读《情人的礼物》非常感动。泰戈尔的诗里更多的是印度教、波斯人的大自然的东西,诗里老有虚拟的女子形象,可能是某个神。后来读诗几乎没有那种感动,只有理性。读泰戈尔的诗就像听音乐,有一种骨子里的激动。

泰戈尔对我的诗歌音乐都有启蒙。他的诗里面音乐性很强。

我记得收音机里有文学节目,有时候也会播放他的诗歌朗诵,配上印度的音乐。印度文明本身就很神奇,泰戈尔的诗有种强大的印度文明的气场,异国的远方的气味弥漫在封闭的生活里。泰戈尔的诗里充满到处旅行、漂泊、在路上、山川、河流,少年时代可能就有那种内心的种子,喜欢这样来来去去到处走,心智上也能接受——那时候如果看布罗茨基就接受不了,没有复杂的心智。

泰戈尔挺适合十三四岁的少年时期。青春期的情感刚刚发芽,他的诗能把宗教情绪、生理情感和性别意识都融合在一起。泰戈尔的东西很多是泛神论的,有种宗教的情绪。他老提到神,你就会想这个神是个什么神,是个女神呐,还是像耶和华那种爱发脾气的父亲神啊?泰戈尔用诗歌的方式把宗教情绪消解了、融合了给我。

那时候我用盲文写日记。八十年代写诗喜欢非常励志、押韵的那种。看泰戈尔以后有所改观,模拟他的语气写一些东西。比如出现一个虚拟的她,发现一个哲理……多年后看这些东西挺可笑的。

二

我 13 岁的时候也看《圣经》。那时候有个香港的圣经电台，是短波，中波也能搜到。我爱听那电台，因为里面的歌曲也很好，偶尔会有吉他弹唱。我用盲文给人家写信说要一本《圣经》，后来人家给我回信，被学校扣住了，成为一个事件。因为信件要通过门房老师，他看见了，啊！了不得，像出现敌人一样。我是团员，团委开会，老师批判我，因为香港那时候还是境外。那封信最后也没让我看到。

那时候我希望有宗教上的启示，其实也不在乎是《圣经》还是佛经，但都很难有机会。

盲文版的《圣经》，三十多本，摞起来有一米六，从地面到我脖子那么高。

《圣经》对我影响很大，不是从基督教，而是从文学这个维度。

《圣经》总也看不完，对我来说它是个无限大的世界，什么时候都可以拿起来看一看。它不单纯是一本书，而像一个很大的世界，有很多入口。刚开始我喜欢翻《圣经》找故事看，潜移默化也会受语言的影响。圣经的语言相对来说比较庄严、单一，甚至有点单调。少年时期喜欢花哨的语言，比喻多的，有各种象征，修辞复杂的。圣经比较直接。

我后来读《神曲》，读舍斯托夫的书，读克尔凯郭尔的《恐惧与战栗》……会在很多书里重新找到一个小门进入《圣经》，然后出来。这本书像枝叶繁茂、纵横交错的大榕树，枝杈多，又生小树，一棵一棵蔓延开。

今年去耶路撒冷，再一次感觉到《圣经》，是真正从一个城市进入《圣经》。在《最后的晚餐》那个地方，过去在《圣经》里读到的耶稣受难的圣母教堂，排着队，大家趴在地上摸耶稣降生的马槽底下的石头，还真是感觉不一样，它是固体的、石头版的《圣经》。当然我也不是个基督徒，有一阵快是基督徒了，后来看佛经又转了个弯。

基督教里有种情绪，很悲悯，后来我听了很多好的音乐都跟《圣经》有关。有段时间我很喜欢莫扎特的《安魂曲》，就是那种感觉，从《圣经》里派生出的向死而生。

三

14岁左右，我开始看《红楼梦》。盲文是删节本的，云雨之事都删掉了，还是茅盾删的。那时候特别恨茅盾，太无聊了，这事儿干的，删这干吗呢？不是盲文的全本有，但我不好意思找人念，十三四岁找人念个《红楼梦》？也不知道哪儿会出一个让人心跳的东西，所以只能读删节本。有饥渴感也挺好，会想想，那段删掉的是什么东西呢？我每天彻夜读《红楼梦》，盲文是摸着读的不需要开灯，躺在床上抱着一大本书从晚上能摸到早上。

14岁左右，《红楼梦》那种古汉语也是能读懂的。知道古汉语可以讲故事，就对古汉语产生了亲切感。借着《红楼梦》，会看很多其他的书。有一段香菱跟着林黛玉学诗，林黛玉举很多例子，王维的诗，陆游的诗怎么怎么好，写到"良辰美景奈何天"是艳词，挺好奇《西厢记》有多艳，就会找来看看。《红楼梦》是古代文明的一扇容易进入的门吧。

16岁的时候,我特别爱买世界名著。到书店的时候,人家说拜伦的《唐璜》好,我就买。两大本,诗歌体,译者是穆旦,才6块多钱。那时我还不知道穆旦,就觉得哇,译得好。听说是查良铮(穆旦原名)"文革"时候一边刷厕所一边翻译的,真是最好的翻译诗。好的段落我都抄下来,现在被我像文物一样放在家里。

这本书对我影响很大。拜伦不像泰戈尔,他是讽刺的、嘲讽的、嬉笑怒骂的。我那时看不懂当中的典故和西方知识,比如说,唐璜跑到伊斯坦布尔的土耳其,被抓到皇宫里,那段写苏丹的皇宫写得非常好。但我不知道伊斯坦布尔在哪儿。去年我去伊斯坦布尔,走到一间一间的嫔妃宫女的房子,想起唐璜怎么被贩卖到皇宫里,辉煌的皇宫,很香艳很浓郁的感觉。好多书回忆起来再次相遇的时候,就把你的整个时间连成一片了。

我可能十四五岁就打开了心智,到了大学就没啥意思了。

八十年代,我根本没想弹琴唱歌,音乐不在意识范围内,都是写作读书。八十年代文学更受重视,有影响,周围人都这样,搞音乐干吗啊?不务正业嘛。九十年代,文学退潮了。人们开始唱卡拉OK,开始跳交谊舞,舞厅特别火。我那时候忙着找女朋友,生活寂寞才读点书。无聊的时候读萨特、加缪,也没读太懂,寥寥吧。我转行做音乐了,生活重心转移了。人可能还是脱离不了整个时代的氛围,尤其是年轻的时候。

四

1994年,在沈阳一个体育馆,门票50块钱,我看了一场崔健的演出。那是我看的第一场摇滚乐现场。

崔健音乐中的强悍和力量冲击着我,《一块红布》啊,《新长征路上的摇滚》,《解决》,我都买磁带回去听。我感受到力量,来自于中国的力量。我还扒过崔健的《出走》,吉他和声很好,根音下行,吉他递进式的很好听。《一块红布》在街边我也经常唱。 当时我也听 Nirvana,但是冲击没有那么大,毕竟我不了解他在唱什么。崔健的歌词很中国化,我看他的现场,底下人很激动,台上人也很激动,我那时候理解,可能这就是摇滚乐。摇滚乐不能离开现场,不可能光从磁带或者 CD 上,现场才能最直接地传达摇滚乐。崔健的舞台到现在来说不能说最好,也是最好之一,不出前三。他的稳定性最好,这么多年来,灯光、调音,整个乐队艾迪、刘元,跟他好几十年,不解散不换乐手,所以他的舞台感是最好的。我后来经常在音乐节上看他的现场,他的才华是均衡的整体的,不是那种偏激性的天才。他投入很多,音乐作品好,唱功也好,乐手水平也高,整体舞台传递得很好。

但崔健倒不是我去北京的原因,我还是为了谋生,为了生活。我去北京卖唱是因为没有别的生存能力,生活逼着我进入音乐,并不是某个音乐作品引导我。

要卖唱,就得学习唱歌,学习唱歌就要扒带子。扒带子最早是从齐秦那些歌开始,《外面的世界》《昨天的太阳》《大约在冬季》……吉他和声走向很好,从高向低,根音上行下行,那时候大陆歌曲的和声编得都很简单,齐秦就很洒脱,有转调的,分解和弦,吉他因素特别多,很有启蒙性——当然卖唱也用得着。

到了北京,很多人卖打口带,接触到打口带了,我开始扒国外的。扒起来挺麻烦,得听好多天。但要弹好了就觉得,这个编得真好听啊,和声转得跟我们那个1451,5323,1323完全不一样啊,多扒点歌就觉得整个西方摇滚乐的和声编得好,才有创作欲望进到音乐里去。最早的是Beatles。Beatles的音乐吉他和声又简单又好听,我觉得Beatles是个永远能创造出那么多好旋律的乐队。我在Beatles那里学到了西方现代音乐的旋律和声音的默契配合。列侬有首歌叫Love,也是我最早扒的,歌词也简单:"Love is real, real is love."现在有时候还唱呢。那时候我英语就初二的水平,这个歌词好,太好记了。

有一阵我喜欢听"感恩之死",Grateful Dead,一个很迷幻的乐队。那是1995—1996年左右,我在北京。那会儿喜欢迷幻这词儿。相比Pink Floyd,我更喜欢"感恩之死"。他们的迷幻不是通过效果器、灯光,更多是通过原声乐器制造出迷幻。就是吉他加一点失真或者合唱、效果器,然后贝斯、鼓。Pink很多歌是通过音色、效果器、合成器制造出一种迷幻,"感恩之死"相对来说是朴素的迷幻主义,有限制有局限的。他们的专辑特别多,估计加现场一百多张不止,有一阵我买了很多他们的打口带。

但这些不像《圣经》、泰戈尔对我的影响那么大,因为自己已经写歌,走上了这条道路。在这条路上遇到了一些旅行的同伴。后来我遇见了小河,他给我矫正了一些方向。比如怎么在舞台上唱歌，弹吉他，怎么能够写歌写得更私人化，不是为了集体，为了抒情和意义写歌，而是更私人化，写出内心的好和不好。

五

前两天我还在看泰戈尔英汉双语的《飞鸟集》。有时太累了不愿意看新书，就看过去的。隔了好多年又重逢了，你会想起它当年对你的影响和启示。

现在，我觉得都是延续，没有什么急转弯的影响。我谈到的，不能说是国外，应该说是世界性的，因为是陌生的，那些才有矫正意义。

30岁以后，我开始听德彪西、巴赫和莫扎特。我的手机里下载了一百多首巴赫的无伴奏大提琴，还有平均律。我还喜欢弦乐四重奏，无论是莫扎特的还是柴可夫斯基的都喜欢。我觉得形式非常完美，小提琴中提琴大提琴，一个非常完美的音乐结构。很早期我也听古典，但听不懂，比如贝多芬的《命运交响曲》《欢乐颂》，是叶公好龙，命运交响曲就听第一乐章，欢乐颂前头都听不懂，到最后才出现大合唱。古典音乐需要心智，也需要好的音响吧。拿个收音机听交响乐怎么听也没有那种宏大立体声的感觉。

古典乐给我带来了宁静，更多的是听音乐内在的情绪，比如莫扎特的音乐，特别欢乐，像孩子气的不断在变化，喜悦，听了心里太欢喜了，和巴赫是两个极端，巴赫是缓慢宁静的音乐。现在可能更多的是从心智上介入这些音乐，让自己安静，喜悦也是让自己心里宁静一些。

最近我在读《飘》。昨天看到斯佳丽战争中逃到她的家乡，白手建设她的家，挺激励人的，有力量，有美国的冒险精神，也有自私的光辉。的确是本好看的书。现在我的阅读就这样，想去哪儿先看看那一带的书，加深对那边的了解。我今天要从大理飞北京，明天飞美国。去看看一个我没去过的地方。

个人史

天下之看灯者,看灯灯外;看烟火者,看烟火烟火外。

——张岱

我在动批这十年

口述 _ 燕儿　采访 _ 张莹莹

我是北京动物园批发市场卖衣服的,卖了十年。在那里,我有很多老顾客,她们都叫我"燕儿"。但现在,由于整体搬迁,我不知道自己要去哪里了。

一

1993年,我初中毕业,从老家湖北来到北京,投奔在这里打工的姐姐。那一年,我16岁。

刚来北京,我找不到工作,你想啊,那时候让一个湖北村里人讲普通话,也是天方夜谭了。我接零活,卖报纸,过了几个月,我的第一份正式工作是在百子湾一家餐厅当服务员,说是包吃包住,一个月200块,其实是住在厨房,厨师和配菜的住在前面餐厅。夏天我就一件衣服,有天晚上,我把那唯一的衣服洗了,刚把厨房门插上,老板回来了,说他饿了,要炒饭。妈呀,我没衣服穿啊!我说老板我先把插销开开,等我钻进被窝你再进来。厨房那么小，又不透风，他开了火，我在棉被里裹得紧紧的，一层层出汗，时间好漫长啊。

在那家餐厅干了一年，我嫌工资少，跑了。当时来北京的外地务工人员都站在现在崇文门同仁医院验光配镜中心外面那条马路上，谁招人就去那儿挑，跟菜市场挑菜一样。一个30多岁的北京男人把我和一个河南大姐挑走了。他在鼓楼一带开了个饺子馆，还没开业，让我们看店，晚上就睡在餐厅桌子上。住了几天，那大姐的男朋友来看她，晚上没走。我们仨都躺下了，老板带着朋友来了。喝着酒，老板让我晚上到他家住，免得在这儿当电灯泡。大姐说，你千万别去。大姐教我装睡，蒙过去。老板一走，大姐的男朋友就说，要是今天我不在你们俩死惨了。第二天我们就走了，特别想给老板写个条，告诉他，我们不干了是因为你是个大色鬼。

我又去崇文门站着了，这回等来一个女老板，她在和平里第五俱乐部附近开了家餐厅。我在那儿干了两年，挺招人喜欢。喜欢我的都是大学生和附近上班的白领，但慢慢我发现，他们对我有好感，但不会跟我谈朋友，觉得我层次低。

后来熟人介绍，我去了一家歌舞厅当服务员，工资1000多，客人来了给小费，少的200，大方的给500，都能自己拿着。这种地方是不太体面，可我一个外地打工的有什么选择呢？第一天上班，领班让我倒酒，我倒得可标准了，结果领班边喝边翻白眼。等客人走了，领班骂我："你傻啊？你不给客人倒酒你给我倒那么满干啥？你想灌死我啊！"一组五个服务员，数我不会喝酒，嘴也不甜，不会察言观色，也不会打扮，领班都穿几千块一件的宝姿了，我还觉得真维斯、ESPRIT就是最好的。

也不知道给领班送礼，其他人都分到包房了，最后才叫我，我还得帮她们收桌子。活都干了，钱还最少，我天天抹眼泪。

一年多后，我跟调酒师谈了朋友，就辞职了。夜店毕竟不是长久之计。很快，我们结婚了。

我姐说，你没学历，当不了白领，做个小买卖吧。当时她跟人合伙做服装批发，带我去动物园服装批发市场拿货，我在十里堡的一个市场租了个档口，一个月租金2000多。我胆子小，光拿便宜货，那种小裙子小上衣，民族风一点，看上去乖巧的，大学生喜欢。人气旺，但我心不够黑，人家50拿的货敢喊280，我50拿的要价100，市场里讲价起码对半砍，客人说50卖吗，你说我卖还是不卖？

一个月我好歹能赚两三千，也还行。但结婚一年多后，老公开始不回家。说起来也是我太霸道，他脚崴了，晚上疼得直哼哼，我说："滚一边去，你哼得我都没法睡觉！"第二天早上我起来一看，这人不知所踪了。

我打了好多道歉电话，他回来了。可是我心里不踏实，翻他包，翻出一封信，一个女人写给他的情信，原来症结在这儿啊。那女的也是我们以前那歌舞厅的，才22岁，漂亮，有房有车有存款，当年有几十万，那是天文数字。我说："你得想清楚，你这是找了个小姐。"千说万说，没用，再大的魅力敌不过有钱，他走了。

离婚之后，我相亲认识了现在的老公，北京人，工人。说一见钟情那是不可能的，但我已经28岁了，没学历没姿色没手段，还是老老实实找个人嫁了吧。活到快30，我终于清醒了。女人要是想成功，还是要有个靠山，有个稳定的家庭。

二

2008年春天,我第一次到常熟外贸村打货,同行的仨人都打完货走了,我还空着手,啥都不敢拿,怕拿了卖不出去。

我闹离婚那会儿,十里堡的档口开不下去了,我姐觉得我太消沉,让我在她动物园批发市场众合韩国城的店里帮忙。后来我又结了婚,怀了孕,生完孩子,老公说:"你自己干吧,给人打工什么时候是尽头啊。"

揣着三万块,还有大姐给的一万块的货,我起了家。在动批老天乐宫租了个5平方米的档口,跟着朋友到常熟外贸村打货。那个村家家做外贸服装批发生意,他们从全国各地的外贸工厂找货,堆在家门前的地上。整个村子就像个大市场,衣服袜子鞋都有,你就扒拉吧。

每月去一次常熟,去了半年,我发现那里打回来的货不好卖。别人都是夫妻档,男的长驻在那儿,女的在动批看档口。男的一天天逛,看见新货才出手,半夜去扒刚到村子里的大货车,抢新货。新货才好卖,你要是到那儿就打货,可能三年前就有人把这个款拿回来了,三年前的款你还卖什么?可我在那儿耗不起,雇不起服务员,一去打货我就得关门,一关门就赔钱,就想打着货赶紧回北京。

我跟我姐哭,她没办法,介绍我认识了浙江萧山的一个黄牛。黄牛是当地人,跟工厂都能扯上亲戚关系,给我介绍货源。必须得找黄牛,否则工厂根本不让你进。从这一个黄牛开始,朋友带朋友,层层托人,我做到今天。

2010年9月,天乐宫拆迁,我在新开的世纪天乐买了个档口，进场费10万，转手费30万，使用期限20年。一开始我都拿几十块钱一件的货，格子衬衫，棉麻裤子，最简单的款式。慢慢地，认识了能接真丝法国单或美国单的有实力的工厂，我就不怎么去萧山了，开始多去苏州、杭州、嘉兴，偶尔也去上海。从工厂做的衣服上我认识品牌，什么牌子好什么牌子一般，什么牌子是什么风格，都能说道说道。实体店、网店都来我这儿拿货，我胆子也大了，有时候一个月光进货要花五六十万。

我做的是外贸尾货生意，那会儿工厂不在乎这些尾货，他们在老外的单子里已经赚了足够的钱，那点库存破烂儿似的，无所谓，价钱可以聊。没有关系，20块一件给你；有关系，10块。回去卖50还是80，看你的本事。我去工厂出差，每天都要洗头，吹好发型，化个淡妆，穿得好一点。老公说："你怎么那么招男人？"我脑袋里火"腾"一下就上去了。我为了什么啊？我还不是为了买得便宜点！你气势好点，人家就愿意便宜点卖给你。没有人愿意和那种又穷又寒酸说话还没水平的人打交道。

2010年往后两三年，生意好做，什么都能卖出去。一款衣服看走眼了，把它放在最明显的位置，告诉客户这是最好卖的、这是爆款，肯定能卖出去。客户对货没那么苛刻，一件T恤，款式差不多，"行，我都要了"。那会儿我档口里一天流水能有一两万，多的到三万。

三

每天早上八九点，我就来到库房，一件件理货。档口由我雇的小姑娘照看，平时我很少去。货多的时候，物流扔过来一百个箱子，摞得顶着库房天花板。一万件衣服，我得搞清楚每一件是哪个厂出的、什么价钱、放在哪个箱子里。客户来了说哪款哪件，我要马上把它找出来，推销，要特别有说服力，你稍微一磕巴，人家看出来，不买了。我从早忙到晚，都没坐下来过。婆婆说："你喝口水能死吗？"她不懂，活干不完我急啊。

后来我买了几个货架，能匀开点，但我不能把所有东西都摆在货架上，这是营销！好东西我要收起来。你知道，开箱子给人家看的期待的感觉和他浏览完你整个货架的感觉是完全不一样的。我不能让你把我所有的东西都品头论足一番，说这个我不要那个我不要，干吗呢？我货理好了，你说什么我都有词应对，你必须买！老客户都知道，只要我开口，80%的成功率。我常跟档口里的小姑娘说，好卖的货你放在那儿不用管它，分分钟都卖出去；不好卖的，你一定要赋予它内容，也卖出去。但也不要说过了，人家真心不想拿，你就闭嘴，或者附和他的意见，否则他就会觉得你晦气，烦。

到下午四点多，客户都走了，我还要理货，得把所有的货都理好才能迎接明天的客户。回到家，吃饭，刷碗，拖地，给孩子洗澡洗衣服，完了我得算账，谁拿走多少货，欠了多少钱，一天都不能断，断了就忘了。

之后再约明天的客户，什么货适合什么客户，谁在前，谁在后，心里要有谱。好货就那么多，任何人都想第一天来，出价最高的，我就把他放在最前面。不能让两个客户同时来，免得打架。这都是功课。有一次两个客户撞上，抢起来，生气了，一个说："我什么都不要了。"我赶紧过去："闹得咱俩老死不相往来，值当吗？这些年你都是第一个来的，不要为两条裤子生气,回头有别的好的我给你补过来。"赔了多少笑脸。我现在就十来个实体店客户,七八个网店客户,其他都零零散散。要维持住关系,否则货砸手里我辛辛苦苦又是为什么呢?

四

2014年,我突然发现,那些来拿货好几年的实体店客户,一个个很少来了,一打电话他就说:"拿什么货,我根本没卖出去,天天店里瞪着眼,没有人来。"

网店兴起,让实体店衣服不好卖了。一件衣服,网店50块拿回去,80块就卖了;实体店客户不能要这么低,去掉房租、人工他挣不到钱。但人家逛完实体店,回家一搜网店就下单了。没有生意,实体店干不下去。我就告诉你,90%的实体店都死了。剩下的也不敢拿有量的货了,都零零散散拿,恨不得拎着衣服看半天,最后不情不愿地,"拿一件吧"。

以前我不担心实体店客户手里没钱,顶多过个一月俩月,货卖了他就把账结了。现在我特别纠结。不赊吧,这么多年了,关系挺好的;赊吧,他卖不出去,过了季节把货退回来,又压在我手里。前几天有个东北的大姐过来拿货,挑得挺高兴,一算,两万多块。我说:"大姐,这回你怎么也得给我点钱吧?"她说:"燕儿啊,我真没带钱,我身上就1800块钱,要不都给你?"她都60多岁了,你说我能说啥。

工厂也学精了,接老外单子接得少了,他们把尾货都算起了成本!以前一件真丝衬衫要价70、80块,我都要吓死。现在,150!这还算有良心的,没有良心的,280。你觉得贵?

"哟,我这面料多少钱?真丝100块钱一米,定位喷墨一米40块,一件衬衫一米六的布,我还有人工呢,现在人工那么高,一个工人一个月5000块,一天才能做几件?我还得赚点……"人家算得一点没错,可这价我没法卖啊。

现在人对衣服的要求越来越多,要有品牌,做工好,材质好,还要有特点,有手工绣花、钉珠、镂空、铆钉、流苏这种细节,否则就不认账。我现在手里有一款裙子,150块一条拿的,加运费算160,我卖180还卖不出去。我看官网图特别好看,就跟工厂订了60条,先把钱打过去了。我以为是棉布绣花,到工厂一看,心全凉了。那面料在人家眼里是韩国进口挺贵,可老百姓觉得就是化纤,也不显好。没办法,是我让人家留的,60条裙子9000块钱,要挣回来,我得费多大劲。工厂涨价,客户不拿,我在中间利润特别薄。为什么我天天那么大火?为什么我头发那么白?我跟你说,好难啊。

2015年最后一天,聚龙服装批发市场闭市。

五

去年夏天,我听说聚龙和金开利德不让干了,那肯定下一个就是世纪天乐,但具体哪一天不让干了,没人告诉我们。

我想着动物园不让干,那就再找个地方,照样卖。今年3月,在阜成门天意小商品批发市场附近,我接手了一个门脸,一个实体店老客户不干了,把店转给了我。是个啥报社的房子,国家单位的。我去交钱的时候,人家说,到8月份就不租了。

一开始我还以为因为我是个体,不是公司形式,人家才不租。想着到时候找朋友注册个公司，应该能行。结果人家说肯定不租了。我说为什么呀？他们口风很严，什么都不说。

后来我琢磨过来，这是要赶我们走，国家酝酿这个政策肯定有三年了。我上一个库房租的植物所的房子，植物园搬走了，留下的房产还在植物所名下，两年多前，他们非要把我轰走。我还纳闷，有钱拿怎么不肯租啊？现在我琢磨过来了，国家单位的房产，都不允许往外租了。

那我只能租商业地产的门脸了，贵啊，30平方米，一个月一万五、两万，你爱租不租，嫌贵有的是人排队等着。按照以前的销售额，房租贵点我也不怕。十几年前雅宝路上，一个只能挂五排衣服的档口一天也要500块，一个月一万五的房租照样发财。现在是没生意，我拿什么付房租？

我还是没赶上这时代。六七年前，我老公也想开个网店，可他什么都不会，全都指望着我，我要告诉他卖哪一款，怎么拍，怎么熨，衣服要先拿回家里压着，还得督促他，忙活了几天我们俩都觉得累，就没开起来。

要是世纪天乐搬了，我去哪儿呢？我姐说，你应该去郊区，比如昌平、通州，在靠近地铁的地方找个大点的民房，把货都挂起来，我就天天去那儿上班，接待批发客户也接散客。这我也想过，到时候肯定看不过来，还要雇服务员、装监控，都是钱。

到今天，什么时候搬迁还是没有信儿。去年聚龙也是，不提前说年底搬，离搬迁只剩半个月了才通知，让你稀里糊涂地干。我听说聚龙每平方米补偿8000块。世纪天乐要是搬，我才亏呢，我这个档口10万入场费，20年使用权，这才干了5年，就算退给我15年的钱，75000块，可是我那30万过户费呢？

没人知道哪一天搬，所有人都惶惶不可终日。冬天的货我都不敢进，要是到时候档口都没了，我上哪儿卖？

记得刚赚5万的时候，我开心得不得了。后来，天乐宫拆了，生意好做又不好做了，现在世纪天乐也要拆。我不瞒你，从开始做生意到现在，我差不多也攒了500万了，但我一点也不开心，我压力好大，我觉得随时都可能赚不到钱。人不是有了多少钱就能开心的，不稳定让你不开心，让你没法享受。你敢享受吗？我不敢，歇俩月我赔钱，歇半年，我都怕没有再干的心力了。瞬息万变，太可怕了。

视觉

一种同人亲近，摆脱孤独的渴望。
　　　　　　——安德斯·皮特森

王轶庶：非虚构的虚构

正午的话

我一直有个偏见，就是认为一张好照片应该说明它自己，过多的背景交代和理论注解都像是在试图自圆其说，那是照片本身力量不足的表现。因此我特别喜欢王轶庶，作为一个学中文的摄影师，他几乎从来不对自己的作品做出解读。

摄影评论家姜纬这样说他："王轶庶的照片弥漫着一种谨慎的暧昧气息，既来自于现实，又游离于现实；既单独成立，又整体积聚。其照片的色彩感，并不夸张矫饰，是拍摄对象的形态体现，也是不易察觉而恰如其分的表征。所有这些都通往他的叙述核心：人在身体和精神上的可能性。"

今日呈现的这些照片中，我最喜欢妇女泡在浴池中那一张，它纤毫毕现，家常、温暖而诡异。然后是草地上的受伤男人，那张照片等于一部长篇小说。最后，是凝视镜头的靓妆女孩的肖像，她的眼神，她的笑，像是附在现实之上的一层薄膜，让画面游离出界外——外延无限。王轶庶的作品经常给我这样的感觉,好像一个有成人的阴郁眼光的小孩在看世界。后来他告诉我,那张浴池照片是在游轮上拍摄的,而女孩肖像拍摄于2003年。但这些信息并没成为增量,照片还是照片,它们说明自己。他所有的作品只注明了拍摄的时间和地点——那些只是不重要的编号。提到照片本身时,尚需指指点点。

末流艺术家模仿,三流艺术家重复,二流艺术家创新,一流的艺术家构建自己独一无二的小世界。所以我也赞赏王轶庶对自己的戏言:"我是非虚构的虚构。"但这实在是他的戏言。他说:"我们的生活周边至少有两个世界,或者更多。一个是我们所熟知的,按照一般法则运转的,人之常情什么的;另一个则是说不清道不明的,闪一下让你看,不注意就溜过去了。第一个世界的东西我虽然依赖它,但没什么兴趣,不解渴。在摄影里,我主要是对第二个世界感兴趣。"

摄影在今日是一桩门槛特别低的工种,它的特性又是基于实体,在世界的本体之上用纪录的手法创造另一个世界,我喜欢这野心和热望。

欣赏艺术不需要理论分析,它给我的刺激和快乐是直接的。看完不能忘,还想看,就是好作品。汪曾祺在《艺术家》里写:"我对艺术的要求是能给我一种高度的欢乐,一种仙意,一种狂:我想一下子砸碎在它面前,化为一阵青烟,想死,想'没有'了。"有时候王轶庶的照片能让我想起这句话。

——叶三

2004, 福建

2014，苏州

2004,广东

2012,甘肃

2014,甘肃

2014，青海

2014,甘肃

2003，广东

2014,甘肃

2003，江苏

2011，北京

2015，天津

2015,天津

2004，山东

2003，甘肃

2010,青海

访谈

思想比生存更好。

——佩索阿

李翊云
写作的两种野心

采访、文 _ 钱佳楠

访谈：

一

正午：您早年曾在美国爱荷华大学的作家工作坊学习，您提到过有位老师教授文学技巧，前三节课简直惊为天人，而后则更多重复前三节课的内容，您还记得他教了哪些技巧吗？

李翊云：他说了很多你从来都不曾想到过的技巧。比如写作的时候要把句号放在一行的中间，这样可以既作为前一句的终止，又让读者开启下一句的阅读，不会让读者暂停阅读。再如，小说的第一个段落完全不需要，因为读者根本不需要"热身"，而应直接投入你的故事。再比如如何设计小说的情节，设计人物之间的冲突。这些东西，我当时听了以后还挺受启发的，但是我觉得这些东西你很快就学会了，也不是很重要。

正午：您回忆爱荷华的岁月特别提到过玛里琳·罗宾逊（Marilynne Robinson）和詹姆斯·艾伦·麦克弗森（James Alan McPherson），您说您受到的最大启发并非来自于文学技巧的训练，而是跟随这两位普利策奖得主阅读文学作品，能不能分享一下他们是如何教阅读的？

李翊云：玛里琳·罗宾逊每个学期都会开阅读课，我在爱荷华的时候，有一年她教了《圣经》，还有一个学期教了新英格兰诗人的诗作，包括艾米莉·狄金森（Emily Dickinson）、梭罗（Henry David Thoreau）等，还有一年她教了《白鲸》（Moby Dick），另外一年她教了威廉·福克纳（William Faulkner）。说实在的，在美国，像玛里琳这么有智慧的人可能不会超过一百个，你自己读《白鲸》和跟她一块儿读《白鲸》感觉完全不同。比如说，她讲《白鲸》的时候，她一节课就专讲某一章节，她就给你解释，把你领到作者的方位去。我觉得我理想中教写作的老师就应该像玛里琳这样的，能够教你怎么阅读，我跟玛里琳在一起受到的最大的启发就是怎么读书。詹姆斯·艾伦·麦克弗森也是一样的，比方他会教《一千零一夜》，同时与《一千零一夜》一起他还会教两本哲学书，就是他们想的东西和其他人不同，写作技巧是很小的一环，他们思考的是很大的事情。

正午：您现在在加州大学戴维斯分校任教，您说您也会带学生阅读不少经典的作品，如契诃夫、莫泊桑，您会如何引导学生阅读？

李翊云：美国作家工作坊里的学生都很有野心，他们总想写得特别好，对他们来说出名是很重要的。然而，出版其实是写作中非常细微的一件事。我有时候作为教师会很惊讶，比如十个研究生中没有一个读过《包法利夫人》，在我看来这是不可原谅的，因为我觉得，你不读这个经典，怎么能够写书呢？我就会带学生读这些经典，但因为我教书的时间不够，所以我就会这样做，如果学生跟随我一个学期读一本托尔斯泰的小说，或者读《包法利夫人》，或类似的经典，如果他们读了，我会给他们额外的时间交期末的作业，算是一种激励措施。

在课上，我有时候会带他们读一些短篇作品，比如契诃夫。契诃夫很难教，坦白说，契诃夫是教不了的，能够悟到的学生就悟到了，悟不到就悟不到了。契诃夫有个特别短的小说，就两页的篇幅，似乎是题作《苍蝇》，讲一个小公务员在节日里还要干活，其他人都休假去了，他一个人很无聊，看到墙上有一只苍蝇，他就用手去弹苍蝇，一下把苍蝇给弹死了，他的心情就好多了。然后就要给学生解释为什么这个短篇好，在于这个小人物的权力，他手里就握有这么一丁点儿权力，他也要用一下。我一直觉得契诃夫比较难教，我到现在也不清楚怎么教契诃夫才是最有效的，但我一直坚持让学生阅读。理查德·福特（Richard Ford），一位美国作家，他编过一本契诃夫短篇小说选，在前言部分他写道：他到40岁才知道怎么读契诃夫。在大学里也是，大家都说好，他却看不出哪里好。契诃夫很挑读者，契诃夫的读者是年长的读者。有时候，我也教本科生读契诃夫，他们会说没有意思，而我的观点是这样的——这个观点实际是从玛里琳那里沿袭过来的。玛里琳说，有的学生当年读书的时候不懂，十年之后他们就会懂得，会跟玛里琳说：我终于懂得你说的话是什么意思了。我觉得就是这样，我们中国人有句话：

师傅领进门，修行在个人。你只能对学生说：这个小说是好的，他现在看不出，但过了十年，他就会知道，这个小说确实是好的。

我以前遇到过一个学生，他跟我的关系特别差，因为他总是反对我教的内容，我也认为他说的都是很糟糕的东西，我俩就这样僵着。后来，很多年以后，他给我发了一封电邮，他说：你可能不记得我了（其实我都记得），我现在才理解你当年说的话。事实上，老师就是这样子，没有必要去把学生"塑造"成什么样的人，他们自己会去领悟。

正午：您会教学生文学技巧吗？
李翊云：我不怎么教文学技巧。我会这样做，我会对学生说，这些东西如果你想学，我可以告诉你们。但是我教他们更多的还是阅读。

二

正午：在国内，由于创意写作这个学科在高校里建立的时间不长，不仅有很多声音在质疑"写作是否可以教"，还有很多人认为，但凡拿到创意写作学位的人，他们的作品里必定留有文学技巧的痕迹，您怎么看待后者这种观点？
李翊云：首先，发出这些声音的人大多并不知道这个学科是什么样的，在我看来，这是没有证据的一个结论，只是想当然。在美国，也有很多人持这种观点，有一种提法叫"工作坊小说"（Workshop Story），我当年听到这个词就感到很惊讶，我在想，我们上学的时候，有各种各样的作者，各种各样的书，可能有这么五个学生，他们写"工作坊小说"，但是也有二十个学生，写的东西都是不一样的。事实上，我觉得大家总是说"工作坊小说"是因为他们看到的小说或许不是最好的小说，他们凭什么就认为那可以代表作家工作坊呢？事实上，在美国有创意写作的传统，虽然不能说是全部，但大多数作家都接受了作家工作坊的训练，但每个作家的风格都很独特。比如说朱诺特·迪亚斯（Junot Diaz），他的作品和我的完全不同，而任璧莲（Gish Jen）和我写的也完全不同，所以我认为文学技巧——中文叫"文学技巧"，英文叫"Crafts"——这个东西在创作中是个微乎其微的东西，如果读者只看到文学技巧，或许是他们没有读到好的书，或许就是他们想当然了。

正午：会有不少人将技巧和一个人的才华联系在一起？

李翊云：对。事实上技巧很好掌握，我会鼓励我的学生写"不讲究精致的小说（Messy Story）"，不需要中规中矩，不需要整齐划一。你写的这个小说，很多时候就像生活一样，很多东西并不具备意义，也并不是每个蝴蝶结都必须结住，我教过两个年纪比较大的中国写作者，他们会说小的时候接受的教育是，前半部分要精心设计好主旨，然后到关键的地方，打一个蝴蝶结，我就觉得这样的小说没什么意思。

正午：我的朋友和我都感慨现今的短篇小说有一种模式，我们戏称其为"不了了之"的模式。举个例子，我的作家朋友顾湘现在住在乡下，她有一天出门，恰好看到两个青年男人在河边商量如何把鱼钓上来,他们想了很多方式,五花八门的,但最后说:"太麻烦了,我们还是不钓了。"我们在想,如果我们为两个人物加上他们各自的小传,含在这个叙事结构里面,小说尾声描绘他们的背影之外,还描绘他们所在的这个中国乡村的景象,那会是一个非常典型的"纽约客风格"的短篇小说,也是现在中国年轻写作者奉为偶像的雷蒙德·卡佛(Raymond Carver)的小说,您如何看待此类短篇小说的套路?

李翊云: 我觉得这里有两个问题,雷蒙德·卡佛是一个问题,《纽约客》是另一个问题。

首先,雷蒙德·卡佛的小说不是雷蒙德·卡佛的小说,是他的文学编辑戈登·利什(Gordon Lish)的小说。事实上,雷蒙德·卡佛的作品,你要去看原稿的话,是现在两倍到三倍的篇幅,是戈登·利什把它改成了现在这样子。卡佛的第一本书几乎被利什全部删掉,也是利什把卡佛塑造成了一位名扬四海的作家,卡佛对此也有不满。《纽约客》曾经刊登过卡佛《当我们谈论爱情时我们在谈论什么》的原稿,我在课上把原稿和经过删订的版本同时发给学生阅读,然后我问他们,你们觉得到底哪个版本好?绝大多数学生都认为是原稿更好。因为在后来的这个版本,有很多非常精彩的部分都被删掉了。戈登·利什的风格就是如此,任何一个人在卡佛这个位置都会感到非常难受——不是自己的作品,但却出名了!所以卡佛后来和利什的关系就闹得特别僵,卡佛的最后一本书执意要出自己的原稿,而非利什的删订稿。这是一段文学史,如果这段历史中国的年轻写作者不知道,就会真的以为那就是雷蒙德·卡佛的小说,但其实不是这样的。

另外，即便对于这个被利什删订的卡佛版本，我每年都告诉我的学生，卡佛创造了很多很多糟糕的作家，在美国也是一样。我会说：卡佛在我看来，确实有很多非常棒的作品，但你不需要写成那样。一方面，我不惊讶，中国的很多写作者也在模仿他，另一方面，我惊讶于卡佛已经被模仿了几十年了，我们为什么还要一再模仿他呢？他并不是唯一一个好作家。

正午：会不会是因为卡佛比较容易被模仿？
李翊云：对，我觉得就是这样子。我认为凡是容易被模仿的作家都不是大师，像玛里琳就不能被模仿，托尔斯泰也是。大师之所以是大师就是因为他们不是每个人都能够效仿的。当然，这只是我个人的看法而已，我认为卡佛是一位出色的作家，是一位伟大的作家，但还不是大师。

讲到"纽约客风格"，这个东西就很有意思，大家总说存在"纽约客风格"，但这个东西我也不清楚，因为我的小说风格和其他《纽约客》作者的小说风格也不一样。比如有时候有朋友说，这是个"纽约客小说"，我就会反躬自省一下，我写的是不是"纽约客小说"？答案是否定的。在评选全美最值得期待的二十位小于40岁的作家时（20 under 40）时，《纽约客》的编辑说：我们这二十位作家风格如此迥异。我很同意，所以当大家说"纽约客风格"时，我并不同意，但是，不管任何一个杂志，《纽约客》或者其他，都是有自己的喜好的，像我和我的朋友编杂志，我们也偏爱某一类型的小说，所以一份杂志发表的作品会彰显这份杂志的风格，我觉得是这样的。

三

正午：有一种说法是今天的社会太过平庸，无聊，所以"不了了之"的叙事模式，或者碎片化的生活就是生活的全部。中产阶级除了写写婚外情几乎没什么好写的了，很多人都感慨现在的生活里缺乏故事，你会如何看待这种说法？

李翊云：我教书的时候经常会要在故事(story)和处境(situation)中做区分。我觉得处境永远都在，无论你置身何处，你都可以洞察到处境。

比如说，我有次坐飞机，去华盛顿特区的机场，我到得太早，看到一位带着三个女孩的母亲和我一样在等候，三个女孩是上中学的年纪，她们躺在椅子上睡觉。这个母亲对我说，她是单身妈妈，她想带三个孩子去新奥尔良的迪士尼乐园玩——我的先生说我经常有这种能力，就是和别人聊了一会儿，就基本知晓了别人全部的生活。她说了几件事我觉得都是处境，单身母亲是一个处境；三个小孩，省钱，出去玩，这也是一个处境。她说那天早上，她们两点半起床，因为要赶一趟火车，她们住得离机场很远，乘火车来机场还要花一个半小时，三个孩子特别懂事，她们在出发前一天就列了一张清单，她们列的清单不是需要打包的东西，而是所有家里的电器！她们跟随这张清单确认她们把所有电器的插头拔下来了。她说她早晨两点半起来，没有去催她们，她们就已经拔下家里所有电器的插头了，这里就是一个故事。而后她接着说，送她来的这个人是她的一位男性朋友，她说她觉得让他这么早起来挺过意不去的，她的这位朋友说：没有关系，我说好三点钟准点到你们家门口一定会做到。这个男人是个修车的。她说那天凌晨她看着表的指针指向三点钟,他的车就开到了她们家门口。我觉得,这也是个故事。

所以,处境就是处境而已,而故事是你从这个细节里知道只有这个人会这样做事情。或者这么说吧,处境永远是相似的,你放眼海内外,中国、美国、其他地方,中产阶级,或者穷人,同一阶层的处境基本雷同,但是你要细看,故事是不一样的,每个地方,每个人的故事都不同。所以,我的观点是,每个时代总是会有很多故事。

正午:故事和小说的区别呢?有种说法是,小说不是讲故事。
李翊云:故事和小说在我看来没有区别,一个好的故事本来就可以完成讲故事以外令人震撼的效果。一个好的故事,你看完之后第二天起来,借用艾米莉·迪金森的话,就是你看完之后会感到自己的头皮被削掉一般。这种头皮被削掉的感觉,就是一个好小说在讲故事之外已经传达的意旨。

还有可能是语言翻译的问题,在英文中,短篇小说(story),长篇小说(novel)和虚构文学(fiction)除了长度以外没有区别。

正午:我还联想到非虚构(creative non-fiction),现在中国国内也掀起"非虚构热",您也获得过非虚构写作的艺术硕士学位,在您看来,现实主义小说和非虚构作品的最大差异在哪里?有什么是这两个文体各自无法被对方取代的特质吗?
李翊云:现实主义小说允许虚构,非虚构不允许虚构,此外就没有太大的区别。在美国,尤其是男性读者,他会很骄傲地对你说：我从来不读虚构作品，我只读非虚构，似乎暗示了这两种文学门类有高下之分。在我看来，虚构作品完全可以比非虚构作品更真实。非虚构也是有视角的，并不全然客观。在美国，很多作家都同时写虚构作品和非虚构作品，玛里琳·罗宾逊就是如此。

正午：您在一次接受爱荷华大学电视台的采访中也提到，当代中国的城市文学有这样一个怪谲的现象，很多小说都发生在星巴克咖啡厅，简直可以称为"拿铁小说"，这是令人感到惋惜的，您期待的中国当代城市文学会是怎样的？

李翊云：这个采访是很多年前了，我看了一本书，就感慨大家怎么都去星巴克喝拿铁呢？我想现在很多年过去了，可能情况会有变化。在美国也会有这样的小说，就是在品牌名称上大做文章，仿佛品牌就代表了阶层、脸面等等。我想，一个作家可以这么去写，如果他享受这个写作过程，因为写作者可以写任何他想写的东西，然而读者应当有权选择拒绝去读。我觉得真正的文学，比如说你提到的中国的城市文学，我不知道自己的期待会是怎样的，但是对所有的文学，无论是城市文学或是其他，无论是中国还是外国，我认为真正好的文学在于，你读他写的这个人，好像就是你一直想写但却始终没有写出来的——他说了我想说的话，他写了我想写的东西。或者说，这位作家写了这个故事，他的视角看起来是很明显的视角，为什么偏偏我没有看见呢？事实上，正是因为这并不是一个很明显的视角。好的小说让你用一种全新的方式重看你所熟悉的生活。

正午：如果让您给期待成为作家的年轻写作者提一些建议，您会提什么建议？

李翊云：第一就是读经典作品。第二是年轻写作者都很有野心，但野心分两种，一种是渴望出名，另一种是自问能不能写得像契诃夫这么好？后面这个志向其实很难达到，是一种更大的野心，我希望年轻人更多要有后面这颗野心。

四

正午：您典型的一天会如何度过？如何安排阅读和写作？

李翊云：我现在已经没有典型的一天了。我以前有，刚开始写作时有，因为小孩很小，我就在夜里写作，午夜十二点到清晨四点钟。现在孩子大了，事情更多，孩子吃饭、上学等等各种纷杂的事项。然后，你会有各种截稿的期限，比如需要写书评，写约稿之类。有一件事情我从来不做，我从来不参加派对，我很少出去应酬交际，因为这些太花时间，所以凡是不必须的事情我都不做。我没有任何社交网络账号，我不用脸书，不用推特。但是有一件事我每天要花很长时间来做，就是阅读。有朋友问我，你每天花多长时间看书？我说，大约十个小时。她就很讶异。我早晨六点起来，第一件事就是就着一杯咖啡看书，我每天都读《战争与和平》和《白鲸》，阅读了一会儿后，为孩子们准备早餐，等他们都上学去了，我就开始写作，从八点写到十一点就会有些疲惫，那就会从十一点起看书看到下午两三点。这个和以前不同，以前很年轻的时候，可以一天写八个小时，而现在就写三个小时左右，那么下午到晚上要做什么呢？那就只有看书了。不过我又觉得看书才是最主要的。

正午：写作时会有怪癖吗？

李翊云：似乎没有。我觉得这与我有孩子有关。我是有了孩子之后才开始写作的，如果你成为母亲，你就没有任何的特权，我家里也有书房，但我也从不去书房写作，我就坐在我们家那张餐桌上，为什么呢？因为孩子很小的时候，他们需要时刻看见你，所以我就会坐在那里，一边写作一边跟他们聊天。所以就是这样，不需要有怪癖，也没办法有怪癖。

正午：和孩子们聊天不会影响写作？

李翊云：有时候他们就会说我不理睬他们，那是因为我在想事情嘛。

正午：您会使用写作软件吗？

李翊云：我只使用微软的 word 软件，我知道有其他写作软件，但我不用。

正午：您会遭遇"写作困难"吗？

李翊云：写作困难，英语中应该就是 writer's block，大家都在谈论的一个术语，似乎作家都会遭遇。我感觉人是会发生变化的，在我年轻的时候，会有压力，觉得每天都要写，一个星期要写满五到六天，但是后来我发现，这样你会给自己更多压力，压力没完没了。生活会变得越来越复杂，事情越来越多，你做不到每天都写，也不可能保证每天都有产出。如果你觉得压力很大，就会感慨写不来怎么办？现在的我比以前好一些了，如果今天写不了，那么明天再说吧。我记得作家石黑一雄在一次采访中说，人的一生中能够写出的作品数量是有限的。我觉得，是啊，可以悠着点儿写。

这么说或许有些滑稽，因为我一般都不怎么出门，所以我绝大多数时间在阅读，而我读的大多数作品都来自已经死去的作家。有时候我会想，他们写出这么好的作品，但却不知道往生以后是不是还有人读。我经常阅读作家的书信和日记，比如契诃夫，你会发现，他在他的人生中也是很无助的，但这没关系，写作是你的职业，"作家"这个名头本身没什么独特的地方，我认为作品是更重要的，这么想似乎压力就会小一些。

正午：您是什么时候决定成为一名作家的？

李翊云：我是30岁才想当一名作家，以前没想过当作家。我去爱荷华大学念的是免疫学博士学位，其实，我很擅长做科学研究，但是研究对我而言反而太容易，缺乏挑战了，我会感到，以后就是这样，我就失去了兴趣。我的导师对我说，你太可惜了，你再读一年，就有博士学位了，你拿到学位再去干什么都可以。我对他说，我是个很诚实的人，如果我不用这个学位，我不想成为李博士，因为你拿到博士学位后就会终身被人叫作某某博士，而我不想成为某某博士。他听了特别理解，他说，那你就走吧。

正午：放弃博士学习，转到作家工作坊的这个过程中需要承受来自家庭的压力吗？

李翊云：我的父母肯定是担心的，因为中国的老人可能还是不很理解，为什么要做作家？我的先生比较理解，他就觉得，不想读科学就不要读，那就去作家工作坊试两年，他的意思是去试一试。

正午：通常，大家都倾向于认为不同的语言背后其实蕴藏着一整套截然不同的思维模式，在用英语写作的过程中，您有没有遭遇思维结构的碰撞？写英语的时候会有中文的思考模式干扰您吗？

李翊云：不会。我现在不太使用中文想事情。刚开始用英语写作的时候也不会有干扰，我一开始写作就用英语，而且我在成为作家之前就阅读了大量的英语作品。

正午：西方的读者读您以中国为背景的小说会产生误解吗？

李翊云：会有的。有两种误解，一种是有意的误解，有意的误解在于：一部分读者认为，你写的东西就代表中国。出于一种认知的局限，就会产生这样的误解。还有一种是无意的误解，因为对文化背景不了解，这种误解几乎是难以避免的。

比如我写了一个作品，故事里的母亲口口声声称自己是好妈妈，她说："我女儿4岁的时候，过春节我还给她买过一件新衣服呢！"事实上，中国人知道，中国的孩子过年都要穿新衣服，所以这个妈妈这么说，那她实际上是个很糟糕的母亲。但我跟我的编辑朋友这么说的时候，就发现她并没有理解这一点。然后我就说，要不删掉吧？她问为什么要删？我说如果不删，我还需要加一句解释这个细节，我不想解释，后来就删掉了。这些是难以避免的,你只能用别的方式来写。

正午:我们知道,海外的华裔作家大多还在写作中国的故事或华人移民的故事,而非像石黑一雄写《长日留痕》或翁达杰写《英国病人》那样,完全跳脱自己的身份和背景。不过您之前提过您将来可能会写一部作品,主人公不是中国人,也不是中国移民,这是一个写作计划吗?

李翊云:会有这样的作品。比如我现在写作的这本书,写作的发生很微妙,有的时候有个文集想约你写一篇稿,我一般不喜欢类似的约稿,但因为这个编辑我认识,我想我就写一篇吧,等我写完了,我才发现里面没有中国人,这是事先未曾计划好的。就在前两个月,我还在与《纽约客》的小说编辑聊天,我说,我都写完了,才发现里面没有中国人,你一定会奇怪我是怎么回事?我应该写些中国故事,或是中国移民的故事,怎么故事里没有中国人?

那篇稿子是一个短篇,算是有点儿"应景写作",我一般不把应景写的作品收到我的短篇集中,后来我就从那儿开始把这个小说往长篇写,这个主人公是其中的一个人,结果,写到现在为止,还没看到有中国人出现。

正午:最近会有新书问世吗?

李翊云:会有一部非虚构的作品即将出版,题为 *Dear Friend, from My Life I write to You in Your Life*,题目取自《凯瑟琳·曼斯菲尔德的园会笔记》(*Katherine Mansfield Notes*)。

李翊云（Yiyun Li），美籍华裔作家，首部短篇小说集《千年敬祈》获得2005年弗兰克·奥康纳国际短篇小说奖，上榜《纽约客》"最值得期待的年轻作家"，2012年获美国"麦克阿瑟天才奖"，2013年担任英国布克奖评委。著有《千年敬祈》《金童玉女》《漂泊者》等。现任教于美国加州大学戴维斯分校。

老树画画
在家拈针绣花，出门提刀杀人

采访、文＿张莹莹

我在中央财经大学学术会堂一层等了二十分钟老树，他没有接电话。风从两扇木框玻璃门的缝隙里漏出来，大厅里很冷，保安袖着手，好像跟所有人都没有关系。这时，我看到有个人从大厅那头冲过来，戴着一顶黑色毛线帽，手里拎着起码三个纸袋子，步子很大，像是忙着要扎进某个地方去。

是老树。在下行电梯里，他絮叨着一堆琐事，申请了个新机房，有机关想把他的画带到国外去……跟着他在地下二层左拐右拐，他打开一扇黄色木门，门后两个大书架堆满了书，从书里钻进去，就开阔了起来。在最里头的角落里是张巨大的然而被书、瓷、烟、茶、纸、墨和烟灰占满的桌子，老树在那里画画、写字。但他还被一团焦躁之气裹着，他烧水，翻动茶叶盒子，几乎都是空的。桌子下全是酒。

几分钟后，茶已经泡好，黑色粗陶杯子很称手。老树站在桌前，展开早已裁好的洒金纸，开始画画。先是一个圆润的 M，下方绕上一道弧，再一道短弧——那个没有面目的、总是穿长衫的男人。他渐渐有了形状：坐在一张桌子旁；渐渐有了环境：背后一片水流。一棵柳树歪在水边，枝条垂下来。22分钟后，这张4平尺的水墨画完。刚进门时裹在他身上的焦躁现在都没有了，消散在一个个示意新芽的墨点里。

一个男人，在地下二层，想象着他的山水。

访谈：

一 媒体不是双刃剑，是三棱刮刀

正午：您很早就开了博客。
老树：我开博客在国内是最早的一拨，做了一个半月我就不做了。不好玩。我写了好多长文章，以为可以给一些同行分享，后来发现不是，地痞流氓都出来了。我对博客的描述是我光着屁股在王府井大街跑，路两边站满了人，我不喜欢这种感觉，后来发现微博更是这样。但是心态调整过来就好了，不用搭理这些事。

正午：您在2011年7月底发了第一条微博，是因为"动车事件"吗？
老树：其实不是，朋友让我建个微博，我都不知道是什么，还是他帮我建的。发什么呢？当时已经开始画画了，又遇上动车这个事，就开始了。

正午：您最初微博发得很频繁，后来慢慢少了，您的表达欲在这几年有变化吗？

老树：一开始发了很多，因为有存货，后来少了一点，也是一个矫正的过程，包括诗，写或不写，写四句、八句、四言、六言，这些我都在摸索。

微博是我最重要的一个调研的平台，测试大众对画和文字的反馈，太好的收集器了，看评论就知道大众喜欢什么反感什么，我也不用迎合，但可以稍微地调整一下。媒体不是双刃剑，是三棱刮刀。但我很平淡，关键是想好这个阶段要干什么，干好自己想干的事。

正午：最初您根据社会事件画了不少画，所谓"乱世绘本"。

老树：进入微博之后，看见今天一个官员倒了，明天一个什么不好的食品曝光了。没有网络时，这些事情每天都在发生，只是没有通道出现在大家面前，有了微博等交互性的媒体之后，很多东西就曝出来了。并不是现在比过去多了，我绝对相信人性的恶在每个时代里都是一样的。

从这个角度来理解，我觉得太好玩了，那个时候就发了大量关于时事的画。但是事情不可能天天出现，题材有限，画画就画完了。

2011年我画了一个手卷把那年的几件事串起来，用竹林七贤的意义表达了一下。我现在也还会画，一般到年底把这一年的大事集中画一套，也包括很个人化的表达，就是乱世记忆。从微博上看到的反应，是大家对这种东西有很大的关注和诉求，这是原来我没有想到的。

但现在公共事件太多了，恶心得简直没办法，我前两天刚画了几张，关于优衣库的事，但画了一乐也就过去了，讨论过度，我反倒有点不想掺和了。我本来对这个事件没有兴趣，只不过信息不断通过网络到达我的眼前。这个时代人就这个德行，世俗社会，本来就是没事儿总能折腾一点事。画时事，画社会新闻，这实际上是游离出个人的社会经验。如果我是很八卦的人，就会成为我很重要的生活，但我又不是那种人。我就完全又回到个人的表达，只画自己喜欢的东西。

正午：大众对个人表达的部分特别感兴趣，您觉得这是什么原因？

老树：我觉得没有太复杂，大家喜欢我的那些画，就是意识到人性的共通处，都很累，都很焦虑，我自个儿也活得很累，很焦虑，画画找个乐子缓释一下，别人通过我的画也是缓释一下。但我也不是在迎合他们，那是我自己的表达。到了一定的地步你发现人几乎都是一致的，生命的焦虑，对现实的不满，对自由的渴望，都一样。我画里表达的无非就是这几个话题。

正午：这几个话题，有没有画不动的时候？

老树：有，画不动就不画了，所以经常看到我微博上有时候七八天、十几天都没有更新，没有什么想说的，那就不说，我开微博就是解决自己的表达，不能弄成欠了账似的。我不欠谁的，想画就画，不画就拉倒，我还对你负责？你跟我一毛钱关系没有，我是解决我自己的焦虑，你也应该想办法解决你自己的焦虑。我愣憋一张，那才叫对不起我自个儿。因为我失去了基本的诚恳,我没有这个欲望还愣表达,我不想上厕所愣要去蹲着,然后给你一个蹲着的姿势看看吗?我已经过了别人说什么我就跟随的年龄。

正午:拥有 110 万粉丝,是什么感觉?
老树:忙得跟驴似的,事太多了。除了增加很多麻烦,没有觉得享受。画画很享受,自己鼓捣挺享受,被人追着说这说那,烦。年轻时候觉得挺好,成功,现在不是扯淡吗?但是呢,你不接受,别人说你装逼,怎么着都不是,怎么着你都不对。只好这样。

正午:如果微博相当于您的观察平台,那这些年您观察到了什么?
老树:真是大家老说的那句话,这是最好的时代,也是最扯淡的时代。其实哪个时代都一样,所有人,特别是艺术家,都有一个共同的心态,就是感觉自己生不逢时。那你说哪个是可以逢上的"时"?那个"时"永远不存在。所以我很享受这种焦虑状态,一个东西你解决了就没劲了,真正人有劲就是老有一个目标老实现不了,老走在路上,才能激发创造力和智慧。事解决完了,人就废了。所以男女之间最好的就是恋爱时期,尽量表现最好的给对方,结了婚都一样,就没劲了。这个时代会让你产生各种焦虑,但是人没法儿改,只能尽量活得好一点,平静一点。

正午:您有微信公众号吗?
老树:有一个叫作"老树工作室"的微信公众号,基本上是把微博的内容拿来集合一下,是我授权两个学生弄的,其实是帮他们创业,成人之美,不挺好吗?

二 在家拈针绣花,出门提刀杀人

正午:您做了很长时间的摄影评论、影像研究,这会影响您的表达吗?

老树:影响太大了,摄影研究给我提供了很多资源,举个简单的例子,绘画的图像样式源自人类有限的观看经验,但是摄影提供的观看视角无穷丰富,是人类视觉经验的巨大延伸,尽管才一百多年,但必须吸收它,否则就太可惜了。

另外是影像本身。现在很多画我不再题诗了,这是基于对图像的理解。现在大部分人接触的就是一个完整的界面,现在年轻人看电脑屏幕,看iPad长大,不习惯题很多字,觉得视觉上很混乱。要说什么,可以用声音来补偿。这都是视觉研究给我带来的启发。

正午:您什么时候注意到这个?

老树:财经大学的新闻传播系是我创立的,我做过调查,给学生发了好多问卷,其中隐含了这一项。我把两张画附上去,一张是写上字的,另一张是单纯的画,字在画外。超过七成的人都觉得字在外面好,干净,完整,有界面感。画是视觉语言,文字是观念语言,让视觉的归视觉,观念的归观念。通过视觉来看这张画,通过观念语言来阅读,两者的信息在脑子里形成一个综合。

正午：这跟中国传统对画的理解不太一样。

老树：是不一样。中国诗书画为一体，现在年轻人可能都不太懂这些。我是做视觉语言研究的，电影研究，书法研究，摄影研究，都写过专著。说到视觉语言，一张画是图像，图像传达的问题是平面化，拍一张照片必须是那个时刻，照片是"从此刻以后"，信息传达是从左到右的横向传达，没有纵深。图像信息传递是建立横向的信息轴线，文字是建立纵向的信息轴线，这是语言研究的结果。再好的画也是平面的、此时此刻的，需要文字建立纵向坐标，这样在脑子里形成的信息会比较立体化，比较丰富，是结构性的而不是单一的信息传递。我如何把两者集合到我的画里，还要照顾年轻人的界面习惯？这就需要设计，把研究得来的资源运用到画里。我是个理性的人，大学教授做研究嘛，别看我吊儿郎当的，要相信理性的力量。

正午：能具体谈谈摄影评论给您的启发吗？

老树：中国艺术不单纯是文化，它是高度程式化的。戏曲最典型，手眼神法步，你看七八岁的小孩，情窦未开，演梁祝，怎么甩袖，怎么用眼神……他们哪知道这个事，但是用这套程式都表达出来了。中国画也是一样，它的各种笔法、构图，就是用过去人类的视觉经验形成了这么一套程式，平远法，高远法，深远法，加上中国古代的三点透视，都是高度程式化的。学画的人为什么学画谱？画谱是中国绘画程式大全，中国过去很多绘画的范本都是想把这个程式教给你。学完程式之后画得好不好就全靠悟性了。

人类的这套程式受制于人们的经验，过去的经验是非常有限的，程式只不过是一种表达。但是有了摄影就不一样。一座山上没有人去过，卫星可以从空中拍到，那种视角是人类一百年前都没有过的。用望远镜看到的第一张月球的照片让人类大失所望——尤其是中国人，把月亮想得多好，一个男的叫吴刚，一个女的叫嫦娥，还有一只野兽是兔子，还有工作，天天给人捣药，还有一棵桂花树。这是没有经验，想象出来的。一张图片说月亮上什么都没有，坑坑洼洼的，这种经验对人类的视觉判断带来了巨大的、颠覆性的影响。

早期的电影《火车进站》，无非是摄影机搁在铁道底下拍的，却把所有人吓坏了。在现实中不把人给轧死了吗？实际上是我们视觉中已经有了这样的经验。镜头让我们看到的那个世界对人类刺激很大，说白了，就是摄影完全拓展了人类的观察经验，这个观察经验可能会打破过去的程式。

摄影已经把人的观看经验和身体经验拓展到无穷大了，为什么不把这些经验揉到我的表达里面？所以摄影是了不起的，所谓的绘画的表达，表达的还是经验，你的经验到什么程度，范畴有多大，表达无非就如此。但是现在经验固守在过去的范畴里面那就太小气了，无穷的丰富性多有意思。我所说的摄影对绘画的巨大的影响和刺激，就是在我的个人实验里面充分享受到这种自由，完全没有必要在意过去传统的那套程式。

正午：做摄影评论，也会从理性上去看待图像吗？
老树：评论是另外一回事。所谓社会关注这块，完全靠理性。纪实摄影是关于中国社会问题的。我的绘画是个人表达，闲情逸致；摄影就是社会批判，很激烈，很尖锐。我做摄影评论为什么引起那么多的震动也是因为这个,但是这两样事情集中在我一个人身上,我觉得并不矛盾。评论要有专业性,要理性,要体现知识结构、视野、立场,这都没有问题,但是回到我个人表达上我不能老是那个样子了。工作跟生活得分开,不分开人得崩溃。后来我写了个对子:"在家拈针绣花,出门提刀杀人",代表我的这两个方面,没有违和感,我已经随心所欲了。

正午:现在您还继续做摄影评论吗?

老树:做,我现在做比较深度的研究和实验。过去是对文本给出解释和分析,现在不只是这样,总这样有的问题解决不了。我现在是跟摄影师一起工作,指点他们完成一个话题,这样对摄影师的培养是非常好的。

我们前些日子在山东东营搞了个工作坊,短期的,有六七个导师,十二个学员。如何在黄河入海口那片大湿地,一片毫无特色的芦苇荡,那么平庸的风景,拍出他们自己的理解?坚决不允许他们像常见的那种风景照那么拍,逼着他们在短时间之内头脑激荡,完成一个作业。用了四天的时间,他们自个儿都吓一跳。像是困兽在一个屋子里,终于找到一个出口出去了。这是很好的培养,也是批评。批评并不只是写文章,培训摄影师的过程,特别是策展,是最好的批评方式。

正午:这个过程中,您自己对批评的概念也在发生变化吧?

老树:最初那种激烈是因为中国摄影界的问题由来已久,没有人清理过。我最早开始系统地把中国摄影的问题一样一样梳理,一样一样解决或者企图解决。有的时候激烈甚至骂骂咧咧,那是替他们着急，爱之深责之切。

类似于《你老去西藏干什么》，那不是理论文章，很像我现在写诗，道理在里面，但都用大白话。我从来不引经据典，都揉成自己的语言，因为中国摄影行业这些从业人员素质比较低，美院画画的人至少都是受过美院的训练，但摄影门槛很低，特别是早期的摄影师大部分是工人、部队的宣传干事等等构成的一个群体，文化水平比较低，讲大道理他听不明白，得用他们听得懂的语言讲给他们听，这是我比较擅长的。1997年开始到现在是十八年了，我觉得至少在理念上帮他们梳理清楚了很多东西。

正午：您说过纪实摄影，当很多人把镜头对准所谓的底层，表达人文关怀的时候，是不是也会引起一些问题？

老树：这是肯定的。上个世纪五十年代，全世界范围之内，这个问题在影像伦理学里已经被广泛讨论了。当事件公布出来的时候，是会给当事人造成很多的伤害，有时候是交互利益，交互伤害，像戴安娜的事件比较典型。这些名人，没有媒体成不了他们，同时媒体对他们也造成伤害，这是一个两难的格局，有时候很难处理。

但是从个人自律的角度来讲，摄影师尽量不要给人造成伤害。最典型的就是南非摄影师凯文·卡特，他拍了一个小孩，后面有一个秃鹫，他获了普利策奖，到美国领奖，回去以后老婆要跟他离婚。半年之后他开个破轿车到郊区用尾气把自己杀了。

正午：这有什么解决办法吗？

老树：关于底层人群、边缘人群影像采集，摄影师的出发点可能是这些信息没有被广泛感知，所以深入人群，通过影像记录，通过媒体曝露出来，然后关注的力量会改善那些状况。1990到2000年这十年是中国纪实摄影最大规模的实践，全在拍这种话题。

但是改变了多少？我也在极力推动这个事，结果收效甚微，做了那么多工作并没有改善状况，贫穷的孩子还是贫穷。所以我后来特别沮丧。

2000年后很多人拍这些东西，就有另外的动机——想成名。关于苦难的影像往往比较震撼。中产阶级消费贫穷，哪怕是给钱，有时也会让贫穷者更加丧失尊严。这个问题很难，苏珊·桑塔格专门写了一本书《旁观他人之痛苦》。很难解决，只能说是摄影师要自律，有纯良的动机，尽量不要干扰到人家的生活。

但是现在已经到了一种没法儿弄的状态，有些还不是你曝露别人，人家自己就拍出视频发到网上了，这个社会已经不堪到这个地步，我们还在坚守原来的东西，就感觉这个事很好笑。尽管如此，职业操守还是要有的，没有界限那更不堪了。

三 每个人只能属于一个时代，每个人都有自己的时代

正午：有张照片是您大学时候在宿舍里画画，非常清瘦。

老树：当时我99斤，现在正好乘以2。换了好几代领导人，我也长了一倍。我是1979年上大学开始学画，1980年拜师，也无非就是画一阵拿过去给老师看看，指点一下。那时处于模仿

阶段，比较关注技巧、笔墨，刚学画的人都这样，年轻，没有阅历，没有眼界，也不知道表达自己。自己在哪儿？不知道。

到了1986年，不画了，原因是画不出来了，怎么画都是人家的，这一笔像齐白石，这一笔像王雪涛，自己在哪儿呢？感觉很尴尬。

正午：2007年您重新开始画，所谓找到自己的过程，是一个怎么样的过程？

老树：这个很难言说，找到自己的过程，我老是说，求之不得，不求自得。自然而然水到渠成的事情，年纪都50了，大半截入土了，还不知道点人事啊？

正午：您较早的画还有像飞机一类的元素，现在也不太出现了？

老树：那些是2010年画的，当时有一个很强的个人欲望，就是打破古今，无中无外，更自由地表达。那年画了100多张画，有很多的游戏感，说白了甚至有点犯坏，自己挺享受那个犯坏的感觉。

我们说穿越，通常指的是彼时的时空跟此时的打通了。所谓的时空逻辑大家特别把它当真，但是更高的意义上，真正的时空是不存在的。对于我来说不存在穿越的问题。现实的逻辑之外还有一个逻辑，就是绘画本身的逻辑。比如一张山水画，山是纵向的，底下有水，突然横着一艘潜艇，山石的自然跟现代的重武器放在一块儿是很舒服的，绘画逻辑没有问题，只是大家觉得好笑。

我是2001年还是2002年在微博上看到一张画，到现在都不知道谁画的，一个寿星老头骑着自行车在古代的山里，这跟我的想法一样。很多人在嘲笑那张画，我是觉得他太聪明了，只不过我们的眼界太窄。一幅古代山水画上有一只飞碟，也很正常，不单纯是绘画逻辑，现实逻辑也是对的。其实这是一个自由的问题。人的不自由就是人被自己限制了，这个不对，那个不对，哪那么多不对？我特别讨厌是非观，大是大非，非黑即白，这种方法太简单了，丰富多样性在这个简单逻辑面前就分成两拨了。

正午：您的诗看起来平易。

老树：诗比画画麻烦。我学中文的，过去我们受的训练，很容易掉书袋，用典、平仄，各种讲究，有时候是不由自主的。那不行，要使广大人民群众都明白就要改，越白越好，还要保留古意，是很难的。大家都说我写的是打油诗，实际上我的写法，准确说是唐以前的古体诗，那就是很自由的。我喜欢中古以前的诗的意境，初唐以前，六朝到汉代，尤其是《诗经》。我写得最多是六言，六言古体诗我们从留下来的典籍中看到很少，我可以多写点。

四六言比较容易有古意，这是我有意设计的，我是学这个的。很幸运的是，我的业师都很棒，叶嘉莹先生回国教的第一个班就是我们，很多老师是西南联大的。就像张大千说画，上追宋元，至少要有一点宋元的气象。否则你这画……清初还行，有四僧什么的，后面的就太俗了。我在台北故宫博物院看展，是乾隆的藏品和他临的东西，我就觉得那个策展人犯坏，这策展人太有意思了，你看一个乾隆的东西已经觉得挺俗的了，三四个厅集合在一块,那么多东西,你会强烈地感觉到,原来乾隆这哥们儿这么恶俗!恶俗透顶!品位太低了!

正午:诗写得多了,是不是也会有重复?
老树:肯定有,很多意象都有重复,风花雪月,古诗也这样,是怎么组合的问题。中国古诗都是农耕文明的产物,农耕文明跟农事、山野、风物有关系,跟城市没关系,城市不容易出诗,城市适合现代诗。

所谓古诗的意境都是跟自然有关,我从小的生活经验就是在山野里面长大,这帮了我很大的忙。闭上眼一想,那天打完柴,躺在山顶上,一片云彩过去,一阵风吹来,旁边有斑鸠叫,我就这么随便一说,脑子里都可以形成一个空间境界,这就是所谓意境,只需要用几个意象性的词组合就可以了。这不是想象的事,是我经历过那样的意境。如果你是一个有心人,能用大白话把那个意境说得比较充分,比较自然,别矫情,自然就有空间带出来了。意境是一个空间形态,由意象建立的空间性,能够笼罩你,把你带进去。

正午:其实您的诗和画还是一遍遍回到自己小时候的经验?
老树:对我来讲这是一个记忆的问题,过去是经验,有了经验形成记忆了,你可以把它用词语转化出来。画也是一样的,画一条线,画一个坡,画棵树,小孩玩都坐在上面,夏天听蝉叫……这种经验太真切了,对我来讲是历历在目。现在大家说有很多诗意消失了,原因一个是乡野消失了,还有一个是关于乡野的经验消失了,这个没有办法,不是你在城市里愣憋能憋出来的。

正午：城市和古体诗本身就是矛盾的吗？

老树：那倒不一定。我只是说用古体诗写山林乡野生活感觉会更契合一些。1984年我第一次去黄山，住在一个工棚一样的地方，每个人租了一件军大衣，准备第二天早上看日出。一个屋子住了100多人，我的天，那没法儿住了，我就披了大衣往北海那边走，找了一个路边的大石头，坐那儿看。上面没有风，听到呜呜地响，这就是所谓的松涛，月光从松树枝叶间斑斑驳驳地照下来。突然屁股底下湿了，是山中的水，不是泉水哗啦哗啦流着的，是渗出来的水。一下子想起来"明月松间照，清泉石上流"，这哪是想象，这就是一千年前王维的亲身所历亲眼所见。我亲身所历了，知道古代的事不是想象，而是经验，是白描。如果你有这个经验经历，写出来很自然，怎么写都踏实；如果是你编造出来、想象出来的，心里总是没底。诗从何来？意从何来？诗意不是存乎想象中，它跟你的现实经验关联。

正午：您每天生活在北京，但您所有的画都是山野，它跟你的城市生活没有什么关系吗？

老树：因为对城市的生活心理上没有那么强的认同感，除了焦虑和忙还有什么？人总希望能闲适一些。风花雪月的那种想象对我来讲还不是想象，因为我过去有这个经验经历，所以我等于重回记忆。城市的东西我有些表现，是用版画的方式表达的，还有拍照片，就是说那份焦虑也有表达的欲望，但是我用画画之外的方式给它发泄出来了。画保留的基本上是记忆，我把它们分开了。

正午：您画那些看似平静的画，实际上您也做不到。

老树：实际上我大量的画表达的是无奈，说沮丧严重了一点，就是无奈，只好想一想，想完了还是闷头干活。

正午：您毕业论文写汪曾祺，精神追求跟他相对接近吧？

老树：汪先生比较清淡，是本真的乡土的感觉，他的东西有点宋人笔记的感觉，自外于主流。我后来跟他聊，人也淡泊，他太明白了，跟他聊天好玩极了，很少见。其实他上大学时也不好好读书，好玩，但是阅历，岁数，经历大的动荡，他能够活过来跟他的性情很有关系，吃那么多苦也没觉得什么，他有超然感，这不是一般人能有的。

沈从文显得有点使劲，大量作品是年轻时候写的。年轻人住一个破旅馆，吃不上饭，老流鼻血，有个悲壮感，有种文学青年的想象。其实汪曾祺早年作品也是这样，意识流什么的，玄玄乎乎的，年轻嘛。但他大批量的作品是年老时候写的，经历过事的人跟年轻的文艺青年不一样，晚年，所有东西过眼风云尔，无所谓了，通达。

所以人一定得活到一定岁数，我30多岁就盼着赶紧到50岁，我现在50多了，太好了感觉。40岁以前，人跟傻逼似的，没用，遇上事你想解决，憋着、看书，怎么也解决不了，过了那一阵，这算个事吗？年轻时候你说这算个事吗？心里真当个事，天塌下来了。人经历的事，万水千山走遍，那都算什么了？无所谓。

到这个岁数，别人了解不了解对我来说没关系了，无所谓了，别人怎么说我也挡不住，我也不管那个，我最关心的就是我自个儿怎么办。我就说两件事，诚恳和自由，一个关乎内容，一个关乎表达，其他都是瞎扯。

正午：现在您觉得，为什么您的画受欢迎？
老树：我有我的理解，很多人有他自己的理解，什么小清新、减压，我说对，我每天熬心灵王八汤。从艺术研究本身的角度来理解，最重要的是要有自己的表达，找到自己的感觉。这是我非常重要的体验，专注于自己，你的表达已经深入人性的共同层面了，所以大家喜欢，这是很正常的。我并不是为了让大家喜欢才画的，很多人在讨好大众，却发现没几个能讨好得了的。怎么了解别人呢？你就了解你自己，做好你自己，你看我从来没有去乞求别人，讨好人家，看人家脸色，看人家干什么？每个人有每个人的问题，解决好你自己的问题就行了。犯了痔疮，你画一张犯痔疮的画，放心，所有有痔疮的人都有感受。这话难听，但就是这个意思。周一上班，谁不烦啊？但我不会考虑别人上班烦，我就是画我自己，因为我烦。

正午：您的画和诗里有一些传统文人的避世思想。
老树：这是所有中国人的情结。不能说是中国古人，现在外国人也一样，达则兼济天下，穷则独善其身，无非就是这个。所谓"人行于世，无非进退"，一辈子就是如何理解进退之法，过去的词用得太大，什么出世入世，别想那个，说进退比较实在一点。

家国天下跟我有啥关系，这个我40岁的时候就想明白了。我们这个岁数的人，明白很不容易，人家没把你当人质，但你自己把自己当人质了,什么国家民族的,弄得自己很不自由。破纸头上画个小石头,就说是故国山水,屁关系啊,但是过去都这个情结,很难改变。有一次我遇上一个摄影家,眉头紧锁,特别焦虑。我说,哥们儿咋了?他说,这个历史问题一直没有说清楚!我说屁啊,赶紧喝酒!

正午:您喝酒频繁吗?

老树:还行吧,昨天晚上还跟我一个在军科院的大学同宿舍同学喝了一回,十年没有见面了,他得了甲状腺癌,动过两次手术,昨天我才知道,我说你怎么不早说,他说早说你也替不了我,我说那倒是。我都不记得喝了多少,一杯一杯地喝。

十年前我写了一个文章,《死亡让我渐渐平静》,很长,接近一万字,那个时候已经意识到这个问题了,有些很年轻的就去世的,身边熟悉的人,对我的震动。我是虚无感很强的人,觉得活着没有多大意思。

人所有的说辞都是为了对付活着这段。生下来了,一时半会又不想死,这中间就得用各种东西填充起来,赋予各种理由,以正当性、合法性,找到活着的希望。这个东西我很小就没兴趣,跟性格有关,我一直比较淡泊,对名利争取一点兴趣都没有,很多人说我虚伪,"你画画现在名气那么大",我说跟我有什么关系。

正午:您的画卖得好吗?好到什么样的程度?

老树:还行吧。什么程度不程度的,有人想买就给他,基本上也就这样,我也不指望这个吃饭。有时也不愿意卖,自己觉得好的就留着。有的就是朋友定的,我坚决不先收钱,先拿钱给我,我会很难受的。每天早晨起来一睁眼就想到还欠人家的画,那种感觉太不好了。

正午:现在欠了有多少?

老树:不太多,因为我10月份以后就不再接任何订单了。

正午:您居然用"订单"这个词来形容它。

老树:它不就是订单?人家给钱请我画一个。但是我的"订单"跟人家的不太一样,不要跟我提特别具体的要求,只提两种要求,第一要多大,数量多少;第二,彩色的还是水墨的。其他必须得由着我来,别给我命题,我不干这个事,我得画我自己的,我按照你的画我怎么理解你是什么意思?画画肯定要卖,不卖装什么?我这是艺术,不卖,卖就商业,那你每天干的事不都是挣钱吃饭吗?我很讨厌装的人,自己每天为了挣那几个钱起早贪黑,然后骂你商业,这是扯淡。

正午:比如那些老去西藏的人?

老树:那是1999年写的东西。西藏跟你有什么关系?你要解决的还是你跟外在世界关系的问题,什么我到那里心灵得到净化,扯淡,你不如洗个澡。这是不需要很高的智慧就应该明白的,但是很多人不想事,都随着一个惯性,随着一个大家流行的价值理念去做事情,那你在哪里?你的独一无二怎么能够体现出来?你的存在感你能不能感受到?这是最重要的,哪怕画一个小指头都是从我心里出来的,这就是存在感,就是这个小纸片,跟大小没有关系。

我有个朋友字写得特别好,他老师也相当有名,但他一写就是他老师的样子,很不自信。多少年了,每次看他我都着急。我说宁愿不好也是自己的,你得建立这么一个观念。这几年他挺听我的了,自个儿的字写得非常好。

正午:有些人技术可能很好,但就是看不到他本身的能量。
老树:说明还是心智不健全,他可以在某一点上很强,但是他没有驾驭自己的能力,很多人说别的事头头是道,看自己的时候就蒙了。中国人大多数都是这样,整天刷屏,骂这个骂那个,看不上这个看不上那个,指点江山,其实自己狗屁不是。你先把自己的事做好,别老管别人。中国人永远在看别人,永远在指点别人,永远在骂骂咧咧,永远很愤怒,莫名其妙,这就是所谓戾气,没有反观自身,不谦卑。我一直喜欢郁达夫那句话,"怀谦卑之心,任艰难之事",关键要解决好自己的问题。

正午:您觉得为什么会变成这样?
老树:我觉得就是久已失去了教养,毁得太厉害了。人最重要的依傍,像文化传承,都被毁掉了,特别要命。现在很多人在恢复,基本上都是瞎比画,装的。显得很优雅,要怎么怎么讲究,其实现在随便一个人喝茶都比古人讲究,但是你有那些人有文化吗?很多人都是在玩仪式,把自己弄得很高大上,其实没有内在。

所谓有没有教养有没有文化,都在日常应对、家常琐事谈吐之间、举手投足之间显示出来,不要去表演。我们现在的家庭关系、邻里关系、同事关系,都是什么关系?我很绝望,教养真没了。现在说大家闺秀，只看到大家闺秀这四个字，你知道她平时怎么在日常生活里应对的？门口有点垃圾，人家出门的时候不会大骂"这是谁把垃圾堆在我们家门口"，人家是拎下去，这叫教养。

正午：徐浩峰曾说上世纪七十年代，他住在北京胡同里，忽然发现大家一言不合就要拳脚相向，他内心震动，感到世风变了。您经历过这种时刻吗？

老树：当然经历过了，而且经历很明显。应该就是八十年代末期以后，经济大潮来了以后就歇了，在这之前这个东西还是存在的。

正午：我总觉得像您六十年代出生的人是有故事的，之后时代的人，除非自我折腾，经历往往狭窄。

老树：谈不上，每个年代的人只是经验不同，经历的事不同，现在你们经历的事就是我还活着，我同时也在经历，它可能对于你们是构成一个很重要的生命经验，对我来讲就是眼前看一看，不往心里去了，但是我年轻时经历的事就肯定成为我生命非常重要的经验。人到五六十岁对外在的感受也弱了。比如手机各种功能我不会，我也不想再去学，年轻人说你很傻，是很傻，无所谓，你将来也会很傻的，将来你的孩子看你也都一样。这很正常，你不要觉得慌张焦虑、有什么不踏实的，构成你的经验最重要的事情就跟年轻那个年代的事有关，到老了这个关系就不大了，它属于另外一代人的切身经验了，你得承认，也得接受。

现在好多人还是心里没有东西，一个心里有东西、有底子的人不会慌张，不会焦虑。话说回来，我做的事你们年轻人也做不了，老年人干的事、上一代人干的事我这个年龄也干不了，每个人只能属于一个时代，每个人都有自己的时代。

长故事

无意深刻,随事曲折。

——唐度

普通纵火案

文＿王琛

一

2015年11月，一个寒冷的中午，我和巴特尔、袁伟在旅馆里谈论一场火灾。火灾发生在西安的豫民里小区，邻居说，那天夜里火可真大，屋里的人趴在窗子上喊救命，叫得撕心裂肺，消防队来得快，但有人被抬出来的时候就已经死了。失火的房子是双生朝阳搬家公司的工人宿舍，屋里当时有九个人——烧死了六个，重伤一个，轻伤两个。

巴特尔和袁伟也是双生朝阳搬家公司的工人，但他们说，那晚他们不在宿舍，因此毫不知情。

起火的那个白天，巴特尔和袁伟接了一趟活儿，去幸福北路一个拆迁办搬家。完工回来的路上，袁伟叫巴特尔一起去网吧，巴特尔答应了，因此当晚都没回宿舍睡觉，躲过了火灾。巴特尔说，感谢袁伟救了他一命。

在旅馆里，袁伟斜坐在床边，他33岁，矮胖身材，头发垂在脸两侧,油油地发亮。说话时,袁伟一会儿把手放在大腿上,一会儿把手放在床上,一会儿又左手握着右手,好像把手放在哪里都不太合适。

巴特尔披着黑色羽绒服,盖着被子,半躺在床上。他是这个房间的主人,在这家没有名字的旅馆,巴特尔住的是单人间,砍价以后每天房费50块,不过他已经没钱续住了。

和这里其他人不同,巴特尔读过大学本科,半年前来西安创业,公司垮了,身无分文,只好来这里搬家,赚点生活费,等待东山再起。他以前没干过体力活,每次出工只能拣轻快的东西搬。

袁伟不一样,他在搬家公司干了五年了,扛着冰箱能小跑,一口气上四楼不喊累。

每次出工回来,拿着工钱,袁伟吃一碗8块钱的刀削面或者其他什么填饱肚子,然后就钻进网吧,一坐一个通宵。整个双生朝阳搬家公司的人,包括老板蒋淑琴都知道,如果袁伟不在宿舍,那就是在网吧里。只要袁伟身上还有钱,就没人叫得动他。等钱花完了,他就会自动从网吧走出来,径直回宿舍。如果没有活儿,他就一直睡到天黑;如果有活儿,他就出工。搬家公司的卡车开起来,袁伟就坐在后车厢的椅子上睡一路。

失火以后,老板蒋淑琴被带去了派出所,几天没见人了。巴特尔说,东五路派出所要求他俩每天去报到,随时接受调查。他和袁伟没活儿干,断了生活来源,吃饭也成问题,他能住进这家小旅馆,还是因为借了河南烩面馆老板的100块钱。

巴特尔不想跟家里要钱。他说他早就和家里闹翻了,因为创业借了家里钱,公司垮了以后,家里让他回家,回内蒙古,他不干。两个弟弟都把他的号码拉进了黑名单。巴特尔打不通电话,一生气也把他们拉黑了。在最后一次通话里,他大吼,从此以后,亲兄弟之间,谁死谁活再也不管了。

袁伟也差不多,他来西安十年,十年没回家,没回神木县了。

袁伟不想回家,因为只要回家,家里就会让他结婚。袁伟说,他不想结婚。

二

关于火灾,西安市公安局新城分局的通报中初步认定,此次火灾为人为纵火,具体原因正在调查中。

"人为纵火?"巴特尔说他也不知道谁纵的。那天早晨八点通宵结束,他和袁伟从网吧出来,走到东五路和尚爱路路口,才看见宿舍已经被烧过了。巴特尔和袁伟主动去了派出所,公安说,他们已经大概掌握了案情。

旅馆的单人间大概只有六平方米,摆了一张床、一个床头柜、一台电视机和一个垃圾桶。墙壁很薄,隔壁房间的声音听得很清楚。巴特尔点起一根烟,压低了声音:"死了六个人,这是大案子了。"

巴特尔说,公安交代了,现在什么话都不能乱说。

袁伟也闭口不提火灾,他在床边斜坐着,把手移来移去,说起以前的事情。

袁伟说,他初二就不想读书了。起初是逃课,混在老家陕西神木县的游戏厅里,他那时打街机《拳皇》和《三国战纪》,也经常在录像厅里看通宵,5块钱能看一晚上,放五部电影,主演都是周星驰、周润发和成龙。1998年，初二下学期，袁伟被学校开除，没敢跟家里说。他早晨从家里出来，就进了游戏厅，晚上放学，背着书包再回家，直到暑假。那个夏天，他和另外三个被开除的同学一起带着学费，从神木县出发坐车去了嘉峪关，再转火车一路到了新疆。几个人先去了乌鲁木齐，又去了开通和克拉玛依，换了几个城市，最后留在塔城。塔城的网吧一小时6块钱，很快几个人就撑不住了，其他人花光钱，回家了。袁伟没走，他找到一家名叫沁园春的餐厅做服务员，那地方在巴克托关口，距边界还有十公里。袁伟住在餐厅宿舍，赚的钱用来上网。

在新疆的时候，塔城的冬天下过膝盖那么深的大雪，餐厅员工得早起扫雪。袁伟拿着铁锹，一脚踩进雪地里，雪到了膝盖，他挪不动步子。

巴特尔也逃跑过，而且不止一回。从内蒙古大学毕业后，家里托关系帮他找了一份教师工作，在通辽县城，教高一的数学，一个月800块工资，没有编制，带两个班。家里跟他说，先混个一年，再慢慢想办法弄个编制。巴特尔那时才20出头，比班上学生大不了几岁，他们处得不错，下课时，他在楼道里抽烟，自己班上学生常常找他借火。但巴特尔经常跟学生家长吵架。干了两个月，他就不想干了，没打招呼，从学校跑了。

离开学校，家里又帮巴特尔找工作。他去了一个叫阿扎哈察克的小镇政府上班。那地方在边境，政府小院里12个人，其中有编制的都不怎么上班，每天准时出现的只有5个人：食堂的老头、看门的老头、打扫卫生的老阿姨、一个快退休的妇联主任，以及巴特尔。

在那里上班，巴特尔觉得唯一的好处是工资还不错，边防补贴加学历补贴，他一个月能拿到4000块。但是走出办公室的门，周围一片空旷，四下无人，卡上的钱都没有地方花。巴特尔说，他想找个小姑娘聊天都没门，一抬头就是老头和阿姨。他打电话跟家里交涉，要辞职，家里不支持。巴特尔就喝了酒，再次出逃，这次他找到一家保险公司，在行政部做人力资源。

"保险公司可是个人吃人的地方。"巴特尔说。他还记得，公司派他们去北京学习，飞机去飞机回，觉得自己的事业进入了正轨，心里特别舒坦。干了一年多，他又遭受了挫折，跟领导提出加工资，领导没同意，却把自己的侄子给提了上去。

巴特尔气不过，又换工作，接下来就去了鄂尔多斯的煤矿。煤矿在棋盘井工业园区，他投了简历，对方就打来电话，要他去面试，来回吃住全都报销。巴特尔被打动了，去了才发现煤矿在山上。为了留住他，行政主管给他买了床褥，安排了一间单人宿舍，并承诺他，只要有能力马上就能转正。巴特尔十天就转正了，半年后升职成人力资源主管，一个月收入超过了7000，又过半年，当上了综合管理部副部长，收入超过了8000。

巴特尔说，鄂尔多斯收入高，花得也多。拿到工资的第一个月，巴特尔请了几个同事吃饭，去了一家中档餐馆，点了些手把肉、牛大骨和海鲜，结账时花了2000，他惊呆了。吃完饭去KTV唱歌，喝了点酒，又花1500。唱完歌去洗澡，再花了最后1500，第一个月的工资就差不多没了。

鄂尔多斯的煤矿里还盛行随礼。结婚、生子、升学，上下500个同事都喜欢摆酒。普通同事一般随500块，关系好点儿的随1000。有个领导对巴特尔不错，摆酒时他随了2000块。有个同事想买房子，首付的钱不够，就提前结婚，摆了酒，一场下来，不仅交足了首付，还买了车。巴特尔统计过，整个2013年，他一共随了13800元的礼金。

后来，鄂尔多斯煤矿不行了，他就出来自己干。来西安之前，他在全国转了一圈，先后去了北京、深圳、温州、杭州、天津、上海，一路看项目，回到呼和浩特，和两个朋友合作，每人拿了10万块，决定来西安开贸易公司。他们从哈尔滨批发日用百货，供给西安的商场和超市。

巴特尔说，那段时间他头脑很热，信心爆棚，整天请员工们聚餐，手上的好几张信用卡都刷爆了。他觉得，前途一片光明，两三个月以后，公司准能变个样——谁知道，变成了现在这副模样。

三

新城公安分局很快发布了第二条调查通报：经查，豫民里小区起火房屋系西安市双生搬家公司员工宿舍，11月18日晚，该公司员工胡某过生日，在尚爱路炒面馆与7名同事聚餐饮酒，期间胡某因琐事与谢某某发生口角，回到宿舍后继续争吵，谢某某扬言要放火烧房，不久房间起火。

巴特尔只知道，过生日的胡某，名叫胡涛；至于谢某某，大家都叫他小谢。巴特尔说，不管是胡涛还是小谢，他都不太熟悉。

搬家公司里，工人们之间都不清楚名字，只互相称呼老张、小赵、小李之类。直到出了事儿，民警拿出死亡人员的身份信息，他们才把名字和人对上号。

火灾后第三天，我在派出所二楼的楼梯口，看到袁伟和巴特尔一左一右站着。袁伟矮胖，油油的头发；巴特尔短头发，比袁伟瘦得多。袁伟身子站得直，头却垂着，说话时也不愿抬起来，眼睛老是盯着地面；巴特尔斜靠着楼梯拐角扶手，歪着身子，也摆着一副无话可说的表情。

我陪他们站了一会儿，出去吃了饭，最后就去了巴特尔临时住下的这家旅馆。那时我才知道，他也是做过生意当过老板的人。

巴特尔说，公司垮了不怪别人，就怪自己不会经营，头脑发热，除了日用百货，他们还从内蒙古倒腾了二十多吨羊肉和牛肉，也亏了钱。创业失败以后，他把三个手机都卖了。三星卖了3000多，戒指卖了1200，项链卖了800，手表卖了200。那手表是过生日时姐姐送的，当时花了3000多块。

钱花完了，巴特尔就来了搬家公司。他第一次出工是中国电子科技集团公司第二十研究所。那天去了15个人，搬的是办公室和库房，一搬就是一天。晚上回来，巴特尔分了120块钱。他累得说话都没力气，坐在床上跟自己闹矛盾，不想干了。他想打电话找同学借钱，觉得丢人，想跟家里打电话要钱，也开不出口。他想，认命吧，先过渡一下。从这天开始，他干两天，休息三天。

在小旅馆里，巴特尔展示他手上的茧子给我看。他说，茧子老厚了，洗澡时手搓在腿上都没有知觉。

袁伟也翻出他手上的茧子。除了厚厚的老茧，他左手的每个关节上都有老疤。

袁伟说，那是刀切的。他来西安后，先靠旧手艺吃饭，去餐厅当厨师。餐厅的刀是很利的，他的手指从来没好过，因为夜里上网，白天切菜时他太困了，就老是瞌睡，切着切着，手指一疼，睁开眼，菜就染红了。

袁伟曾在新疆塔城拜了餐厅老板为师，学做菜。老板是特一级厨师，让他先练切土豆丝，切了自己吃。袁伟切了三个月，又去炒土豆丝，直到炒得又熟又脆。吃了半年土豆丝，袁伟上灶了，大部分菜都能炒，除了海鲜。

因为新疆人爱喝酒，袁伟也跟着一直喝，后来喝出了胃溃疡，半个月没吃东西，瘦了三十斤，炒菜的活儿干不了了，他只好回了神木。回神木以后，家里让袁伟去当兵，他不愿意去，验兵头天夜里，他翻墙又跑了。

袁伟说，他的爸妈离婚了，爸爸在嘉峪关做生意，脾气不好，他俩一说话就吵架。在爸爸面前，他坐也不对，站也不对。

他和家里闹翻就是因为他爸爸。那时他从新疆回来，在神木待了两年，后来去了内蒙古的乌海，盯着工人把焦炭装上火车皮，爸爸在嘉峪关接货。乌海太冷了，半夜零下三四十度，在外面站着，雪粒子打在脸上疼。他受不了，第二天晚上偷偷走开，去网吧上网了。那个晚上，工人少装了十几吨焦炭，他爸爸亏了几万块，在电话里对袁伟吼："你出去社会，活都活不了。"袁伟也怒了，决定离家出走，甩给他爸爸最后一句话："挣不到钱就不回去。"

巴特尔说，他也是被逼得没招儿了才来搬家公司的。路过尚爱路那天下午，看见招工的牌子，就凑了过去。那天，蒋淑琴正翘着二郎腿，跟几个员工一起晒太阳唠嗑。蒋淑琴问了巴特尔两个问题，一是能不能干体力活儿，二是有没有身份证。巴特尔满足了两个条件，就算是完成了面试。接着，蒋淑英带他往前走了几步，带到豫民里小区的宿舍，告诉他，这里就是宿舍。

一进宿舍，巴特尔就傻眼了。所有人的被窝跟黑泥一样。有人躺在床上，鞋也不脱。空气不好，卫生也很差，有脚臭味，还有酒味。宿舍里有两个卧室，分为里屋和外屋，各摆了三张铁架子床，上下铺，有的住了人，有的空着。厨房里也摆着一张床，袁伟就住在厨房。

巴特尔说他很不适应，但是没办法。他不喜欢回到宿舍，袁伟则是长期在网吧。运气好，他们都躲过了那场火灾。

四

11月25日，头七，我站在豫民里小区的宿舍门口，希望能等到死者家属。但是从早晨到晚上，没有人过来。倒是小区的住户们在门口守了一天，他们说，邻居们都受了损失，不知道赔偿的事情怎么解决，想要个说法。

失火的房子是一楼，几天之内这里就新砌了一堵水泥墙，堵死了阳台和早先的卷帘门，还把一辆搬家公司的货车也封了进去。小区门口有个幼儿园，五十米外还有西安四十三中。这里曾是河南人的聚居区。在四十三中，老教师讲课不讲陕西话，只讲河南话。早年如果这里死一个人，就会搭台唱三个晚上豫剧。总之，在豫民里，虽是西安，却听不到秦腔。

附近有个老住户名叫李连源,是个房产专家。他告诉我,豫民里小区是上世纪七十年代初建起来的,大概住了五六百户,最早都是河南人。四五十年代,河南人沿黄河逃荒,一路到了西安,在这一带挖了半地穴的房子,住下来,后来,渐渐形成了棚户区。到了七十年代,新城区政府下属的东五路公社基建队把棚户区改造成了简易楼房,因为只满足基本需求,豫民里小区的房子基本没有装消防栓。

李连源说,虽然是简易房,但在当时条件还是不错的,并且政府没让住户掏钱就住进去,产权从此变成了公有。接着房管局要收租,但住户却觉得,地方本来就是他们的,所以拒绝交租。房租收不上来,豫民里小区没钱进行物业管理,这小区就越来越乱,治安也差,楼与楼之间没有公共照明,装了灯泡就被人偷了。晚上,如果女孩自己回家,常常是走到家门口了,包还被抢走了。早在 2013 年,就有一户房子失火,也是楼下餐馆的员工宿舍。除此之外,小区的私自改建也没人管。失火的搬家公司宿舍在一楼,为了方便进出,蒋淑琴把楼道里的门封死了,把阳台打通,加了一个卷帘门——那也是工人们唯一进出的门。

我从豫民里小区里出来,过了十字路口,见到了河南烩面馆的老板娘。火灾后,老板娘借给了巴特尔 100 块钱。她说,搬家公司的人经常来吃饭,火灾当天,有人过生日,就是在这里庆祝的。

那天晚上,吃饭的一共七个人,带来了三瓶老村长白酒,另外又点了十五瓶干啤。小谢喝着就跟别人吵了起来。老板娘没当回事,她说,这些人经常来吃饭,每次都喝很多,喝多了闹,闹完就好了，第二天又说说笑笑来吃饭。

老板娘说，小谢是河南焦作人，是她老乡，非要加她微信，说以后吃饭就可以提前点餐。火灾以后，老板娘觉得小谢留在手机上可怕，就把微信和电话号码都删了。老板娘记得，小谢的头像是钟楼，或者是大雁塔。

豫民里小区附近还有一家名叫前进商店的小卖铺。搬家公司的人也常去那里买东西。老板说他最熟悉的，是一个叫老张的青海人。老张天天来，每次都买两块钱一瓶的二锅头，拿到手里，拧开就喝。有时，老张也买两包海带丝下酒。

五

在双生朝阳搬家公司，袁伟是资格最老的员工。出工时，他嫌驾驶室吵，喜欢坐在后面车厢，车厢里有床垫，也有椅子，他就在那里睡觉。车开起来，他就睡着了。

2010年，袁伟就来这里干活儿了。进入搬家公司前，他在餐厅、印刷厂、食品厂都干过。在印刷厂，他负责的是操作扳机，给书贴封皮，一站就是一天。下了班，他就钻进网吧，熬一个通宵，白天老是瞌睡。他受不了，换去一家食品厂。食品厂位置偏，到网吧没有公交，有九公里。他下了班，边吃边走，走一个小时进网吧，上网到第二天七点下机，吃着东西步行回食品厂，走一个小时，八点上班。袁伟说，不仅如此，伙食也很差，馒头硬邦邦的，扔到地上不反弹，扔出去就能打架，跟石头似的。他又受不了了，这才找到了搬家公司的工作。搬家公司的好处是工资日结，每次出工干活儿，工钱都能立刻到手，袁伟拿了钱就进网吧。

巴特尔说,西安这地方养人,也容易养懒汉。

在西安,虽然工资低,但是东西便宜,很容易生存。但搬家公司的老板蒋淑琴不太好对付。"老太太抠,从她这儿打工挣钱,像猴屁股里抠枣一样难。"巴特尔说。500的工钱,她会当众说成300,中间的200自己就克扣了。

蒋淑琴这个人也有好处,就是不压工资。每次出工,干完活儿钱就到手了。蒋淑琴给的工钱标准是每趟活儿收入的30%。搬一趟家如果收入300块,两个人去搬,工钱90,每个人能分45。

工人们关系不错,经常一起抽烟。不过,在宿舍里,烟拆了得装兜里,不然三分钟就没了。

巴特尔不想待在宿舍,他喜欢出去走走,去得最多的地方,是一百米外的万达广场。广场上夏天全是摆摊的、弹吉他唱歌的和跳广场舞的。在地摊上,巴特尔买过袜子,也买过鞋。因为干活,十块二十块的鞋穿几天就破了,坏了再来买。

在万达广场,巴特尔跟老赵喝过几次酒。烧死的六个人里,数老赵和他最熟悉。来搬家公司以后,老赵见面就说:"小伙子,你是个大学生,暑假过来体验生活的吧。"老赵的酒量可以,有时候喝多了,会讲起他离婚的事情。

除了喝酒,老赵还有两个爱好。一是打麻将,老赵打麻将经常打到早晨四五点,回来就睡,睡到十一点,起身出门又去打麻将。老赵另一个爱好是买彩票,这地方有三家彩票店,每个老板都认识老赵。巴特尔说,夏天某个晚上,他去吃饭,路过彩票站,看见了老赵。老赵说同一组号码他已经跟了好几小时，花了几百块了。巴特尔站在旁边看，过了半个小时，老赵中了3900块钱。

老赵买的彩票都不扔，带回宿舍，叠起来放在床头。整整有两沓。他住在巴特尔下铺，床上放着搬家时捡的书。晚上其他人看电视，老赵躺床上拿本书看。他喜欢聊历史，讲抗日战争和国民党十大元帅，以及各个朝代的皇帝。

和巴特尔、老赵一起住在里屋的是老张和光头强。老张是宿舍年龄最大的，也是最能喝酒的，他从青海来西安打工，以前在工地刷涂料，然后到了这家搬家公司，已经干了两个多月。他今年40岁，家里还有个12岁的闺女。

光头强原名赵国强，30出头，长了不少白头发。夏天里，赵国强干脆剪了光头。那段时间，电视上天天在播动画片《熊出没》，所以赵国强从此被叫作了光头强。

外屋住着六个人：小谢、胡涛、小戴、小付、老李和小李。其中，小谢年龄小，个子也最小，经常被叫作小不点；小戴和老李都是司机，小付结了婚，有个刚生了没多久的孩子，有时，小付会拿出儿子照片给人看。火灾当晚，去给胡涛过生日的，就是外屋的这些人，加上里屋的光头强。

活下来的有三个人：光头强、老张和生日佬胡涛。

六

在西安，我每天都和袁伟巴特尔待在一起，有时我们在小旅馆里聊天，有时也去网吧一起上网。对于火灾他们所知甚少，只能一次次跟我聊起自己的过去。但他们最喜欢聊的，还是网络游戏。

袁伟经常去的是风暴网吧,机器有两百台。前几年,网吧是坐满的,上机经常要等位子,当时人多不准抽烟,现在人少,抽烟也没人管了。上网的价格是3块钱一小时,办了会员卡,充50送40。袁伟说,以前这里是台式机,后来换了两次液晶显示器,屏幕越换越大。椅子也是,最早是铁椅,后来换成办公转椅,今年,换成了沙发。今年除夕,他买了50块钱的烤肉,带进网吧里,边吃边玩游戏,相当于过了年。

前几年搬家公司生意好,袁伟往网吧里一坐,老板蒋淑琴一会儿一个电话,一会儿一个电话。袁伟不想被打扰,就干脆把手机卡摘了下来,此后手机只看时间,当表用。这样从宿舍到网吧,他不知不觉就在西安过了好几年。

巴特尔的大学生活,也主要是在网吧里打游戏度过的。他说大学四年没干别的,钱都花在游戏里了。起初他家住在牧区,呼伦贝尔市新巴尔虎右旗。每次开学,他妈直接把一个学期的生活费给齐,算上学费,一次给一万多现金。交完学费,他手里还剩一半。但是巴特尔一进网吧,两个月就没了。

袁伟玩的《奇迹》游戏,巴特尔在公测第一天也注册了。巴特尔说,开始他在中国一区,后来被服务器合并到中国六区。他的第一个账号名字叫"不动冥王",选择的角色是战士,打人过瘾。但袁伟不认同这一点,他说,战士升级太慢了,相比之下,法师的攻击力高,可以秒杀战士。

巴特尔喜欢战士的衣服,特别漂亮,他穿过一套加漆的红龙战袍,能卖1500块。那时他的宿舍8个人,6个人一起玩《奇迹》。在学校旁边的网吧,50台机器,坐满了玩《奇迹》的人。

网吧老板为了卖装备，鼓励学生打怪升级。升到80级，可以把凳子改成靠椅；升到100级，椅子给换成转椅，晚上还送一包泡面，外加一根火腿肠、一瓶饮料；如果超过了120级，每天就另送一包烟。网吧老板自己开了十几台机器，雇了三四个小孩玩，打出来石头和装备，现场就卖给巴特尔。巴特尔记得，他曾经在新地图里打出了太阳之戒，换了老板一条骆驼烟。

袁伟和巴特尔常讨论游戏，法师和剑士两个角色谁更厉害？他们俩意见不一。巴特尔说他喜欢剑士，因为剑士杀人过瘾，袁伟冷笑着，有点不屑地说，法师技能更强大，他最喜欢的技能是"黑龙波"。

在《奇迹》的海底世界地图,袁伟释放"黑龙波"时有个诀窍，他拿一张小纸片，塞进键盘上的F1，加满血槽，看黑龙波接连不停地打出来。有段时间，他在新服务区冲排名，五天五夜没合眼，不停打怪升级，冲到了新区第一名。后来他组了一个七人团队，分工明确，四个人进沙漠打怪，其他三个人守在沙漠口，谁来就杀谁，不让别人进沙漠。沙漠里怪物丛生，袁伟带队遇一个打一个，打出的装备在网吧里卖掉，换成人民币——"宝石"5块钱，"祝福"3块钱，"灵魂"5块钱，"生命"5块钱，"玛雅"1块钱。一天下来，袁伟能赚到几十块钱。袁伟记得，他还打出过顶级装备"黄金破坏"。

后来,玩《奇迹》的人越来越少。袁伟现在玩的游戏是《地下城与勇士》。巴特尔还在玩《奇迹》,玩的是私服。只有在网吧里，他们才是勇士和奇迹。

普通纵火案

七

火灾后第八天，西城分局的民警告诉我，豫民里小区火灾的案子已经破了。纵火的谢某某已死，剩下的就是理赔的事情。

巴特尔和袁伟开始寻找新工作。在网吧里，他们搜索着西安的招聘网站，想继续找个能提供住宿的工作。一周后，巴特尔给我打来了电话。他终于见到了火灾里受伤的老张。

老张接过电话，说起火灾那个晚上。外屋的人跟胡涛一起去喝酒庆生，光头强也去了，整个宿舍只有他和老赵没去，两人留在里屋喝酒，喝的是他在前进商店买的二锅头。一瓶二两，一共四瓶。老张喝了三瓶还多，大概六七两，老赵只喝了一两。两个人买了刀削面，边喝酒边吃面，电视也开着。

十二点多，两人喝完酒，准备躺下睡觉，这时庆生的人回来了。有人直接在外屋睡了觉，小谢和胡涛进了里屋，坐下看电视。看了十分钟左右，小谢和胡涛离开去了外屋，吵起架来。老张没当回事，躺到了床上。可是刚躺下不久，正迷糊着，还没睡着，他被浓烟呛醒了，瞥见外屋里很亮，像是有火光。

老张觉得不对劲，爬起来才发现，外屋里全是火，架子床上的塑料泡沫和海绵都烧着了。他想穿过外屋，从卷帘门冲出去，可是冲了几次都不行。他跑到厕所弄了一块毛巾，沾了水，捂住了嘴和鼻子。那时他看见光头强就趴在厕所的窗户上，对着外面一直喊救命。屋里的其他人没有动静，老张喊了几嗓子，几个人仍是趴在床上。

老张一边拿毛巾捂住鼻子，一边拿起手机拨打119。但是没等到接通，他就晕了过去。

[长故事]

消防队来了22个人，大约十分钟后到了现场，先破窗救下了趴在厕所窗户的光头强。随后分成三组，往屋里喷水的同时，又破开楼道里的房门，进屋抬出了其他八个人。

火灾几天后，受伤最轻的光头强已不知去向，再也没出现过。老张的呼吸道受伤，在急诊监护室住了几天，后来出院找了个临时住处，每天回医院换药，同时盯着火灾赔偿的事情，但一直没拿到钱。胡涛一直在派出所，接受调查，结案以后，才被放出来。在西安的一周，我始终没见到他。

巴特尔找了几天工作，最后在一个工厂里做起了保安。他说，终于又有了宿舍住。离开豫民里小区后，他已经很久没见过袁伟了。倒是胡涛，他在街上碰到过。胡涛的新工作是开摩的，但提起火灾，他什么都不愿意说。

应受访者要求，文中巴特尔、袁伟，皆为化名。

斗鸡江湖

文 _ 李纯

一

马元个子不高,头发梳得一丝不苟,穿一件灰色外套,袖口已经磨出毛边,走路的时候,喜欢把手别在后头,大拇指微微翘起,像个离退休老干部。但在河南开封,马元也算小有名气。尤其在斗鸡的圈子,谈论马元,就像谈论一位曾经的武林高手。

为了去看今年第一场顶级斗鸡赛,我们约在广西南宁机场碰面。他从开封去,我从北京出发。比赛的地点,在广西凭祥市的一个小镇。凭祥离越南口岸很近,2000年以后,中国人开始从越南买鸡——越南鸡如今是最好的斗鸡品种。

我们从机场包了一辆车去凭祥。车里除了我和马元,还有另外两个人,都是他在开封斗鸡界的朋友。一个叫杨老五,称马元为"老板"。杨老五腿不好,膝盖有滑膜炎,走路是歪着的。他早年家里穷,16岁开始拉人力车,一天挣5块钱,也当过搬运工,在火车站卸货,扛很重的箱子走十几里路,腿就落了毛病。

另一个人叫孙四海,四海就是电影《鸡犬不宁》里面的那个"四海"。电影在开封拍,导演觉得他的名字好,便拿来用了。四海44岁,属于斗鸡界的青壮一代。在开封,买鸡药就找四海,鸡药搁在汽车的后备箱里,泰国货,一箱药两万块,一颗胶囊10块,比人吃的药还贵。

1月初,北方正冷,广西的气温却升到了二十多度,温暖的空气好像渗透进身体里,大伙儿的心情也变得愉悦。"见过斗鸡没有?"马元问我。

"没有。"我说。

马元嘘了口气:"白脖儿!"

这是开封话,意思是我什么都不懂。马元说:"那你这次来对了。一场斗鸡比赛,给人很多启迪啊,你亲手培育出一条斗鸡在战场上战斗到死,即使输了,心里多少天都很愉快很高兴,那种宁死不屈的精神,跟过年一样高兴。这个东西吸引人就在这儿。"

"斗鸡看到对方来了,扑上去就战斗,打得头破血流都不肯跑,要流尽最后一滴血。"他说,"你看这种搏杀精神,狮子老虎比不了吧?"

四海坐在我身后,他打算看完比赛就去越南。越南有个地方叫帝华,一个很小的海边城市,越南人把斗鸡集中在那里,也算是一个大的交易市场。他说:"到越南,等于去斗鸡的第一现场。"

杨老五坐在副驾驶,他把衣袖朝上撩起,朝我伸出手臂,手背上是一条一条白色的疤痕。"看到没有?"他说,"这都是被斗鸡啄的。"接着他指向马元,"马老板,咱们斗鸡界的腕儿。"

车厢里的人都笑了起来,马老板强调了一句:"你必须从骨子里喜欢斗鸡。"

二

离斗鸡大赛还有两天,气氛已经先炒起来了。

酒店大堂的沙发上,坐满了同我一样拖着行李的外地人,河南、贵州、云南……他们大声谈论着某一条斗鸡,像谈论一位熟悉的朋友。当谈论即将到来的这场比赛时,就像球迷谈论曼联和皇马的对决。圈里人一般不说去看斗鸡比赛,而是说去"打鸡"。杨老五一直兴奋地拿着手机拍照,发微信,我瞅了一眼,他们组建了一个聊天群,名字叫"斗鸡世界杯",群里五十七人。

这里的斗鸡赛之所以顶级,因为去的鸡子都是最好的。高手跟高手打,悬念就很足。

马元很忙碌。这次除了看比赛,另一个重要的目的,就是买鸡子。比赛前的这两天,他要去当地的鸡场选鸡,然后带回河南打比赛。他的电话一个接一个,杨老五悄悄对我说:"马老板来了,鸡贩子都围过来了。"

凭祥有一个公开的斗鸡市场,只在晚上十点之后开市。越南人用卡车把鸡子偷偷运到中国。如果有人提前预订,鸡篓上就写着他们的名字和电话号码。有贵州老板专门开车过来买鸡。二十多辆卡车,一千多条鸡,一个晚上就能卖完。这些斗鸡的品质良莠不齐,又是在晚上,选鸡的过程不免慌乱,而且草率。去市场上买鸡的人,一般是刚入行,买回去的斗鸡只能打打小场,不可能去凭祥打鸡。好比古玩,真正的好货,是藏在柜台后边的，不会摆在台面上。

马元入行超过四十年，他自然不会去市场买鸡。除了市场，另一个买鸡的地方是鸡场。凭祥有上百家鸡场。鸡场一般是几间平房和一个院子，按照斗鸡数量的多少，占地面积有大有小。凭祥最有名的两个鸡场是两个姓陈的人开的，鸡场在山上，要坐摩的才能去。

去鸡场买鸡，最重要的是挑选。先由老板推荐，买方大概能出得起什么价位，然后，鸡子一条一条抱进屋里由你挑。看中了鸡子便进行下一个步骤，"校鸡"。校鸡就是斗鸡，一条鸡和另一条鸡打架，有时候自家的鸡场没有实力相当的鸡，还得去别家的鸡场校。校鸡是为了看明白一条鸡的性格、功力和战术。有的善于攻击胸部，有的善于攻击头部，有的耐力好，有的腿部速度快，很难说有好坏之分。每个人对鸡子的看法不同，选的鸡就不一样。

马元喜欢聪明的鸡——它不一定肌肉发达，也不一定出腿快，但这条鸡最好有战术，和别人打架不会硬碰，能动点小心思，以巧取胜。

这似乎和他本人有几分相似。马元年轻时和别人打架，也这样。那年他16岁，在部队当兵，又瘦又小，容易遭人欺负。有个高个头的人挑衅他，说："我一只手就能把你放倒在地上。我们来打赌，比赛摔跤，摔三次，如果你能摔倒我一次，算你赢。"他们跑到麦子地，很多人围观，结果马元把对方摔倒了三次。"我不爱打架，但我很会打架。"他说，"打架不是靠蛮力的。"

在凭祥，我们最常去的是老吴的鸡场。老吴是马元的亲戚，是个鸡痴，爱鸡，懂鸡，脑袋里除了鸡还是鸡。几年前，老吴离了开封,在凭祥租了间院子,开了这家小规模的养鸡场。每年,马元会去凭祥三四次,一般都住在老吴家。

马元喜欢在老吴那儿买鸡。他说:"谁的手里都有宝贝,有人敢砸钱买好东西,好鸡就多一些,但小规模的鸡场也不一定没有好东西。"

到凭祥买鸡,好比逛淘宝,只有最会买的人,才能以最少的钱买到好东西。老吴的鸡场约有四五十条鸡,属于小户,但他的手里常常有宝贝。

三

在越南鸡还没有进口到中国之前,河南的中原鸡是最好的品种。人们说,"中国斗鸡出河南,河南斗鸡出开封"。开封的斗鸡分门划派,按照地域,分"北头派""西头派"和"东头派"。斗鸡只能斗别派的,派与派之间"过斗不过鸡";反之,同派之间可以相互交流鸡种,但不可打斗,"过鸡不过斗"。

最好的斗鸡只有帮派的人才有。他们不轻易送人,更不兴交易,哪怕是打输的斗鸡,只能宰杀,然后留下鸡头和鸡爪悬挂在门栏上。来串门的同行便知道,他没有把鸡子泄给外人,是可以信任的。但平常日子里,这些人既不显山也不露水。他们是工厂的工人、拖车的、蹬三轮的、干苦力的。

马元在开封市儿童医院做化验工作,同他们相比,算得上一个知识分子。但他要进入斗鸡界,就不得不同他们搭上关系,不得不从他们手里得到鸡子。

马元是从20多岁开始玩鸡的。"既喜欢又想玩怎么办?"

他给自己定了个标准,"我不能随随便便玩一条鸡,我就问开封这一带谁的鸡最好?"

有人告诉他,"西头派"张氏兄弟家的鸡子最好。

张氏兄弟,哥哥张有才,弟弟张有力,都是工厂工人。两人都很穷,但养鸡的功夫一流。弟兄俩养鸡各有千秋。张有才是出了名的"爱鸡如命",他家住平房,屋瓦破损,一旦下雨,屋外下大雨,屋内下小雨,积水漫过脚踝,家具碗盆浸在水里,唯独斗鸡在床上站着,用鸡罩把鸡罩住,不让鸡子受一点罪。在这一方面,弟弟张有力就有所欠缺,但他的训鸡功夫和聪明程度超过了哥哥。小鸡刚刚孵化出来,他就知道是公鸡还是母鸡。对于斗鸡,哥哥看不上弟弟,弟弟不服气哥哥。聊起斗鸡,亲兄弟也闹架。

马元在儿童医院认识一位外科主任,医术高明,人称"外科一把刀"。"一把刀"的老婆和张有才的老婆是亲姊妹。通过"一把刀",他和张有才搭上了关系。

第一次去张有才家,马元很受触动。斗鸡在院子里养,鸡笼不是柳条编的,而是用砖头砌成一座座小房子。院子里面有十几条鸡,清一色红鸡,羽毛像配了绸缎,光滑发亮。鸡笼子里一粒鸡屎也见不着,真是干净!

他是中午去的。张有才正蹲在院子里吃午饭,西红柿鸡蛋捞面条。很快,面条吃光了,西红柿也吃光了,唯独剩了鸡蛋。张有才把鸡蛋抖到手里,伸进鸡笼,喂给鸡吃。"说明这个人爱鸡。"马元说。

结识张氏兄弟,马元正式入行。张有才给他一条公鸡一条母鸡回去抱小鸡。他拿走六颗鸡蛋,孵出五条公鸡一条母鸡,开始拿最好的鸡种和别人斗。和其他人相比,马元有文化,也善于交际。除了张有才,他也经常找张有力交流,积累经验。几年时间,马元逐渐在开封斗鸡界打出名声。

1999年,泰国正大集团的董事长谢国民组织举办第一届世界斗鸡大赛,邀请中国参加。在泰国,斗鸡是一项很受民众欢迎的项目,农村将斗鸡视为一种传统活动,城市则建有豪华的斗鸡馆,相当于度假场所。中国国家体委把邀请传达至河南,河南体委传达至开封,开封体委找到当地斗鸡协会会长高元,让他在开封选人参加比赛。

斗鸡协会开了一次会,东头、西头和北头三派都参加了会议。高元在开封市科技办公室工作,喜爱斗鸡,也是会长,说话有些分量。他推荐马元。"在开封斗鸡界,也就沙夫这几年成名快,介入几年,大家都知道了"。会后,上面通知由马元和张有力带三条斗鸡去泰国打比赛。

离比赛还有一个月,马元很紧张。他请了一个月假,专门训鸡子。每天训四个小时。当时斗鸡参加比赛,没有所谓的鸡药可以增强体力、强化肌肉,全靠人工训。人带鸡跑、跳,给鸡按摩,一个月下来,他的脚脖子肿了一圈。

那年2月,马元坐飞机去昆明转机至泰国。三条鸡也跟着空运出了国。到了以后,先给鸡称重,和别的国家配对子。那次有27个国家将近100条斗鸡打比赛。马元想先打一条,看看对手情况。第一场,对手是日本。他的鸡八斤,日本的鸡八斤八两,时间安排在第二天上午十一点。

第二天,中国队先进场。马元抱着鸡子走进场馆,跟足球场似的,皮革椅子一排一排往上摞,坐了大约四五百人。他听见椅子哗啦啦,人群都站起来,对他鼓掌,中国国旗升起来了。日本队接着进场,他又听见椅子哗啦啦,人群都坐下去了,一片嘘声。"泰国人好像不喜欢日本"。

赛制模仿拳击赛,以打击对方有效部位记分,击中一次得分一点,有效部位规定在脖子以上。时间为七十五分钟。但斗鸡脚上的拐子被棉布包裹——拐子,是斗鸡后爪上凸出的一块骨头,也叫距,坚硬锋利,是斗鸡最主要的武器。裹上,是防止出现死伤。谢国民说,世界动物保护协会对他提出抗议,认为他举办斗鸡大赛残害动物,他就进行了一些折中。

场馆高处,有个落地玻璃的小房子,谢国民就在那里看比赛。门口站着两个人高马大的泰国保安。谢国民把马元叫到他身边坐。斗之前,谢国民问:"你的鸡和日本鸡打上了?"马元说:"是的,日本鸡比我的重八两,可我找不到八斤的鸡子,别人不跟我打,我只好打日本。"他问:"谢总,你觉得怎么样?"谢国民说:"我看你的鸡子必输。第一,你的鸡体积大;第二,这帮日本人经常来泰国打鸡,你们打法保守,你要输。"马元说:"谢总,咱们走着瞧。"

比分是 177 比 93,中国队获胜。马元说:"中国鸡的特点就是速度快,善打头,刚好在有效部位。"

在泰国待了一个礼拜,马元坐飞机回开封。临走前,谢国民邀请中国队去他家做客,参观他家的一个小型养鸡场,又送给马元几条泰国鸡。马元就把获胜的那条八斤重的鸡子送给谢国民。送完他很舍不得,跑进车里,把车门关上,哭了起来。

回到开封之后他倒在床上睡了两天。

随后几年,马元迎来斗鸡生涯的一段小高潮,名气直直往上蹿。他把泰国鸡和中原鸡杂交，培育混血斗鸡。"泰国鸡打腿好，身段灵活得跟泥鳅似的，中原鸡性子烈，两个鸡子杂交怎么能不出好东西呢？"他抱着杂交鸡，哪儿有比赛就去哪儿打。开封、周口、新乡、商丘、鹤壁、漯河。

"打遍了河南省。"他说，"那两三年简直打疯了。"

四

在开封，斗鸡的历史可以追溯到两千六百多年前，起于汉魏，兴于唐宋。1988年，中央电视台拍了一部开封的专题片，称开封斗鸡为"中国一绝"。

中国的斗鸡起于民间，原本只是一种观看娱乐，是三教九流玩的东西。即使在开封，一个人斗鸡再厉害，最多是知道的人多看你一眼，说"这人养斗鸡养得不错"，仅此而已，没有更多。改革开放以后，人们的思想开始活络，开封的斗鸡开始相互买卖，帮派的区隔随之瓦解。到九十年代，斗鸡的发展开始部分地和赌博挂钩，赌场以一种地下的灰色面貌出现。时间和地点依靠口头传播，只有人行的人才知道。和一般赌场不同，这里很少有拖欠赌资的情况发生。在斗鸡界，口碑和威严的树立，除了看他的斗鸡，还有人品。或者说，这是一个微缩的江湖，如果一个玩斗鸡的人做了不得体的事，总会有人把事情张扬出去的。

但开封玩斗鸡的人正在变少，因为斗鸡越来越贵。一方面，开封由于帮派的长期存在，不同帮派的斗鸡不可相互交换，导致中原鸡只能近亲繁殖，骨骼退化，肌肉萎缩；另一方面，

2000年左右，人们开始转向从越南买鸡，凭祥成了新兴的斗鸡中心。强健的越南斗鸡取代了体弱的中原斗鸡，成为斗鸡场上的新宠。马元说："谁有钱，谁的斗鸡就最好。"

在开封，斗鸡更多被视为一种千年流传的民俗，为人瞻仰，被人缅怀。我在开封的清明上河园观看过一次斗鸡表演，表演者正是和我们一同去凭祥的杨老五。

清明上河园是一座仿古公园，公园里建了很多宋代的房子，人们穿着古装来回走动，希望给游客带来某种生活在宋朝的穿越感。一身铠甲的士兵守在门口，马夫拖着马车等待游客合影。我印象最深的表演在斗鸡馆旁边，是一个刑场，旁边蹲了两座大音箱。伴随着轰隆隆的音乐，很多士兵在策马飞奔，有人射箭，有人耍枪。杨老五说，这是"岳飞枪挑小梁王"，等这个结束，斗鸡馆的表演就开始了。

2005年，杨老五被迫从工厂下岗，断了收入。那时，马元承包了这间斗鸡馆，给游客表演斗鸡。杨老五找他商量，想在那儿谋一份工作。马元觉得他口才不错，就叫他穿宋朝的袍子做主持人，一天演五场。但相比凭祥的比赛，公园里的斗鸡表演像小孩打闹，几分钟就很快结束。杨老五说："鸡子属于劣等鸡，表演几次，转手卖给饭馆，50块钱一斤。"看完之后，我问杨老五："你有没有在宋代的感觉？"他笑道："你刚刚看了，你觉得有没有？"

人跟鸡走，喜欢斗鸡的河南人开始往广西跑。老吴就是其中一个。

老吴玩斗鸡的时间比马元还多几年。三年前，他来到凭祥开鸡场，从越南人手里买斗鸡，再卖给河南人。南方的阳光把他晒得乌黑，我第一次见他时，以为他是个地道的广西老板。

老吴从10岁开始玩斗鸡。那时正闹"文化大革命"，斗鸡被视为资产阶级腐朽的代表，是禁止的活动。但仍有爱鸡的人偷偷饲养，藏在院子里。开封市消防队的大队长偷养了几条斗鸡，放在消防队的院子里。有一天晚上，老吴趁着没人，爬过墙头，抱走了大队长的一条斗鸡。那是他的第一条斗鸡。

有了斗鸡，老吴开始认识其他玩斗鸡的人，结识了一些朋友。其中一位朋友是搞畜牧业的，对饲养斗鸡很在行。老吴从他家讨来一条母鸡。有了公鸡，也有了母鸡，便可以抱小鸡。几年下来，老吴就有了一院子的斗鸡。

老吴是个工人，在烟厂上班，但他老旷工，快下班了去厂里混个人脸。他的心思全在斗鸡上。后来他承包了一间职工浴室，做起了澡堂老板。开了几年，他发现去洗澡的都是退休工人，上了年纪的老头老太太。工厂的澡票卖不贵，3块钱一张票，男的还好一些，有时修脚或者搓背，能消费10块钱，女的一般只冲澡，水费差不多抵得上澡票钱。老吴跟老婆说，澡堂不能干。万一哪天有个人躺这儿不动了，干几年的钱都要赔进去。他把澡堂关了，结余4万块。他拿走两万块，独自去了广西。

在凭祥，老吴的鸡场开了三年，规模却没有扩展。他卖鸡通常只卖熟人。一条鸡赚两三千，买鸡的人拿回去打比赛，打赢了还可以再卖，价格能翻几倍。老吴说，不能卖太贵，"一块馍掰开我吃一半给你留一半，不要我吃完了给你留一口，底下别人就不买你的东西了"。

老吴喜欢会"鸡友"，他是夜猫子，越晚精神越足。他人缘好，和河南人能玩得来，和广西人能玩，和越南人关系也很好，几个人围绕鸡能聊到三四点,叫"念鸡经"。

四海敬佩老吴,因为老吴太喜欢鸡子了,几乎到痴迷的程度。四海本来想拜老吴作师父,老吴不肯收,四海说:"我心里把他当作师父。"

老吴说,鸡子是个畜生东西,谁也看不透,有时它突然不想打了,掉头就跑。大部分输的斗鸡回去会被杀掉,尤其是那些被对方打叫或者打跑了的斗鸡。河南有句土话骂男人孬,不敢打架——"这个人没有蛋子儿"。老吴说,打输的鸡,蛋子儿会萎缩成指甲盖那么大,所以下次打架它还会跑,还会输。

男人与斗鸡之间似乎存在一种深刻的隐喻关系。美国人类学家格尔茨曾在巴厘岛观看当地的斗鸡比赛,"公鸡作为极好的男性象征这一事实对于巴厘人来说,就像水往低处流这一事实一样显而易见"。他说,表面上在那里搏斗的是公鸡,实际上是男人。

在和老吴他们相处的那段时间,我惊讶于他们对斗鸡的痴迷程度,那是一种近似成瘾的状态。新到的斗鸡一条接一条抱进屋,从鸡冠的形状、眼睛的颜色、羽毛的亮度到鸡爪的鳞片,每一处都有讲究。如果没别的事,玩斗鸡的男人可以从早晨看到夜晚。四海说,这个东西就像吸毒,戒不掉。

马元从老吴手里买了三条鸡,又从其他两个鸡贩子手里买了三条。斗鸡比赛开始的那天上午,他没忍住,又入了一条"跑堂鸡"——他说,这种鸡子好,聪明。"跑堂鸡"打斗讲究战术,对方打它,它不跟对方干,而是跑,后面的鸡子就追。"跑堂鸡"的优势是步伐快,后面的鸡撵不上,时间久了,后面的鸡体力被拖垮,"跑堂鸡"再从正面将对方击垮。七条鸡子都是半成品,回去要训练一段时间,然后打比赛。杨老五是第一次来凭祥买鸡,买了两条,花了7000块钱。

老吴的鸡场雇了两个越南工人,他们偶尔会从越南带鸡子给老吴。老吴还有个认的"越南儿子",叫阿博,是老吴最主要的货源。阿博看鸡的眼光准,他带来的鸡子老吴没有不要的。

有次,阿博抱来一条越南鸡,叫我趴下来,仔细看鸡爪。普通话夹着越南话,"你看,这里。"他数着鸡爪上的鳞片,"一,二,三",鳞片到一处关节刚好三片,"这个好。"他说。

五

1月8日,凭祥迎来了2016年第一个盛事,斗鸡大赛将在下午开始。我们在老吴家吃完中午饭,大家的心情都有些雀跃。这次比赛持续两天,每天两场,下午两点进场。每场比赛最长六个小时,过了时间,两条鸡若还未分胜负,便是打和了,叫"和彩"。

斗鸡馆位于一所高档酒店里。那可能是小镇最气派的一处建筑,但如果没有熟人带路,外人很难找到。

赛前的准备磨蹭了很久。一共八条鸡,主持人逐一给鸡过秤,斤两对等的鸡才能打,属于相同重量级。配对完成后,开赛前,主持人捻一片菜叶,沾了水在鸡身上揉擦一遍,然后喂给对方的鸡子吃。这种检验方法是为了确保鸡主没在对方的鸡身上下药。

主持人是两个当地人,一个寸头,鼻梁上架一副金丝眼镜,套一件黑色夹克;另一个比寸头强壮,脖子套一金链,穿牛仔服,手里捏一根话筒,他的话比寸头多,主持比赛的工作大部分由他完成。

两点五十五分,比赛开始。赛场垫有一块长方形的绿色地毯,用木板围成圆圈,叫鸡坑,鸡子就在鸡坑里面打斗。绕着鸡坑,摆了两排红色的椅子以及前后左右四个长形阶梯看台。鸡坑边上竖着四根柱子,挂摇头电风扇,有一根柱子上挂了一块塑料牌,"民间娱乐,禁止赌博"。

我第一次看正规的斗鸡赛,不免想凑近,四海把我从第一排拉到后面,说:"第一排的座位都是花钱买的,100块一个。"接着,他往第一排坐下。

第一场是"光脖"打"毛鸡"。"光脖"是河南人带来的,"毛鸡"是越南人的。光脖的鸡主叫牛犇,在开封当地很有名,曾是老吴的徒弟。牛犇是生意人,鸡子在他手里是门精打细算的生意。打赢的鸡,再稀罕,有人出钱多,他转手卖高价。河南人讲,牛犇是典型的"师父教会徒弟,饿死师父",太聪明了。牛犇出了名,人脉广,而且他家底厚,愿意出高价钱,买好鸡子。

这场比赛进行了三个回合。斗鸡的回合按洗水算,一回合半个小时。每半小时,洗一次水。鸡主打一盆水,用毛巾给鸡擦身子,灌一口矿泉水,对鸡喷水,像淋浴。如果鸡受伤了,馆里备有药箱,但禁止吃药,能擦些皮外伤。

这场"光脖"赢了。

转折点在第二回合。"光脖"把"毛鸡"的眼睛戳伤了,眼皮被血液粘在一起。鸡的眼睛一旦瞎了,他们称呼为"傻逼鸡"。洗水的时候,越南鸡主把"毛鸡"的眼皮扒开,发现眼球没毁掉,接着,他用针线把下眼睑缝合在一起。但在第三回合,

"毛鸡"已被打得一动不动，趴在地上。

斗鸡比赛，一般人很难控制情绪。随着两条鸡的搏斗，人群喧嚣，紧张又热烈。在凭祥的两天，我见过有人太高兴了突然唱起了歌，有人从椅子上站起来，又跳到椅子上。但马元很特别。他是这群人里最冷静的，眉头拧着，眼睛盯住鸡坑，全程一言不发。

观看斗鸡比赛是个漫长且考验体力的过程。一般从下午两点持续到晚上十点左右，中间没有休息。如果饿了，场地里有卖泡面，15块钱一盒，所以几个小时之后，空气的味道变得很怪，那是一种混合了烟味、鸡毛味、汗味、剩余食物以及荷尔蒙的味道。

我坐在后排，看见老吴把双肩耷拉在杨老五和马元的肩膀上，挤压在第一排和第二排间的夹道，三个人的手指都叼着一支烟，嘀嘀咕咕在说些什么。

时间到了晚上八点，才是今天的第二场，贵州的"平头"打越南的"花鸡"。三个多小时过去了，两条鸡依然没有分出胜负。坐在我前排的人看上去也有些等不及，他手里捏一只打火机，咯噔咯噔摁个不停。

但到了九点，原本围了三圈的人少了一圈。四海也从第一排离开了，和几个人围着一张茶几打牌。老吴走过来，问："你看懂了吗？"

"没看懂。"我说。

我从椅子上站起来，感到一阵头晕目眩。老吴指着鸡坑，说："你看'花鸡'的脖子被凿了一个洞，血都止不住了，所以输定了，他们都去打牌了。"我一看，"花鸡"的脖子正汩汩地冒血泡，虽然有时会跳起来反击,但明显体力不支,被"平头"用嘴压在下面,一动不动。

很快,捏话筒的主持人宣布比赛结束,"平头"的鸡主走进鸡坑,把鸡子举过头顶,然后对着鸡肚子亲了一口,像亲吻一座奖杯。音乐适时地响了起来,是邓紫棋的《泡沫》。

六

冬天并不是买鸡的好季节。从越南到河南,气温相差三十多度,鸡子容易生病,冻感冒。等春节过后,旺季就到了。所以这次,马元本不该一下子购买这么多鸡。但在斗鸡上,他管不住腰包。

马元原先有个鸡场,三亩地,离开封市区两三公里,繁殖泰国鸡和中原鸡。那是他斗鸡生涯中小高潮阶段的一部分辉煌。他最常向我提起的战绩是十多年前,他挑战同行,那人自称"中原第一",马元说,我就打你这个"第一"。他们较量了三次,连斗十五条鸡子,马元连赢十五条,打得对方好一阵子不敢去开封。

斗鸡输了,丢面子的是主人。在凭祥,他们同桌吃饭,有人提起这事,气氛立马变得非常尴尬。马元回答:"当年是我的运气好。"——他觉得提话这人真不会说话,哪壶不开提哪壶。

比赛结束了,我和马元、杨老五打道回开封。老吴送我们乘汽车,他等到过年再回河南。回开封第二天,马元的斗鸡就到了。上午十一点,他开一辆红色的日产SUV出发了,他要提前守在开封的高速路上,有专门的货车会在那里卸货。

鸡子装在垫有稻草的白酒或者烟草纸箱里面,纸箱两侧划了两道口子,给鸡透气。货车从凭祥出发必须连夜赶路,鸡子待在箱子里太久,容易生病。

在开封南郊的一个院子里,马元和朋友花七八万,搞了一个简易的鸡场,跟老吴家的规模差不多。马元没急着把鸡送过去。他先把鸡带回家,喂了些稻米和水,打开暖气,他担心鸡子冻着了,饿了,渴了。

等到达鸡场,已经过了下午两点。这天开封的气温接近零下,但阳光很好,站在院子里并不觉得冷,反而暖烘烘的。马元把鸡子一条一条抱进鸡笼里,阳光从西边斜射在鸡身上,黑色的羽毛闪闪烁烁。它们还没适应北方的寒冷,如果仔细盯着,能感觉到羽毛的颤抖,像人打哆嗦。马元说,等适应一段时间,开春便可以抱出来打了。

应受访者要求,马元为化名,其余皆为真名。

微笑的尸体

文 _ 王琛

一

2015年2月,山东武城县民警王书峰翻着手上的一叠A4纸和一堆照片。最后,他盯着一张照片停了下来。照片中,一具尸体躺在白布上,露了一张侧脸,额头有点血迹。

和报警的人一样,王书峰也觉得,照片不对劲——这尸体嘴角上扬,面带一丝微笑。

照片是河北沧州太平保险公司递来的报警材料。一个月前,太平保险公司收到一份快递来的理赔申请。申请的是一桩交通事故,发生在武城:1月9日,北方严寒的凌晨四点,一辆奇瑞轿车开在武城县南环路上,和一辆电动车撞在一起,电动车上的男青年当场死掉。

申请材料中有一份交通事故认定书,盖了武城公安的公章,还有几张照片。从照片中看,当时天色灰蒙蒙,还有些雾气,现场的两侧都是农田,三个穿着交警制服的人,正在勘察现场——有人蹲在地上，在奇瑞车旁边画线，地上的电动车碎成了几块，还有个人蹲着，看姿势是在拍照。另一张照片颇具仪式感，三个人忙完了，背对镜头，一齐在大雾里往前走。他们的深色制服上，印着"警察"字样，但是每个人都是背对镜头，没有一张能看到相貌。最让理赔员们觉得诡异的，还是那具露出微笑的尸体。

看完理赔材料，他们报了警。

王书峰是公安局经济侦查大队副大队长，今年44岁，1994年警校毕业就到武城县公安局报到，从刑侦大队到经侦大队，干了二十一年民警。他仔细看着理赔材料，发现尸检报告也有些不对劲。报告里说，死者是个年轻博士，性别男，身高175厘米，受伤严重——不仅盆骨粉碎性骨折，肚子上的伤口4厘米深，20多厘米长——但是，这么大的伤口，在尸检照片里却看不到，死者白白的肚皮上，只有隐约几处模糊的红色血迹，和描述的重伤相去甚远。

王书峰带着两个民警，去了公安局的交警大队。交警大队看了材料，表示根本不知情，更没去过这个交通事故的现场。

再看理赔申请书，其中奇瑞轿车的保险受益人叫郭志国。经侦大队查到，此人是本地一家汽车修理厂的老板。王书峰带民警找了过去。这家修理厂在武城县开发区，是个紧靠马路的小院，距离城区三公里，开了已经六七年，全称"广运宏瑞汽修服务中心"，厂里工人十几个。院子的一楼是修理车间，二楼有一排房子，是工人的宿舍。郭志国一家也吃住在楼上。但是当警察到达时，郭志国已经不知去向。一起消失的，还有他的老婆和两个女儿。

虽然老板走了，但是厂子还开着，几个正在修车的员工被王书峰全带回了公安局。分开一讯问，有人就立马开口说："交通事故是假的，都是郭志国设计的，甚至那具尸体也是活人，名叫朱大鹏，在厂里做后勤，是郭志国的外甥。"

审问当天，经侦大队发现，工厂里这帮人可能造了不少假事故，奇瑞车撞死人，只是其中之一。王书峰把案子报上去，经侦大队随即立案，对郭志国和朱大鹏发起了网上追逃。

二

春节以后，刚进3月，朱大鹏先被抓住了。

在东北老家过完春节，朱大鹏坐车到了盘锦市高铁站，掏出身份证，准备买车票回山东。朱大鹏并不知道自己已经是网上逃犯，他还惦记着驾照考试，去年一年，他顺利考过三门，现在就差最后一门文科答题。但是车票还没买成，高铁站的民警就出现了。

盘锦公安把逃犯信息传到了武城，王书峰马上带了两个同事，去德州坐火车，直奔辽宁。四个小时之后，他们到达盘锦，见到朱大鹏，确定了身份，准备第二天把他带回武城。

郭志国那时也在盘锦，他原本是带着老婆孩子回家过年。听到朱大鹏坐高铁被抓的消息，他坐不住了，决定自首。当天下午，他找了车，赶回武城，走进公安局，投案自首。这时，王书峰仍在盘锦审讯朱大鹏。

听到郭志国自首的消息，还在盘锦的王书峰决定尽早赶回去。除了朱大鹏要带回武城，还有一辆车也不能落下。与电动车发生车祸的那辆奇瑞轿车,春节时被郭志国和朱大鹏开回了盘锦。因为撞过,这辆车没有了遮阳板,刹车也不太好使,一脚踩下去,"软得像棉花",王书峰坐进去,试图启动,却发现一挡和二挡根本挂不上,只能从三挡起步。

两个同事提议,一起带着朱大鹏,开车回去。王书峰不敢,让他们买了高铁票,自己把车开进了修理厂。因为是证物,王书峰不敢把车子大修,只做了检查。临走前,修车师傅听说车要直接开回山东,愣了一愣,目送他三挡起步,颤巍巍往高速入口开去。

上午十点,王书峰从盘锦市上了高速路,小心控制油门,把车速维持在八十到九十迈之间,不敢走神——稍不注意踩大油门,车子就轻飘飘,像飞机要起飞。车子开过山海关,王书峰进服务区,要了一碗面条吃下肚,看看表,继续上路。虽然是3月,下午的太阳也烈了起来,车子的遮阳板早就撞坏了,阳光直照在脸上,王书峰又热又困,倦意袭来,就伸手开收音机提神,扭了两下没动静,这才发现,车上的收音机也是坏的。他休息了半个小时,强打精神,一路南下,继续开向山东。

到晚上九点,开了大概八百公里后,王书峰三挡刹车,把颤巍巍的车子开进了武城县公安局大院。他长舒一口气,坐在车子里,推车门时才感觉,全身都是酸疼的。

第二天,郭志国坐在审讯室,告诉王书峰,事情是自己做的,他开奇瑞车撞了电动车,目的是想拿到48万块的保险金,帮忙的是朱大鹏,还有修理厂的两个工人。王书峰提到另外几个交通事故,郭志国都点头承认,也是自己策划的。

审了几次,王书峰觉得,郭志国态度还不错,不像自己想象中狡猾，甚至有点仗义——他知道厂里工人被抓了几个后，觉得内疚，想把事情揽到自己身上。他告诉王书峰，大小事情都是自己安排的，厂里工人没分到钱，也不太知情，冤枉。

三

　　武城县属于山东省德州市，地处山东西北边陲，与河北交界，人口不到40万，是山东省人口比较少的县。武城县没有火车站，也没有高速路口，年轻人出去打工，近点去德州，远点去济南，再远就干脆去了北京——年轻人都在往外走，从外面来武城的人却没多少，郭志国是其中之一。他来山东已经十几年，前年，外甥朱大鹏也投奔了过来。

　　二十年前，武城县开始生产玻璃钢，从县城到乡镇，大大小小，遍布着玻璃钢厂。郭志国来到武城，正是为了到玻璃钢厂打工。他出生在内蒙古赤峰市，10多岁时，父母车祸双双去世。读到初中，离开学校，起初跟亲戚打工，后来投奔朋友，到了辽宁盘锦，进了修理厂做学徒，学修车。在修理厂，郭志国谈了恋爱，想结婚，女方家里却看不上这个外地孤儿，几番阻挠，两人勉强结婚。婚后，岳父母仍看不上郭志国，一直撺掇闺女离婚。东北方言里有一句"一辈子见不到后脑勺"，意思是人没出息，岳父挂在嘴上，笑话郭志国。

　　郭志国一直忍着，直到婚后三个月，妻子怀孕，岳父母不准生，坚决要求女儿打了胎。郭志国和岳父母撕破脸，带上老婆，出走盘锦，外出打工。两人先去了廊坊，打了几个月工。2004年，经朋友介绍，坐汽车第一次到了武城，进一家玻璃钢厂打工，两口子吃住都在一间宿舍里。

县城里外地人不多,一口东北话的郭志国充满辨识度。两口子没有朋友,收入也低,第一年过得艰苦。老婆又怀孕了,待在宿舍养胎,玻璃钢厂的老板,却在这时拖欠工资。郭志国几次去催,老板承诺五天以后发,说完去了外地。郭志国翻翻家里,只剩下几张5块的纸币。

"那是2004年了,两个人连续五天,只能吃馒头"。每到饭点,郭志国就溜出门,到远处小树林转一圈,回来告诉老婆,自己跟朋友吃过了。因为爱面子,他又不愿求人,饿到最后一天,他趁下午没人,偷偷进到别人菜地里,拔了一堆葱充饥。到了夜里,肚子里辣得翻江倒海。

五天以后,拿到工资,郭志国就辞工不干了。他出去做零工赚钱,直到妻子生了第一个孩子。一家三口都靠自己养,郭志国攒不下钱。后来他进了一家修车厂做技术工,又干了一年,修车厂老板发不出工资,要把厂子卖掉。有朋友知道郭志国修车手艺好,主动借了几万块钱,让他把厂子盘了下来。

接手后,修理厂一年收入六七万块,不算太好,但是郭志国一家人的生活总算稳定了下来。直到一件小事刺激了他。一个开奥迪车的老板撞坏了车,在理赔前,和保险公司的理赔员一起来修车。到了门口,他们看修车厂设备差,院子破,理赔员不放心,要求换地方。好面子的郭志国马上急了,拉住他们不让走。他告诉理赔员,给自己一个机会,如果修不好,他就自掏腰包,把车开到4S店再修。

理赔员答应了。郭志国修好了车,几人出去吃饭,聊起修理厂,理赔员觉得,郭志国手艺好,只是修理厂设备太差,规模太小,不然大有可为。郭志国记在心里,没过几天就一个人开车去了济南,把原本攒下准备买房的钱,买了新设备,又借了点钱,把修理厂翻新一遍。

这次翻新改变了修理厂的命运。郭志国的活儿越接越多,两年下来,和保险公司也越走越近,后来,他拿到了定点维修的资格,生意更大了。到2009年,郭志国已经雇了十几个工人,一年的利润,达到六七十万。五年过去,外地人郭志国终于在武城县混出了头,不但不用担心吃不饱饭,还成了行内有些名气的老板。

郭志国再次被一件小事改变了命运。一次,因为无证驾驶撞伤了人,郭志国被行政拘留了两个星期。在拘留所,他认识了武城县几个著名的混混。出了拘留所,几个混混整日到郭志国的修理厂打牌看电视。虽然明知这些人游手好闲,但郭志国碍于面子,仍跟他们混在一起——作为一个外地人,他得多交朋友。

起初,这些朋友带着郭志国打牌,玩的是斗地主,牌注不大,玩一晚上输赢几百块钱。玩了一阵,一天夜里,喝了点酒,郭志国被拉去,玩了一次"牌九"——赌注倍增,一夜输掉4000多块。酒醒后,郭志国没放在心上,紧跟着又去玩了几天,很快输进去几万块。这之后,他有了赌徒心理,一边输钱,一边又想着翻盘,但永远输多赢少。大半年过去,他很少盯着修理厂,直到银行里的存款输得差不多,又有人适时跳出来,借高利贷给他,继续赌。

2012年,修车厂一年的利润仍有三四十万。但是,仍还不上欠款。

四

审讯时,王书峰印象最深的,是郭志国过人的记忆力。几年前的事情,问起前后经过、时间地点、参与人的分工,郭志国总是不用怎么思考,回答得一清二楚。

"经济案件里诈骗居多,都要动脑子,但郭志国仍然是(其中)比较聪明的。"王书峰说,审讯郭志国不太费力,只要一提醒,他就能把事情完整说出来。

郭志国算过一笔账,高利贷的利息是越滚越多,把修车厂整个赔进去,也抵不上,想脱离债务,必须挣到快钱。修理厂和保险公司合作了几年,郭志国熟稔了交通事故理赔,他想到了制造交通事故拿保险金。2012年,郭志国贷款,买了两辆奥迪A6轿车,每辆车都在山东、河北等几个省份入了六七份保险。

第一次行动是在2012年12月4日。这天早晨七八点钟,郭志国叫上正在厂里干活的袁建,告诉他,出门去办点事儿。袁建1986年生,在郭志国厂里干机修,已经一年多。他知道郭志国说一不二,没多问,就上了车。郭志国开着奥迪A6轿车,驾出城区,兜兜转转,在郊区陈公堤附近的路边,停下车,若有所思,抽起了烟。几支烟以后,他提前约好的朋友魏云龙开着另一辆车出现了。郭志国交代了几句,把奥迪车给了魏云龙。随后,叫袁建一起在路边站着。魏云龙启动了奥迪车,踩了油门往前冲,开出几十米,径直撞上了路旁的一堆黄色石头。撞完以后,大概是嫌不够,魏云龙倒车,后退七八米,接着再次向前冲,又撞了一次。两次撞过,奥迪车终于完成了交通事故。现场狼藉,车右侧的后视镜挂在了树上,前保险杠、两个车大灯、前机盖、水箱、风扇都撞坏了。

郭志国站在路边,掏出手机,给保险公司打电话。打过电话,他告诉袁建,负责冒充司机。袁建没拒绝。虽然他知道是造假,但是魏云龙连石头都敢撞,自己说句谎话而已,不敢的话,实在不像个爷们儿。

来现场勘查的保险公司陆续有六七家。前一家保险公司刚走,郭志国就打电话叫过来下一家。每来一家,按照郭志国要求,袁建都会告诉勘查员,奥迪车是自己开的,因为躲避电动车,不小心才撞了石头。现场被重复勘查,袁建也重复着谎话。直到交警队来调查,袁建仍然在伪装司机。

这次凭空制造的交通事故,四家保险公司给了郭志国理赔,一共7万多块。钱到账几乎都没过夜,郭志国就拿去还了高利贷,没分给其他人。

一个月后,郭志国又开着奥迪车,这次拉了袁建和魏云龙,还有另一个工人曹飞。四人一起去了内蒙古老家,玩了两天,回山东路上,经过赤峰市林西县。当地刚下过大雪,路上打滑,郭志国思忖了一会儿,告诉魏云龙说,找个地方,把车撞一下。魏云龙心领神会,问郭志国,这次怎么撞?郭志国看了看路况说,找一条小路,撞到树上去。

在一条郭志国满意的小路上,其他三个人下了车,一起站在路边,抽着烟,看着魏云龙退车到一个斜坡上,然后直直冲下来,撞到了路边一棵树上。积雪抖下来,车的前脸撞坏了,翻起了盖。

这次雪地撞树,郭志国给三个人分工:魏云龙仍是负责撞车,曹飞冒充驾驶员,袁建将车拖回武城。曹飞此前并不知情,撞车时才看出用意。郭志国劝他冒充司机，曹飞不敢答应。郭志国一口一个兄弟，请他帮一帮这个举手之劳，并承诺不会有问题。碍于面子，曹飞答应了。

和第一次一样，郭志国打电话，请来一家又一家保险公司。曹飞自认是司机，告诉每一个勘查员说，自己开着车，路太滑，一不小心，撞了树。

这次郭志国报了五家保险，拿到的赔偿金是 12 万多。和上次一样，钱在手上没捂热，就悉数交给了债主。

接下来两年时间，郭志国不怎么照顾修车厂，而是把精力用在了设计车祸上。2013 年 6 月，在平原县幸福大道，郭志国完成了一次三车追尾事故——自己的奥迪车在前，一辆雪铁龙轿车在中间，最后撞上去一辆六轮车。但这次设计出了点差错，时间安排不妥当，两家保险公司在事故现场撞了面，发现车主投了多份保险。一家保险公司报了警，交警查出奥迪车的七份报险，勒令郭志国退保，并且退还了在内蒙古撞树的赔偿金。

这次差错并没让郭志国停手，他想的是，怎么能把计划做得更完美，减少差错。2014 年，郭志国在武城县先后设计了三次交通事故。他曾让奥迪车和一辆重型货车追尾，也曾让奇瑞轿车撞了一辆普通桑塔纳。一个车主的奥迪 Q5 轿车无证驾驶出了事故，开到厂里维修，郭志国利用机会，设计了 Q5 与拖拉机的相撞。三个现场，全都理赔成功了。

五

7 月初的一个下午，武城县看守所，王书峰再次提审郭志国。

听监管民警说,在监室里,郭志国最近的情绪好了起来,时常有说有笑,已经渐渐和其他人混熟了。

郭志国一米七多点,走进审讯室,眼睛有神,刚一坐下,谨慎笑出来,问王书峰要烟。王书峰不抽烟,出门点了一根烟,隔着铁栅栏递过去。郭志国戴着手铐,努力伸出双手,接过烟,不好意思地笑笑,低头抽了一口。

回忆从内蒙古到东北,再辗转到山东的经历,郭志国有些怅然。讲起当初做起修理厂,他两眼放光,露出一点骄傲。随后讲起赌博,叹口气,说自己交错了朋友:"知道他们不是什么好人,但是人要面子,人家找我玩,我不好意思给拒了。"

王书峰笑了笑,喃喃地说:"要面子,都想多交朋友。"

说到修理厂的十几个工人,郭志国动动嘴角,笑着说了一句:"挺不好意思的,把他们害了,都是小孩。"

除了两个机修工,修理厂的大部分员工,都被郭志国拉去帮过忙。这些员工大都是本地人,读了小学或者初中,没出去打工,来到厂里,学了门修车手艺。他们大都20多岁,最小的一个刚过17岁。员工们习惯了郭志国的暴脾气,也佩服他的手艺。在修理厂,郭志国说一不二,并且不准多问。尽管从来没人分到钱,但是每个人都没拒绝帮忙。审讯时,他们跟王书峰讲得最多的理由是:老板让我帮个忙,我不好意思不干。

连续拿到几笔理赔金,几万到十几万不等,但是高利贷的利息越滚越大,郭志国仍然填不上黑洞。有一次,他拿到钱,没还债,想再碰碰运气,但和以往一样,钱又输了进去。眼看着还不上债,郭志国盘算着,要做一起大事故,拿个大额保金,一次性还了贷,然后洗手不干。

他清楚，想要大额的保险赔偿金，就意味着，交通事故里不仅要撞车，还要撞死人。

六

2015年1月9日凌晨四点左右，郭志国把睡觉的朱大鹏和员工袁阳、吴浩叫醒，告诉他们，出门办事儿。四人开了一辆单排货车、一辆奇瑞轿车和一辆东风小康面包车，来到武城县南环路。车上，郭志国准备了一辆电动自行车，六七个隔离墩，三件网上买来的警服，一把菜刀和一只装在袋子里的活公鸡。

天色灰蒙蒙，远处尽是大雾，郭志国坐在奇瑞轿车里，吩咐其他人做了准备。等电动车立在选好的路段，郭志国启动轿车，一个加速，撞了上去。电动车应声被撞出去，支离破碎，躺在地上。奇瑞轿车的前保险杠坏了，前排挡风玻璃也碎掉了。郭志国随后让其他三人穿上了警服，并要求他们分别拿着尺子，蹲在轿车和电动车前挥手比画，模仿着交警勘查事故现场的姿势。郭志国站在一旁，拿出手机，对着几人，把他们的"勘查"动作拍了下来。

接着，按照郭志国的要求，朱大鹏从面包车里取出了公鸡和菜刀，对准脖子，当场割死。然后拎着死鸡，在电动车附近滴了一片血。血迹完成后，朱大鹏把死鸡扔进了路边水沟。

天亮了起来，几人收拾了现场，把电动车拉回了修理厂。第二天，郭志国打印了自制的事故认定书、尸检报告、死亡证明和户口注销证明，并从卧室衣柜拿出了事先刻好的几个公章，分别盖到相应的材料上。

又过几天，郭志国把袁阳和朱大鹏叫到修理厂二楼卧室，并搬了一张单人床进屋，铺上了白色床单。卧室里，郭志国准备了另一只公鸡，朱大鹏第二次拿起菜刀，对准鸡脖子，手起刀落，再次杀鸡，滴了半碗血。

接着，郭志国告诉朱大鹏，脱衣服，躺床上。

朱大鹏没想到扮演尸体的人是自己，他哭笑不得，对郭志国说："你这不是闹嘛。"

朱大鹏今年31，是郭志国妻子的外甥，只比郭志国小两岁。他知道郭志国脾气大，只能笑着躺下去。

躺在床上，袁阳往朱大鹏的额头、肩膀和肚子抹了鸡血。朱大鹏觉得荒唐，肚子又怕痒，抹鸡血时一直在笑。直到郭志国拿起手机，要求他闭上眼睛，换了几个角度，拍了几张照片。拍照时，朱大鹏别过头，强忍住笑，但微微上扬的嘴角还是被拍到了。

拍完尸体照，袁阳打来热水，朱大鹏洗了个澡，冲干净了身上的鸡血。

至此，这起保金48万的交通事故制造完成了。在郭志国设计的虚构事件里，一个年轻男子凌晨骑着电动车，被奇瑞轿车撞死在武城县南环路上，血流一地，当场死亡。

几天以后，太平保险公司收到了快递，看完了理赔申请，随后报警。

七

郭志国自首后，老婆带着两个孩子留在了东北老家。修理厂被一个债主盘下来抵债,改了名字,重新雇了一群年轻人。以前的员工要么被抓,要么取保候审,只剩下两个机修工,继续在厂里干活。

说起厂子的前老板,一个机修工还记得,老板其实挺仗义,出手大方,"每个月都带兄弟们出去喝几次酒"。另一个人打断他,笑了笑说:"最后不也发不出工资了,还有几个月的账欠着呢。"

(截至2015年1月底,郭志国等21人先后设计交通事故现场11起,涉案价值120余万元,其中郭志国等7人被逮捕,朱大鹏等8人被取保候审。其他十余人根据涉案程度,被处以不同程度的处罚。)

文中人物,除王书峰外,均为化名。

《正午》团队

谢丁：
正午员工。记者十年，减肥十年，终获成功，皇天不负苦心人。

郭玉洁：
正午员工，关注社会变革，喜欢人的故事，现实主义的信徒。

叶三：
正午员工，喜欢猫、食物和好艺术的虚无主义者。

黄昕宇：
正午员工。我特别害怕认识停滞，因此寄望于写作，希望它能带我走得更远。

陈晓舒：
正午员工。记者八年，曾就职于《中国新闻周刊》《财经》杂志。爱好是"宅"和"出门玩"，分裂的天秤座。

朱墨：
正午视觉编辑。文艺王。

淡豹：
1984年生于哈尔滨。关注道德和心态史、文化政治、城市和大中小型动物。

李纯：
毕业于盛产美女和非直男的五角场文秘技术学院，学了六年新闻，有种被坑惨的后知后觉。曾供职于《南都周刊》，现在是正午记者。相信人们听故事的渴望和人类一样古老。

张莹莹：
正午员工，目前打算继续写。

王琛：
前正午记者、微信编辑。曾是打牌时运气最好的人，史称"掼蛋王"。初入正午时，误以为自己是一名作家。

本期其他作者：

张亦霆：
不旅行家、闲置人、文字性工作者。

覃里雯：
柏林 Trends Eurasia 咨询公司 CEO。

钱佳楠：
青年写作者，著有短篇集《人只会老，不会死》，目前就读于爱荷华大学作家工作坊。

图书在版编目（CIP）数据

正午 . 3, 到海底去 / 正午故事著 . — 北京：台海出版社，2016.8（2017.9 重印）
ISBN 978-7-5168-1117-7

Ⅰ . ①正… Ⅱ . ①正… Ⅲ . ①中国文学—当代文学—作品综合集
Ⅳ . ① I217.1

中国版本图书馆 CIP 数据核字 (2016) 第 199845 号

正午 . 3，到海底去

著　　者：正午故事	
责任编辑：刘　峰	执行编辑：罗丹妮　魏　阳
装帧设计：苗　倩	内文制作：陈基胜　龚碧函
责任印制：蔡　旭	

出版发行：台海出版社
地　　址：北京市朝阳区劲松南路 1 号，邮政编码：100021
电　　话：010-64041652（发行，邮购）
传　　真：010-84045799（总编室）
网　　址：www.taimeng.org.cn/thcbs/default.htm
　E-mail：thcbs@126.com
经　　销：全国各地新华书店
印　　刷：山东临沂新华印刷物流集团有限责任公司
本书如有破损、缺页、装订错误，请与本社联系调换
开　　本：1168mm × 850mm　1/32
字　　数：130 千字　　　　　印　张：9
版　　次：2016 年 9 月第 1 版　印　次：2017 年 9 月第 2 次印刷
书　　号：ISBN 978-7-5168-1117-7
定　　价：36.00 元

版权所有　翻印必究

迷人的正午：

见信如晤。

2016年5月9日，一个普通得不能再普通的上午，在一种说不清楚的状态下给正午写信，想说说我自己的一些事情。

2014年5月，我喜欢上了同寝的室友，算是日久生情吧，某一天大家一起去唱K，回学校他突然和我说让我以后和他保持距离（后来才知道这是句玩笑话），我当真了而且莫名难过，之后才知道喜欢上了他。从文字到面对面，从间接到直接，我向他表白了，而且不止一次，其间为了追求他，还做过很多特别狗血的事情，近乎变态的地步。他当时已经有一个处了四年的女朋友，两人上大学后分居两地。在我疯狂追求他的那段时间里他俩分手了，后来他告诉我，从高中起两人就在一起，他被公认为成熟稳重、有责任有担当的好男人，分手等于卸下面具。在这段感情里，他一直活在别人的期待里，他现在自由了。可是只有我明白，他们分手，有来自他们自身的原因，当然也有我的原因，事实证明他也只是一时的意乱情迷，因为那段时间我正在用一个女号和他纠缠不清，而他并不知道这个人是我。我试图改变他，试图让他接受我。费尽心机，不择手段。也许我的出发点本身就很恶劣，所以结果很糟糕，最后我无力地放弃了。很快他又投入了一场异地恋。

我不知道读者在看到这些文字的时候会如何勾勒眼前这个来信者，还是就觉得特别滑稽可笑？这都没有关系。我只想说，在这个过程里，面对自己喜欢的人，哪怕他是个同性，还是个有着严重直男癌的同性，我勇敢地追求了，我无悔无愧。

当然现在我才明白，我其实没那么喜欢他，因为当时他是我最好的同性朋友，我错误地以为我们有很多相似的地方，最重要的，一直放不下只是因为我心有不甘。那段时间，除了面对这种爱而不得的困扰，外界对于同志群体的鄙夷，还有我对自己身份认同的挣扎，我遭受了很多痛苦，也蹉跎了大学四年最好的学习时间。可我还是有收获的，更洒脱更自信也更能接受自己了。

两年过去，现在隔着时光再回头，2014年炎夏，朝人群里钻的日子是真的都过去了，那时候为了求得认同，我真是四处碰壁。讽刺得很，现在该放下的算是都放下了，却没有了锁定的主动或被动可钻的人群。

可我也越来越明白固定不变并非生活的常态，如果上一秒清醒理智，那就要随

时准备下一秒的困顿愚蠢。不想和人性中点滴的善与恶斤斤计较，不愿意低头，不愿意承认必须卑微和庸俗地活着。

我现在有了 BF，认识了一年，彼此出柜一周后他开始有意无意向我示好，我由一开始的敷衍和不搭理到最后的无力招架，纠结再三，担心自己太过扭捏而和他就此错过。不管对错，总得尝试了才知道，于是我们很快便确定了关系。十多天过去，一切才刚刚开始，有初尝恋爱的激动兴奋，也有受到忽视和冷落的烦恼。这是我的初恋，我们都不是特别了解彼此，所以更多是对于不确定的恐惧，包括这段感情，包括未来的种种。

有人和我说同志圈有条定律，好得快分得也快，现任也向我坦白，他之前的恋情，最长的半年，最短的不过一个月。但是我告诉他，不管多久，我都希望我们能负责任一些，一起努力，彼此珍惜，过一天是一天。

我不想对这段感情有太多期待，也不想预设太多终极目标，就把它当作一次历练吧，会不会太功利？至少现在看来因为它，我好像又了解了自己不少，如果最终我们都能因各自的努力而达到自己想要的生活又都收获了生命里的良人的话那自然是最好，如果结果不佳，那至少从这次历练中我们还是又靠近了自己一步，又离目标更近，那就不算太惨。

这两年，学会的最重要的一件事情就是包容，包容自己，包容别人。发现每一天都不是特别轻松，现在忙着考研，身边很多有心的早就做了足足的准备，我已经被落下很远。可还能怎么办，不管过去怎么样，不管我现在怎么样，路还得下去，尤其是想到辛辛苦苦为我付出的爸爸妈妈的时候。

以上就是我想写给正午的话，写得零零散散，很开心您能耐心地看完。我没有问题想咨询，我觉得太多答案只会让我束手束脚。如果您有时间而且您也愿意的话，也希望您能和我分享您自己或者您了解到的故事。谢谢，祝愿正午越来越好，也祝福正午的每一个读者！

守坝人

守坝人：

你好。

前些年，由于我身在同志运动，总有媒体的朋友问我，能不能找些同性恋来，有摄影师想拍照。他们的语气之自然，好像那是街上钻火圈的猴子，动物园里吃竹子的熊猫。我一概拒绝了，没人有义务表演自己的生活给你们看。我也越来越怀疑这种分类。喜欢与同性做爱，真的像有脊椎、能哺乳一样，能成为一种（生理）分类的依据吗？也许这只不过是新的画地为牢，让牢外的世界保持安全，不被扰动。

但是从你们的来信中，我又看到了早年间几乎每一个朋友（包括我自己）都曾经历的心情：孤独和恐惧。好像一个异类在敌营卧底，日夜惊心，怕自己被发现、被审判。

我的一个好朋友，在东北D市长大。中学时，她喜欢上了同班女同学。那是九十年代，又是人人沾亲带故的小城，她怀揣着这个巨大的秘密，心想，天哪，我肯定是D市唯一一个同性恋。十多年后，她到了北京，认识了另外一个D市来的拉拉——她曾有过一模一样的内心独白。好了，现在我们知道，她们说的不对，D市至少有两个同性恋。

这种孤独和恐惧有强大的侵蚀力，它让你无法舒展、信任地与他人交往，得学会否定自己，变色溶于环境，和所有人建立一个残缺的关系。每到深夜，那些被否定、压抑的欲望汹涌反扑，多想跟世界一吐真相啊，尤其是自己喜欢的那个人。但是，TA一定会拒绝，别人又会怎么看我？你想象着这些答案，退缩回内心，每日忙于和自己作战。沉默，胆小，又总是充满愤怒。

很多人也许不会发觉，学校是很可怕的地方。但是你知道那里当然有成年人的秩序，青春期的动物们毫无顾忌地，对每个异类执行刑罚。

而父母，是另一个沉重的、世界的铁屋。

回复你们的信，我凝视着窗外，眼前有一条路，尽头是我的过去。我看到我曾经历过的一切，与你们相同。我无法轻易地宽慰你们：走出来，认识你的同类，一切会好的。我知道梦魇时掀不开的被子，有千斤之重。

青春期过去了很多年之后，我采访柏林酷儿电影节的创办人维兰德·斯派克。他说，我们同性恋，是天生的流亡者，只有离开家乡，才能过上自己想要的生活。

当时的我几乎流泪。那是欧洲，经历了两次世界大战、种族屠杀、冷战的隔绝和奔亡，在他们的语言里，exile这个词，积累了沉痛的历史和丰富的政治含义。那种孑然一身、背离家乡、亲人、遗产，在异乡重新开始生活的形象，触动了一个中国的同性恋。

维兰德又说，一个人无法选择自己的原生家庭，但是可以选择建立自己的家庭。他和几个朋友（而非自己的情人）一起生活在柏林的一间公寓里，他称之为选择的家庭（chosen family）。

我喜欢他说的话，喜欢这种新型的家庭、新的生活。我想，孤独、恐惧会紧张地盘旋在内心，它可能使人萎缩，使人永远困于个人身份，但它也蕴藏着力量。它断绝了一条现成的路——结婚生子、子子孙孙繁衍无穷尽也，你得拿出勇气和想象力，在绝地中试验、创造自己的生活，感受什么是爱情，什么是家庭，什么是性，而曾经的伤痛，又是否能够使你变得开放、富有同情心，去理解其他仍处于边缘的人们？

像流亡者白手起家，像纳博科夫、哈金，学习用第二语言写作。最初，只是为了活下来，可是总有一天，你会发觉，比起大部分人，这是更自由、更值得过的生活。

相信未来吧，相信爱情。我们怀有理想，并不是一切寄望于未来，期待一个终极的解决，而是在对未来的怀想中，不断地调整，认真应对现在。如此，距离理想的生活，也就趋近了一步。

正午 郭玉洁

回信

正午君：

你好！

没有什么很烦恼的事，放假回家了几天过了兴奋期，天气又冷又下雨没法出去走走，闲来整理了一肚子的碎碎念想说给正午听，希望文笔没有烂到令人读不下去。

怎样过才算是过好这一生呢？很长一段时间都活在自己的各种瑕疵中，患得患失想象着很多如果。如果半坡起步那时脚不抖，科目二就能过了啊；如果当初不说那些话，就不会现在回想起来还是十分丢脸啊；如果当初那场篮球赛的最后那个球进了，我们就能拿第三了。

也不是执着于什么，只是觉得自己狼狈起来特别难看啊，为什么不能有个酷炫的结尾啊？归根结底还是自己不够坚强，承受不住孤独吧。其实，好多道理都懂啊，找人倾诉时也不是真的迷茫，需要别人指点迷津，只是希望能有个人摸摸自己的头说，没事的，还有下次呢，要加油啊！

想想自己以后的就业还是有点犯愁的。深知自己经商创业那些事做不来，那些大学里做中介啊创业啊，游走各方洽谈做中间人，赚几万几十万的事都离我很远。我只能做那种技术型的闷葫芦，可是成绩也不好，更别说竞赛了。没有什么能拿得出手的东西，却想以后赚很多很多钱。如果说有什么梦想，梦想就是有足够花的钱，然后大段时间旅游，小段时间打游戏，其余时间无所事事好吃懒做。

昨晚翻墙去看了几个高中时出国的同学的脸书，看他们这几年的照片，变化真大啊……曾经的那些中二浪荡少年穿着格子衫在阳光下和乐队的其他成员合照，穿着西服一表人才地和外国美女合照，挺帅的。还有在沙滩上和笑起来很好看的外国帅哥合照啦，觉得大家都过得挺好，至少看起来是这样。大学后该脱单的脱单了，有的也换了好几个，搞研究的搞研究去了，爱游山玩水的游山玩水去了，混部门的混部门去了，觉得大家都长大了啊，只有我还停在原地无所事事。

挺羡慕那些不会想这么多的人的。

以前我觉得谁都会有这些愁思感想碎碎念啊，只不过你看不到罢了。可是上了大学后发现真的有人活得很简单和充实，不会想这些杂七杂八。证据就是我把我舍友的微博微信空间留言板等等社交平台翻到十年前都找不到一丁点儿杂念头。觉得这么活着挺好的，不会有孤独感。当然也造成了我这种碎碎念不可能被理解。挺

烦那些我说一大堆话发出来后让我不要想那么多的人，吃你家米了哦！我也不想想太多啊，可想不想不是我能控制的好吗！

　　这封信没有什么困惑需要解答，不强求正午君给出什么答案，人生的确很大很难，哪有什么三言两句的答案是可以指点一辈子万事都能往里套的呢？但还是希望回信内容能多说几句，因为今年冬天真的太冷了，我这儿没有暖气，回信得长一点，我的期待能被满足得多一点，也算是心头会更暖一点儿。

　　祝正午君 1 月 26 日快乐。

一个码完这些字手已经僵掉的某某

手已经僵掉的某某：

你好！

正如你所说，我实在无法给出什么答案，也许你需要的只是说出来，我只能隔着电脑屏幕摸摸你的头说声加油。

但为了满足你"多一点"的期待，我可以分享一个自己的小故事。

十五年前，我在重庆，在一些酒吧和声色场所做点跟财务有关的事。那时我二十二三岁吧，觉得那样的生活很酷，每天傍晚上班，凌晨去吃火锅，天亮再睡觉。有一天突然醒了过来，想找份正常工作。接下来我每周都去参加人才市场，但始终找不到工作——软件销售、出纳财务、行政职员，都不要我。

然后再有一天，我又醒了过来，神经病似的决定考研。

我决定离开家，离开重庆，离开我熟悉的人和事。2000年夏天，我在武汉待了几个月，听了著名的朱泰祺和任汝芬（不知他们是否还在这个诡异的行业）的考研培训班，然后坐火车到了北京。我记得我从北京西站出来，坐320公交车一路往北，在人大西门下了车。一个网友帮我租了一间地下室的床位，我在路边等了他很久很久。

地下室是个巨大的迷宫。没有窗户，没有光，灯一黑就变成了活死人墓。但里面还设有小卖部、自助洗衣机，一到晚上就热闹非凡，住满了各种北漂。虽然那里的空气总有股被活埋的味道，但每个人都活得热气腾腾，大家都知道总有一天会搬到地上，搬到活人的世界。

我在那里住了两个月左右。每天像上班一样去人大找一间空教室看书，中午像做贼似的去食堂吃饭，晚上躺在地下室里一遍一遍想：我为什么会在这儿呢？

后来，另一个朋友也加入了考研大军。我决定去高档一点的地方——清华大学北门的平房区，朋友住在校内。校内有我们一高中同学，硕博连读。只是变了个位置，但好像多了个世界。

在平房区，我单租了一间四面透风的小房，一桌一床，一个暖气片。我总是晚上十点回去，再读两个小时书，那时还不流行手机上网，于是整夜整夜用步步高复读机，放着一盘磁带。隔壁平房住了一对清华学生，每周三和周六固定做爱。他们也说些学校的事，吵架，讨论出国。好长一段时间，他们就像是我没见过面的朋友。

直到有一天清晨，碰到那个男孩拎着尿壶去公共厕所，女孩在门口站着等他，我骑

车路过匆匆瞟了一眼。此后再也没见过他们。

　　故事到这里可以结束了。接下来我考了研，回到重庆等消息，听到北京申奥成功，来了录取通知书，再次到北京，一晃十五年过去了。在这十五年最初的那些日子，我活得还是挺热气腾腾的，真的从地下搬到了地上。但突然有一天，我仿佛又醒了过来，意识到一种非常具体的荒谬感。

　　我清楚记得那时我坐在一辆开往国贸的公交车上，行驶到大望路时，一个念头冒了出来：我为什么会在这儿呢？

　　直到今天，我仍然这么想，而且每天一遍。

正午 谢丁

值班员：

你好。

首先替我向三爷问个好，谢谢。

上周末在正午信箱读到关于梁建军的故事，我也想起了另一个故事。这个故事是我叔叔讲给我的，并且这个故事的结局还不知道。

我叔叔有个表弟，性格有些懦弱，也不爱和别人交流。小时候在农村，街坊邻居的小孩总是三五成群地一起玩，叔叔这个表弟总爱一个人上田头闲逛，十几岁了依旧如此。十六岁那年，正是秋收季节，家里人忙得都像热锅上的蚂蚁，在田里忙着收割麦子，他又独自一人在田头闲逛了一个下午。傍晚回家后，他爹指责他不帮家里人干活，太不懂事，没有谁家的孩子跟他一样。叔叔这个表弟，听完他父亲的痛斥，离家出走了。我问叔叔，有没有找他，叔叔说，他当时是从屋后面的一条路走的，跟着他的脚印找了一段路后，脚印就不见了。后来也在省内找了好些日子，未果。如今很多年过去了，还是没有消息。叔叔时常和我说起他，他总问我，他的表弟还会活着么？或者，已经客死他乡？我不知怎么回答，我只是觉得，他死了或者活着又能怎样呢？

我无法回答我叔叔他的表弟是死了还是依旧活着，就像我也不能解释梁建军为什么要去死。这两件事——揣测一个人是否活着或者他为什么去死，都是残忍又没有意义的事。不是么？

我喜欢小河的《寻人启事》，歌里唱了许多走失的人，小河把他们的名字、当时走失的情况平实地唱出来，并没有探究他们每个人走失的原因，很多人听到此歌都觉得毛骨悚然，但我觉得小河唱得诚实又有人文关怀，这种诚实简单的对个体命运的记录比无端揣测要善良很多吧。

揣测可能是件自私的事，揣测的结果往往只是揣测者自身经历和人生体验的复合体，这样的一种东西偏偏要强加于一个走失或者死亡的生命体之上，揣测者给自己一个正合时宜的答案，顺其自然地解释了一个人的死亡，就像顺利解释了自己为什么还活着。

或喜或悲，都是揣测者对自己生命的理解或释怀，对于梁建军或者叔叔的表弟又有什么关系？他们无非是揣测者揣测自己命运的道具罢了。而实际他们是鲜活又

独一无二的生命个体，他们选择去死或者离家出走时所拥有的勇气和痛苦，我们并不能真切地感同身受。因此，我们就没有资格去揣测他们的离去。

很抱歉，我并没有解释梁建军为什么去死。但假如我有梁建军这样一个朋友，我也会死，幸运而死。

上周末去书店听许知远的讲座，其实也没讲什么。许知远讲到他为了逃避去旅行、写作、开书店，做各种各样的事。朋友在旁边问我："他为了逃避什么？"我说："无聊啊。"当然，我也有点欣慰，原来无聊的人不止我一个，大家都很无聊，无论是谁。

最无聊的是这个暑假了，去实习，然后去打工赚钱，最后又去长三角几个城市闲逛。我以为回来后就不会找这么多事做来打发无聊的时光了，可是依旧如此。在大学的生活我实在不敢恭维，我变得比暑假还要无聊，但我打发无聊的方式也不多，除了上无聊的课程，就看书，听音乐，练琴，写字，跑步，喝酒，时不时赶场子听讲座，但大多都没什么意思，唯一有意思的是听朋友讲话。

我有个朋友很可爱，她无聊了就只吃饭和做爱，然后回来讲给我听。手舞足蹈的样子真是可爱极了，我对她说："你才不是无聊的人呢，你做的事不都是本能需求，不都是生命本身所发出的声音和指引的行为么？如果这都算无聊，人直接去死吧。"至于我为什么没和她一样，天知道。

朋友对我说："怎么会无聊呢？你做这么多事，生活应该很有趣才对。"

我说："难道不是因为无聊，我才去做这些事的么？"

我要承认我的虚无，就像梦魇缠绕着我，在日日夜夜分不清哪里是真哪里是假的世界中产生了太多的迷茫和不安。我不知道人排解无聊最好的方式是什么，也不知道别人是怎么忍受人生这么漫长的无聊时光。不过有一点欣慰，我知道自己也不会有什么作为，由无聊去罢。在图书馆时，当我面对成千上万我还未读的书籍时，我还会祈祷我的无聊恒常呢。

好无聊的一段文字，一眼望去，满篇的"无聊"。

真好啊，今晚给正午写这些庸散的文字，不知不觉又度过了一个百无聊赖的晚上。

树：

您好。

以前在时尚杂志工作的时候，我们每年都要做一个大专题叫作"人生的意义"，邀请很多很多的人来聊这个话题。好几年之后，我发现采访了那么多人——其中有明星，有艺术家，有商界大亨，有政治家……总之是各个领域的出类拔萃之辈，绝大多数都取得了世俗意义上的成功（也有一些后来进了监狱），但是他们中的许多人告诉我，人生没有意义。

后来我又读到加缪，他说"唯一值得讨论的哲学问题是自杀"，也就是"生活到底值不值得经历"。他笔下的西西弗斯每天把石头推上山，日复一日忍受石头再次滚下山的失败与无聊，然而加缪说，西西弗斯是幸福的。

写到这里，不知道你有没有明白我的意思。在某种层面上，我同意你所说"我们没有资格揣测他们的离去"。梁建军为什么去死？你叔叔的表弟到底在哪里？如果你问我的想法，我只能说，这些都是极好的素材，我们可以以文学的方式来讨论。"文学的功能，"我以前的主编最喜欢说，"就是安慰人类永恒的孤独。"

我们用什么来对抗孤独、无聊和虚无？我想可能是恋爱和创作。第一个不说了，伤心，唉。慎行啊慎行。而相对于恋爱，创作是个人可掌控的，可以提供很强的成就感和快感，虽然非常非常短暂。但是想到，可能有另一个无聊的人看到你创作的东西，感到某一个瞬间你说出了他想说而说不出的感受，在那时，你和他可能彼此不相识，可能被时间和空间分隔着，但你让另一个人感到并不孤独，这是不是有一点意义？

小河所在的"美好药店"乐队还有一首歌《老刘》，不知道你有没有听过。歌词来自报纸上的一则新闻："昨天下午三点三十分，家住朝阳区甘露园南里的刘老汉，从自家5楼的阳台上跳下，抢救无效，当场死亡。老刘七十多岁，平时一个人住，很少下楼，也就是去买买菜。有个女儿，偶尔来看看他。老刘在跳楼的时候，用一块布裹住了脑袋，这样鲜血就不会溅到地上。"

"这样鲜血就不会溅到地上"这句狠狠地穿透了我。这是我最喜欢的小河的作品。就像面对满图书馆的书，在碰到好艺术的时候，也会感激生而为人，尚且还活着。

祝胃口好。

正午 叶三

正午故事
NoonStory